芳履金融

杨文朴◎著

中国财富出版社

图书在版编目（CIP）数据

芳履金融／杨文朴著．—北京：中国财富出版社，2019.12（2020.12 重印）

ISBN 978 - 7 - 5047 - 7099 - 8

Ⅰ．①芳…　Ⅱ．①杨…　Ⅲ．①长篇小说—中国—当代　Ⅳ．①I247.5

中国版本图书馆 CIP 数据核字（2019）第 274295 号

策划编辑	郝婧婕		责任编辑	郝婧婕			
责任印制	梁　凡		责任校对	孙丽丽		责任发行	董　倩

出版发行	中国财富出版社		
社　　址	北京市丰台区南四环西路 188 号 5 区 20 楼	邮政编码	100070
电　　话	010 - 52227588 转 2098（发行部）	010 - 52227588 转 321（总编室）	
	010 - 52227588 转 100（读者服务部）	010 - 52227588 转 305（质检部）	
网　　址	http://www.cfpress.com.cn		
经　　销	新华书店		
印　　刷	天津市仁浩印刷有限公司		
书　　号	ISBN 978 - 7 - 5047 - 7099 - 8/I · 0306		
开　　本	635mm × 890mm　1/16	版　　次	2020 年 1 月第 1 版
印　　张	17.75	印　　次	2020 年 12 月第 2 次印刷
字　　数	222 千字	定　　价	58.00 元

目　录

第一章

生活总是两难，再多执着，再多不肯，却也不得不面对现实，接受改变。从哭着控诉，到笑着面对，不过是一场生命的历练与蜕变。生活就是要学会接受某些难以接受的磨难；生命的意义，就在于我们克服了困难，获得了成就，而非萎靡不振，在困境中停滞不前。

1

这天上午，许婧坐在交易台前，还在想着昨晚与从中学开始就相恋的男友分手的情景，突然电话铃声大作。

接起电话，听筒里面就传出总经理严敏慧的咆哮声，要她马上到总经理办公室。

许婧不知道发生了什么事情，战战兢兢地一路小跑来到总经理办公室。

一进门，严敏慧就冲她大吼："你今天跟我说清楚，我哪里做得不对，凭什么说我没有魄力？凭什么说我缺乏进取精神？说我脾气不好，我今天还就脾气不好了！"说着，竟举起茶杯重重地摔在地上，眼睛喷着怒火。

许婧吓得浑身发颤，哆哆嗦嗦地不敢发声，怯懦地用眼睛偷偷瞄了严敏慧一眼，脑中快速地想着：这是怎么回事？

突然，她想起来了。

原来今天上午一上班，党支部组织委员、综合处处长宋涛叫她参加了一个给部门领导提意见的座谈会。

这种座谈会是中组部要求的，每年临近年末要召开领导干部民主生活会。领导干部要结合党员和群众的意见，就一年来的表现进行批评与自我批评。民主生活会召开之前必须要先开一个征求党员和群众意见的座谈会。

在今天这个座谈会上，一开始大家还是像往常一样大唱"赞歌"，一致赞扬严总多么多么优秀。

但是，等大家发言之后宋涛并没有宣布散会，而是一脸严肃地说："今年的征求意见座谈会要比以前更严肃，要求更严格。为此，中组部还下了文，行党委对中组部的文件精神组织了专项学习，并做了严格部署。要求党员群众一定要敢于讲真话，敢于提意见，绝不能走过场。领导干部必须要虚心接受意见并认真地进行自我剖析、自我检查，提出整改措施。"

许婧虽然身在座谈会上，但脑子里全是昨晚与男友分手的场景。所以，在宋涛讲完之后，大家都面面相觑时，只有她不假思索地说："我给严总提几条意见。一是严总工作上偏于保守，业务拓展力度比较弱；二是业务创新不够，产品更新跟不上市场；三是老毛病了，脾气暴躁。"

说完，就把给严总提意见这回事扔到了脑后，又沉浸在自己的情绪之中。

许婧提完意见后，大家就放松下来了，于是，一个接一个地都对严总和其他两位副总提出了自己的意见。

座谈会很成功，宋涛也松了一口气。完成了行党委下的任务，他如释重负。他迅速地整理好发言记录，敲门进了严总的办公室。

严敏慧看着会议记录，开始时还是一脸轻松，但是越看越凝重，进而变成一张愤怒的脸。只见她站起来把会议记录重重地摔在办公桌上，大声地对宋涛喊道："这几条意见是谁提的？告诉我，是谁！"

宋涛小心翼翼地低声说："严总您别生气，行党委有规定，是背对背征求意见，不让告诉是谁提的。"

严敏慧又吼道："宋涛！你还想不想当你的处长了？今天你必须告诉我这个人是谁！"

宋涛踌躇了半天，对怒发冲冠的严敏慧小声说道："是许婧，您可千万别说是我告诉您的。"

这时候许婧像个犯了大错的孩子一样，毕恭毕敬地站在严敏慧面前听着她不停地冲自己吼。她觉得委屈，眼泪在眼眶里打转可又不敢掉下来。

只听得严敏慧大声说："停止你的工作，好好反省你应该怎样对待你的领导。出去！我不想再见到你！"

许婧像得了大赦一样，急忙转身，不敢回头，抱头鼠窜般地出了严敏慧的办公室。

许婧跑出来后，没两步就和迎面走过来的一个人撞了个满怀，抬头一看是副总经理肖剑锋。

肖剑锋看到许婧急急忙忙的样子而且满脸泪花，连忙问道："这是怎么了，谁欺负你了？"

许婧见是肖剑锋，就不顾一切地拉着肖剑锋进了他的办公室。

一进门，她就哇的一声大哭起来。

肖剑锋站在旁边不知所措，慌忙拿过面巾纸递给许婧。

许婧哭了一会儿，就一边抽泣一边把今天的事情原原本本地说了一遍。讲完了，她也停止了抽泣，然后又很担忧地对肖剑锋说："我今天是昏了头了，怎么给严总提起意见了呢！我把严总深深地得罪了，看来我在京华银行干不下去了。"

肖剑锋听完许婧的叙述，不知道怎样劝慰她，一时没了话语。

肖剑锋是英国剑桥大学的高才生，个子178cm。喜欢健身，肌肉结实。在英国几年，耳濡目染了英国人的绅士风度，对人和蔼可亲，谦虚礼让。他从不当众批评下属。如果下属犯了错，也是在自己的办公室里一对一进行批评；如果下属做出了成绩，就一定要当众表扬。因此，他在部门内威望很高。他不仅精通业务，而且非常有战略头脑，思维敏捷、决策果断，从未在交易上失过手，交易员们都很崇拜他。

但是现在，他感到无能为力。毕竟，严敏慧是他的直接领导，还是主管副行长冯志孝眼前的红人。他不能说什么。他觉得，许婧离开京华银行对她个人而言可能是对的，但是交易员又要流失一个了。

今年交易员已经走了五六个了，当然他们离开是有多种原因的，但是与严敏慧的严苛和暴躁的脾气不无关系。

转念一想，还好，严敏慧对自己还算客气，没有发过火。

许婧哭过之后，情绪稳定了许多，回到座位上开始思考辞职后怎么办，她必须要尽快找到下一个工作单位。

她忽然想起前不久与香港宝裕银行北京分行副行长玛丽吃饭的

时候，玛丽对自己说过，她们交易人手不够，如果许婧想换工作，可以找她。但是宝裕银行是一家小银行，资金盘子不大，交易产品也单一，而且薪酬也不会高。许婧又想了想，现在立刻就能接收自己的机构也只有宝裕银行了。

于是她走出了交易室，用手机拨通了玛丽的电话。玛丽在电话另一头很痛快地表示希望许婧尽快去办入职手续。

许婧迅速地写好了辞职信，交给了宋涛。宋涛一脸歉意，但没说什么。

很快，辞职信就放到了严敏慧的办公桌上。

严敏慧今年 50 岁，是金融市场部总经理。个子不高，身材有些发福。她好像有双重性格，在领导面前和颜悦色，对待下属则动辄斥责，毫不讲情面。

严敏慧刚才咆哮发泄了之后，情绪平复了许多，脸色也好了许多。她请保洁员打扫了摔碎的玻璃杯子，用一个新杯子重新沏了一杯茶，坐在皮椅子上闭目养神。

本来气消得差不多了，但当她看到许婧的辞职信时，立刻又愤怒了起来。

她愤愤地自言自语说：“这简直就是反了，不愿意在这儿干了，你就走呗，我还就不留你了，甭想挑战我！”于是，她拿起笔在辞职信的空白处写下：“同意离职，请人力资源部办理离职手续。”

许婧花了七天时间就办完了离职手续。

许婧是中央财经大学金融专业本硕连读的高才生，毕业后入职中国京华银行，在金融市场部衍生品处做了 5 年交易员。现年 30 岁，刚与男朋友分手，心情沮丧。

她是个很漂亮大方的姑娘，170cm 的身高，身材修长，凹凸有致。喜欢唱歌和舞蹈，业余时间经常去唱歌和跳舞。

许婧没有立刻去宝裕银行上班，她想给自己放个假，整理一下心绪。辞职前一直笼罩在那种分手后的情绪之中，没有顾得上想一想自己到底是怎么回事。

许婧出生在临江伴海的江海市。她自打走进学校就是父母亲的骄傲，他们一直以来的心愿就是希望许婧能够到北京上大学并在北京工作生活，许婧也未辜负他们的期望，如愿考上了北京的大学。

许婧的初恋男友是她的中学同学，叫席文青。起这个名字，是因为他的父亲祖籍在山东文登，母亲祖籍是山东青岛。从父母祖籍所在地名称中各取一字，组成"文青"，名听起来没有什么不好，但是加上"席"这个姓，就成了中学阶段同学们口中的笑谈："席文青啊席文青，西门庆呀西门庆。哈哈哈哈，你父母是不是跟你有仇啊？不对不对，明白了，一定是希望你将来妻妾成群，让你们家人丁兴旺啊。用心良苦，用心良苦。"

对于这一切，席文青自是不理，只顾闷头用功，学习成绩一直名列前茅。

两人感情的萌芽，是在高中阶段。许婧的文科非常好，特别是语文和英语，席文青的数学和物理好。两个人经常互相帮助，交流就比别的同学多了，互相支持互相促进，成绩都获得了显著提升。

到了分班的时候，自然是一个进了文科班，一个进了理科班。两个人不在一个班，反而心安了。没有了周边熟悉的同学们的关注，他们日常交流反而变得自然起来。

　　高中时期，是冲刺高考的关键阶段，其实也没有太多时间用于谈情说爱、儿女情长。学校走廊上遇到时的一个眼神，晚上准备休息前的几行短信，成了情感沟通的纽带。

　　两人有共筑未来的夙愿，于是约定，一起考到北京。

　　高考成绩下来，许婧考上了中央财经大学金融专业，并且本硕连读；席文青以当地第一名的成绩读了清华大学建筑设计专业。才子佳人，比翼齐飞。

　　四年后，席文青大学本科毕业，面临着是否继续求学的选择。为了更好地提升自己，他选择了去美国继续攻读硕士。硕士毕业后的席文青，选择暂时留在美国工作。

　　他对许婧说："我在这里多学习实践几年，积累一些经验，就算今后回国发展，也会有更好的机会。如果这里收入不错、工作环境也适合我，未来你就过来，咱们一起在美国生活。"

　　席文青在洛杉矶一家建筑设计公司做实习设计师，每天朝九晚五。美国跟中国不一样，同事之间下了班各走各的，很少在一起聚一聚，更别说搞个什么聚会了，所以他经常下了班一个人无所事事。

　　他刚到美国的时候有一段时间挺想许婧的。他和许婧从初中开始到北京上大学，一直是那种比较纯洁的感情，两人之间什么事情也没发生过。他很年轻，精力、体力旺盛，禁不住身体里的荷尔蒙蠢蠢欲动，在美国跟着本地同学干过几次荒唐事，尝到了做男人的滋味，他也从一个男孩变成了一个男人。这以后他就熟谙此事了。在他心里许婧渐渐就变成了一个遥不可及的人，他跟许婧的联系越来越少。

一天，他接到国内表哥的电话，说有个同学的妹妹叫 Laurie，要到洛杉矶旅游，希望他陪一陪，接待一下。他想反正自己也有时间，就答应了。

Laurie 被 M 银行上海分行辞退了，很郁闷，想到美国散散心，于是就来到了洛杉矶。最初见到席文青的时候没觉得他怎么样，但与他聊了几次天之后，她知道了席文青是个高才生，父亲是一家房地产公司老板，而且一直催他回国子承父业，只是席文青觉得自己还年轻，资历尚浅，现在接班有点儿早，想在美国多待几年镀镀金。

她还知道席文青在北京有个几年未见的精神恋爱的初恋女友，但这在她看来并不重要，重要的是他未婚。于是她主动投怀送抱，两个人犹如烈火干柴，很快就燃烧在一起。

在洛杉矶的一个月里，Laurie 成功地说服了席文青辞职回北京，她也在北京谋得工作，入职了 XYZ 银行北京分行。Laurie 觉得美国之行自己钓到了一个金龟婿，不虚此行；而席文青觉得自己找到了真爱。

席文青回到北京后，与许婧见过几次，但每次见面都不咸不淡，毫无热情，许婧还以为他在美国待傻了，直到有一天，同学兼闺密的蓝华告诉许婧，说看见席文青与一个女孩子手拉手逛街，她才恍然大悟。

许婧约席文青在一家他们以前常去的餐厅吃饭。

许婧一开始忍着，她想也许是个误会，劝自己千万不要发火。于是她不断地喝水把心中的怒火往下压。但她听着他有一搭无一搭地说着闲话，根本没有一句是跟他俩感情有关的话，她实在压不住火了，几年来的愤懑和委屈此刻像火苗一样从心底往上蹿。她大声地质问席文青："你到底怎么回事！这几年都不回来看我，也不让我去看你，而且电话越打越少，现在回来了也不咸不淡的，你还是我的男朋友吗？"

席文青辩解说："上学期间我每天忙得焦头烂额，工作后下了班累得只想休息，再说有时差，我哪有那么多的时间天天给你打电话。现在回来了，公司每天一大摊子事需要我打理，我分身乏术啊。"

许婧瞪着他大声说："既然如此，你怎么有时间跟别的女孩子手拉手逛街呢？"

席文青的秘密被戳穿，脸一下子红了，不知道该说什么。

许婧见状，明白这不是误会，怒火更加高涨："我等你都等到30岁了，你竟敢劈腿？"

席文青低头轻声地说："对不起。"

许婧气得要背过气了，她怒火冲天地对着席文青咆哮："你就是个无耻的渣男！我告诉你，从现在开始我们一切都结束了！"说完站起身拎着包大步朝外走去。席文青没有去追许婧。

事后许婧回想起来，其实重逢后自己也没有了那种特别的惊喜，眼神相遇也没有了更多的波澜。

时光和距离把情感拉远了。

原本单纯的感情，没有身体和灵魂作为纽带，最终还是无疾而终。这时候，初恋公主飞过来，在两个人头上分别画了一个句号。

这次见面是两个人情感的终结。

回到家里，许婧才慢慢感觉到，被冻住的感知触角一个个复苏了。自己原本对于未来的确定性和美好憧憬都灰飞烟灭，按部就班带来的安全感和有序的生活节奏被打破了。孤独感从体内升腾起来，身体仿佛变成了空壳。

"需要尽快把一些确定的因素填充进来，支撑自己。"许婧对自己说。

现在一切都过去了，她才反应过来，觉得自己怎么那么倒霉。一下子爱情没了，工作也没了，简直倒霉透了。

许婧辞职换工作的事，还有跟席文青分手的事，一直没敢和她的爸爸、妈妈说，她怕他们为她操心着急，特别是妈妈有高血压，一遇到什么事，血压噌地就上来了。

许婧留在北京上班后，头几年一直是租房住，但是房租很贵，她收入的一半都交了房租。怪不得有人说，北京的生活成本高，主要就是高在房子上，如果有一套自己的房子，就会觉得生活成本没那么高了。

去年她和爸爸、妈妈商议在北京买套房。他们觉得许婧既然生活在北京，早晚都需要买套房，再有许婧单身一人，他们也总不放心，买了房他们就可以跟许婧一起住也方便照顾她，况且北京的医疗条件好，就医方便。

于是，许婧拿出几年来的积蓄，加上爸爸、妈妈的支援，交了首付，贷款买了一套二居室，她的爸爸、妈妈随后也从江海市搬到了北京，老家的房子就出租了。

许婧和爸爸、妈妈吃完了晚饭，看到他们情绪很好，就轻描淡写地把换工作和与席文青分手的事告诉了他们。

爸爸问她为什么换工作，她说是为了多挣点钱，为了更好的发展。爸爸不言语了，只是埋怨她这么大的事情为什么不和他们商量。

妈妈则追问她为什么和席文青分手，她说因为两个人不一致的地方太多了，彼此不合适，他不是能够和自己一起走下去的人。

妈妈担忧地说："可你今年都30岁了，不好找了。"

许婧信心十足地安慰妈妈："你闺女这么优秀，很容易找的，你放心，我一定会找到我的白马王子。"

妈妈摇摇头："你就是这么任性，有事也不跟我们商量。"

许婧说："我已经长大了，不需要你们事事为我操心。我希望的是你们俩身体健健康康的，不让我为你们担心就好了。"

2

许婧到宝裕银行上班一周了，正如之前所想到的，工作没意思透了。宝裕银行是以零售业务见长的小银行，资金交易不多，交易金额也不大，她有劲儿使不出。她想，这里不是自己的久留之地，要尽快找到一个更适合自己的工作单位。

一家猎头公司给了她一个信息，说TK银行北京分行全球市场销售部在招一个负责金融机构的销售人员，职级是VP（副总裁），薪酬丰厚。

她了解这家银行，它是欧洲的大银行，进入中国已经好几年了，外汇交易业务做得风生水起，特别是外汇衍生产品交易更是了得。

她想，这家银行应该是她去的地方。于是许婧很快写好了简历发给了猎头。

这份简历她写得很用心、很认真，因为猎头告诉她外资机构不喜欢长的简历，简简单单一页纸就够了。只要写清楚以前在哪个机构做过、做过什么、是什么职级、教育背景、应聘什么岗位等就行了，相对于国内一些机构，真是简单多了。

简历虽然发了出去，但是 TK 银行会不会给自己面试机会，乃至会不会最终录用自己，许婧心里还是很忐忑。

过了几天，许婧终于等来了 TK 银行北京分行 HR 的电话，她认真地回答了每一个问题，结束时 HR 告诉她下周一到分行面试。许婧知道一面已经过了，她有些高兴，但不敢掉以轻心，认真准备二面。

周一上午，许婧化了淡妆，穿了一身西服套装，早早地来到了 TK 银行，她发现自己不是第一个到的，前面已经有两个人了。那两个人在聊天，一个人说不知道今天面试我们的是谁，另一个人说面试官是一个 VP。许婧想 VP 这个职级在 TK 银行处于哪一级呢，是高还是低？

面试时间到了，来面试的一共有 5 个人，许婧排在最后一个。前面 4 个人进去后很快就出来了，出来时个个儿耷拉着脑袋，许婧的心不由得提了起来。

听到秘书叫自己的名字时，许婧心脏跳动加快，她站起来轻舒了一口气，走进了会议室。

会议室里面坐着的是一个年龄与自己相仿的女人，面容姣好，妆稍稍浓了一点儿，她见许婧进来，说了声"请坐"，就仔细打量起许婧来。通过她的眼神，许婧觉得她好像对自己有戒备心似的，许婧飞快地转动大脑，确认眼前这个人与自己不认识。

她首先跟许婧确认了基本信息，然后开始提问，她问的问题许婧都对答如流，面试进行了 40 分钟，最后她面无表情地对许婧说回去等消息。

许婧离开 TK 银行时有一种不好的感觉，她反复确认自己回答问题时没有出现纰漏。这个面试官好像对自己有敌意，她不知道这个敌意从何而来。

许婧一边在宝裕银行上班，一边焦急地等待着 TK 银行的回音，一听到手机响就立刻接起来，上卫生间都拿着手机，生怕漏掉 TK 银行的电话。

许婧焦急地等了一个月，始终没有回音。她忽然想起一个人，这个人就是肖剑锋。

肖剑锋是个很重情义的人，他非常关心下属，甚至前下属们遇到困难，他也热心地鼎力相助。他无论在中资还是外资银行里都人脉颇广，受人尊敬。他说不定跟 TK 银行的高层也熟悉呢。

想到这里，许婧拨通了肖剑锋的手机。

许婧约肖剑锋一起吃晚饭。

许婧因为年轻漂亮，皮肤白里透粉，光滑细嫩，所以平时只化很淡的妆。不仔细看，就像是素颜。但出发前，她还是补了一下妆。那天在肖剑锋办公室里号啕大哭，现在想起来真是丢死人了。她一定要挽回一下自己的形象，以姣好的面容出现在肖剑锋面前。

许婧特意选了一家山东菜馆，并且提前 15 分钟到了那里，因为她知道肖剑锋吃不了辣，也知道他不喜欢迟到。

刚点完菜，肖剑锋就走了进来，许婧连忙招呼他落座。

一落座，肖剑锋就不无愧意地说："真对不起，没能帮到你，我也失去了一个优秀的交易员。"

许婧连忙说："肖总几年来没少帮助我，不然我也提高不了这么多，我真得谢谢您。知道肖总很少喝酒，今天就以茶代酒敬您一杯吧。"

肖剑锋也举起了茶杯："惭愧惭愧，你走得匆忙，交易室也没来得及给你钱行，今天就当给你补上了。"

吃了几口菜，肖剑锋问道："在宝裕银行工作顺利吗？"

"人还都合得来，就是交易规模太小，交易产品单调，不如在您手下干活儿过瘾。"

"那你找机会去一家大银行吧，要不时间长了业务都荒疏了。"

"是啊，当初是为了尽快离职就慌不择路了。现在有一个去 TK 银行的机会，我已经参加了两次面试，但等了一个月了还没消息，不知肖总跟 TK 银行的人熟不熟，还得请肖总帮帮我。"

肖剑锋略微思索了一下，说："我跟 TK 银行东北亚地区主管熟悉，我明天给他打个电话推荐一下。如果说话不管用，你可别埋怨我啊。"

许婧忙说："感谢还来不及呢，怎么会埋怨呢。"

第二天下午，肖剑锋开完会，走回办公室，泡了一杯茶。忽然想起许婧的事儿，就给 TK 银行东北亚地区主管 Robert 拨了一个电话。

电话嘟嘟响了几声，没有人接。挂断之后，肖剑锋自言自语道："这小子，是不是又在开会？"之后，又自嘲地笑了一下，"我们这些职场人，谁又比谁轻松多少呢！"

Robert 是肖剑锋的球友，比他小几岁，性格开朗。他们一起打羽毛球好多年了，共同的爱好让一帮朋友聚在一起，结伴在业余时间一起运动。两年前，Robert 升职去了香港，回北京的机会少了许多。

大约一个小时之后，肖剑锋的电话响了起来。

他接起电话，那边传来 Robert 洪亮的声音："肖哥你好啊！不好意思，没有接到你的电话，我在伦敦呢。你那里现在下午三点，我是早上八点啊。昨天晚上睡得晚，和总部讨论一个方案，睡下的时候都凌晨两点了。嘿嘿，你打来电话的时候，我一定正在做美梦，电话铃声设置小了，就又睡了一个小时。不好意思，不好意思。有什么事儿，你尽管说。"

肖剑锋一听是这么个情况，也觉得很抱歉，赶忙说："兄弟，我知道你辛苦，多亏电话响了两声我就挂了。你一定要注意身体呀，睡眠充足很重要。咱哥们儿之间长话短说，我也不绕弯子了。我有个非常得力的下属，女的，别误会，和我个人没有任何关系。工作努力，能力很强，去年被评为京华银行优秀交易员，人际关系好，还有股子闯劲儿。前段时间离开我们银行了，想到外面发展发展，小姑娘阅历浅，也没有什么关系，落到一家小银行，我觉得可惜了，年轻的时候，还是要选大一点的平台，重要的是能得到锻炼，能学到东西，你说是不是。她已经到你们北京分行面试过了，但一个月都没有收到回复。我是说你们千万不要痛失人才啊。"

Robert 听肖剑锋说完，明白了他的意思："肖哥，我明白了。我呢，一会儿给他们打电话说一下，按照流程办。对了，她叫什么名字？许婧，哦，知道了。肖哥你放心，只要她符合要求，再加上我的推荐，她会被录用的。你别以为我是打官腔，外资企业只认实力。肖哥推荐的人，我相信错不了，让她等回信吧。"

肖剑锋放下电话就给许婧打电话，告知许婧不要着急，再耐心等等。

接到肖剑锋的电话，许婧的心平静了许多。她知道，这么好的机会，她绝不能错过。

TK 银行北京分行的面试有三轮。

第一轮，是 TK 银行 HR 的电话面试，就是个人基本信息的沟通。之后，如果没问题，HR 会再打一通电话，通知电话面试通过了。然后说 TK 银行全球市场销售部有一个销售职位现在空缺，询问是否有意向。面试者确认意向的话，就会进入第二轮面试。

第二轮面试主要是由部门的相关人员进行面试，分三步。

第一步，是部门同级别的人负责面试。主要看面试者的性格特征，工作能力等（性格倾向测试）。

第二步，是小组负责人面试。主要看面试者的工作经历和背景是否符合这个岗位的要求（职业技能测试）。

第三步，是部门经理面试。主要看面试者的格局如何，有没有工作潜力（发展潜能测试）。

第二轮通过后，是第三轮。由 TK 银行香港总部进行视频面试，面试地点在 TK 银行北京分行。

很快，许婧接到了第三轮面试的通知。

由于许婧多年来积累了丰富的工作经验，扎实的专业技能和勤学肯干的工作作风也在面试的测试中显现出来，她获得了一致好评。

TK 银行全球市场销售部中国区总经理 Victor 面带微笑地走出会议室，和许婧握了一下手，对她说："恭喜你许女士，你的能力和表现，让你不仅通过了面试，更给相关人员留下了深刻的印象。这一切，并不仅仅因为是我们大老板推荐了你，更多的是你自身的原因，你用实力证明了你的确很优秀，并足以为 TK 银行带来更好的业绩。我们期待你的表现，HR 很快会给你发 Offer（录用通知）的。"

许婧走出大厦后心里别提多高兴了，多少天来的愤懑、沮丧一扫而空，她两只胳膊伸向天空，脑袋也仰望着天空，心里一遍一遍地喊着"我成功了"！

果然，很快，许婧第二天就收到了 Offer，她满心喜悦地打开电脑看起来，但看着看着她就高兴不起来了，原来谈好的职级是 VP，可 Offer 里写的是 AVP（副总裁助理）。她想不通是为什么，踌躇了一下拨通了 Victor 的电话。Victor 说："正要给你打电话作出解释，因为我也是刚刚才得到通知，HR 认为你的确很优秀，但遗憾的是你没有销售的经历，还需要锻炼一下，所以先做一年 AVP，一年之后再提职成 VP。我特别真诚地希望你千万不要错过这个机会，先接受 Offer，职级的事情我一定会记着解决。"

许婧的确是特别想得到 TK 银行这份工作的，不然之前她也不会那么兴奋，可是人还未入职，职级却被降了一级，她很是不甘。她郁闷了半天，觉得无论如何这份工作还是争取到了，得谢谢肖剑锋才是，于是她拨通了肖剑锋的电话。

"肖总您好！说话方便吗？"

"许婧啊，方便，你说吧。"

"我已经拿到 TK 银行的 Offer 了，这得好好感谢您。"

"拿到了就好，不用跟我客气。以后有什么需要帮忙的尽管说。"

许婧犹豫了一下说："在您的帮助下得到了这份工作我很是高兴，但他们招聘的时候说的职级是 VP，可 Offer 里写的是 AVP，我有点儿想不通。"

肖剑锋问："知道是什么原因吗？"

"说我没有销售的经历。"

"胡扯！他们对中资银行的交易员太不了解了，简直是孤陋寡闻。你别不高兴，我找他们老板理论理论。"

肖剑锋挂了电话就拨通了 Robert 的电话："Robert，你好！我是剑锋。"

电话里传来 Robert 的声音："肖哥啊，你推荐的那个叫许婧的交易员，我们北京分行已经录用了，你打电话来是为了感谢我吧，其实不用感谢，他们告诉我说许婧很优秀，我应该感谢你为我们推荐了这么优秀的人才。"

"我是得感谢你，给足了我面子，哈哈。"

"哪里哪里，以后有优秀的人才别忘了还给我推荐啊。"

"当然可以，只要你需要。"

"当然需要，我们拓展中国业务需要本土的人才，老外在中国水土不服啊。"

"你这句话说得好，看来老外们还真有点儿水土不服。"

"此话怎讲？"

"你们北京分行这次招聘的销售人员职级是 VP，跟许婧谈的职级也是 VP，可 Offer 上是 AVP，原因是许婧没有销售经历，这不符合实际情况。"

"怎么讲？"

"中资银行跟外资银行的分工是不一样的，你们交易和销售是分开的，而我们是不分开的，交易员也是销售员，既做交易又要跑客户，谁说我们的交易员没有销售经历呢?"

"原来是这样啊，北京分行没跟我汇报有关许婧职级的事，我要问一问他们怎么搞的。不过老兄你不要生气，我会解决这个问题的。"

"哈哈，我可没生气，正好说到这儿，我这不是帮你治疗水土不服嘛!"

"哈哈，谢谢，谢谢! 今后还请肖哥不吝赐教，我受益匪浅。"

许婧跟肖剑锋通过电话后，心情好了一点儿，但她不知道结果会如何，毕竟外资银行的事不好说。

许婧百无聊赖地翻看着一本时装杂志，她很喜欢时装杂志，平时会认真地阅读，但今天一点儿也看不下去。

突然她的手机响了起来，一看是 Victor 打来的，她赶紧接了起来。Victor 告诉她原来的 Offer 撤回，将很快给她发一份新的。不一会儿，新的 Offer 发了过来，许婧一看职级变成了 VP，薪酬也提高了，她不禁高兴地跳了起来，在屋子里旋转了好几圈。她连忙给肖剑锋打电话，告诉他职级和薪酬都上调了。

由于近年来银行业利润下降，业绩压力加大，行业内人才竞争激烈，销售人员的流动性很大。

许婧在宝裕银行总共只工作了两个多月。她入行不久就突然提出辞职，玛丽对她有些不满，虽然她知道宝裕这个小银行很难留住真正的人才，但是毕竟公司有一系列的相关规定，她吩咐 HR 的经办人员："按流程走吧。"

好在许婧虽然入职时间短，但她平时很有亲和力，不同部门的人对她的印象还都不错，也就没有太耽搁她。所以，许婧办理辞职手续并没有花费太长时间。

一切搞定之后，许婧长出一口气："阿弥陀佛！"美好的新生活在向她招手，许婧甜甜地笑了。

高兴之余，她特别想找个人分享一下自己的喜悦，于是她想起了多日没联系的闺密。她拿起电话打了过去："蓝华，是我，你干吗呢？"

"我在公司上班呢。"

"我想请你出来坐坐。"

"现在不行，臭丫头，我一会儿要开个会，等下班吧。开完会我给你打电话。"

许婧悻悻地挂了电话。

许婧在大街上漫无目的地闲逛着，走得有点儿累了，看到有家咖啡厅就走了进去，环顾四周，想先找个座位，忽然看见一个熟悉的身影背对着她，他对面坐着一个年龄看起来三十多岁的女人，两个人有说有笑很亲密的样子。这个人是席文青，他对面的女人是谁？不认识。她不知道是继续往里走还是退出去，一下子愣在了那里。正在这时，只见两人同时站了起来牵着手朝门口走来，许婧想躲已经来不及了，只好硬着头皮站在那儿。席文青已经看见许婧了，他跟那个女人轻声说了句话并拍了拍她的后背，那个女人与许婧擦肩而过时看了许婧一眼，自己走了出去。

席文青走到许婧面前说："这么巧，你也来这儿坐坐。"

"是呀，碰巧进来。"

"那就坐下来聊聊吧。"说着席文青就在就近的位子上坐了下来。

许婧说："好吧。"随之也坐了下来。

两个人沉默了一会儿，席文青开口道："你还好吧？"

"我很好。"

席文青看着许婧说："请你原谅我，我希望你也开始自己的新生活。"

"会的，我会找到我的真爱，我的新生活已经开始了。"

席文青又看了许婧一眼说："我们输给了时间，输给了距离。我们没有过轰轰烈烈，或许我们彼此就没有真正相爱过。"

许婧微笑了一下，说："或许吧，如果是真爱，时间和距离都不是问题。"

这时许婧的手机响了，她接起了电话，是蓝华，约她半小时后在一家足疗店见面。

她站了起来，对席文青说："对不起，我还有约，就先走一步了，谢谢你的咖啡。"说完，转身走了出去。

席文青看着许婧平静从容走出去的背影，思忖着，看来分手对许婧没造成什么影响，自己的担心有点儿自作多情了。

许婧和蓝华几乎是同时来到了足疗店门口，她们挽着胳膊一同走了进去。这家店是一家比较高级的足疗店，生意不错，服务也到位，平时来这里的客人多数是周围写字楼里的白领。

蓝华对许婧说："这家店我跟同事来过几次，挺不错的，还免费提供餐食，有饺子、馄饨，还有汤面。你看你点些什么？"

许婧说："那敢情好，我就来碗馄饨吧。"

蓝华说："好几天没吃面了，我来碗汤面。"

不一会儿，餐食上来了，服务员问她俩是吃完饭再做足疗还是同时进行。蓝华看了许婧一眼，对服务员说："吃了饭再做吧。"

服务员说："好，那请二位慢用，吃完了请按桌上的呼唤键。"

蓝华一边吃一边说："臭丫头，今天找我一定有什么好事告诉我吧，看你兴高采烈的。"

许婧笑着说："人家就是想你了嘛。"

"得了吧你，说实话吧。"

"喜忧参半。"许婧就一股脑儿地把最近两个多月发生的事情告诉了蓝华。

"还真是好事坏事都有啊！加入 TK 银行的确是一件好事，和席文青分手听起来是坏事，但其实也是好事，我早就觉得你们走不到一块儿，维系你们的无非就是青梅竹马的感情，再加上你们都是初恋，可你们的感情基础没那么坚实，勉勉强强在一起也不会幸福，还是分了好。"

"当时就觉得这么多年了，分手有点儿可惜。"

"根据你的描述，我觉得肖剑锋这个人不错，应该蛮适合你的。"

许婧点点头说："肖剑锋是个优秀的人，我挺崇拜他的，他这么帮我，但不知道是不是因为喜欢我。"

"那就多和他接触，适当的时候暗示一下他呗。"

"别光说我的事了，说说你的事。"

蓝华笑笑说："我的事就很简单了，工作还是老样子，每天忙得团团转，感情上嘛，最近认识了一个 IT 男，人长得还像那么回事，就是不懂浪漫，嘴拙。先处处看吧。"

她们闲聊着把饭吃完了，蓝华按了呼唤键。很快，服务员进来收拾了餐具，然后问她们要男技师还是女技师。蓝华说："要男技师吧，汲取点阳气。"

许婧问蓝华最近有没有什么新鲜事，蓝华说："最近我们公司就有一件奇葩事。"说到这儿，蓝华忍不住笑了起来，"和别的公司一样，我们公司也有一个内部员工交流群，平时大家在群里聊一些业务的事，可是有一天一位男员工因为老板批评了他，他很生气，于是就跟群里的一位同事骂他的老板是世界上最变态最风骚的女人。没承想这位同事竟把他说的话转发给了女老板。女老板看到后，气得发疯，暴跳如雷，马上召集员工开会，当场把那个男员工给炒了。"

蓝华讲完之后又哈哈笑了起来，许婧也跟着哈哈大笑，就连两位男技师也一起笑了起来。

许婧以前虽然经常跟外资银行打交道，但很多事情是进了外资银行才明白怎么回事。

比如说销售团队的职级分为好几级，由下到上有 Assistant（助理）、AVP（副总裁助理）、VP（副总裁）、Director（董事）、ED（执行董事）、MD（董事总经理）。

再比如，中资银行是扁平式管理，分行行长权力是很大的，管理分行所有的部门和事务。而外资银行分行行长的权力是有限的，各个业务部门都是垂直式管理，各有各的上级主管，分行行长的职级通常都到不了董事总经理这一级，而分行内的部门负责人则可能是董事总经理，职级高于分行行长。

许婧的职级是副总裁。她原先还以为副总裁级别很高，没想到原来是中间偏低的职级，这让她有些沮丧。但是能如愿进入 TK 银行她还是挺高兴的，毕竟这是一家世界一流的银行。

真奇妙，想进来还就进来了，特别是职级的事，肖剑锋还真有两把刷子，这面子大了去了。一想到在宝裕银行上班的那段日子，那可是度日如年啊，要是真的长期待下去，可就郁闷死了，还谈什么前途啊。

她打心眼儿里感激肖剑锋。说来也怪，这肖剑锋40岁的人了怎么还是个单身呢？他那么优秀，有车有房，怕是要求太高了吧。

前男友也算优秀吧，可跟肖剑锋比起来那可差远了。自己在肖剑锋手下工作了5年多，他对自己确实很关照，也跟他学了不少东西。但一直以来他对自己也没有什么特殊的地方，那这次为什么这么帮自己呢？许婧有点儿想不明白。

许婧一大早就起床了，上班第一天可不能迟到。今天要和新同事们见面，一定要显得精神点儿。

她用心地化了一个精致的淡妆。梳起一个马尾辫，穿了一身水蓝色丝绒面料的小西服套装，脚下踩了一双黑色的高跟鞋。身高本来就170cm的她，穿上高跟鞋显得更加高挑挺拔。

看着镜子里的自己，许婧很满意。她工作也有5年多了，可今天怎么就像刚步入职场的大学生第一次去上班一样？

销售部算上许婧有5个人。

头儿是Victor。四十多岁，小时候随父母移民加拿大，在美国念了大学，毕业后回到香港进入TK银行，工作了15年，是最年轻的MD。一年前从香港被派到北京，未婚但有一个同居3年的女友。

沈薇薇，英文名叫Vivian。年龄比许婧大两岁，上海人，上海财经大学金融硕士。长得不算特别漂亮，但气质颇佳，浑身都有一种职场高级白领的范儿，举手投足透着一股精明。在 TK 银行北京分行做了 3 年销售，目前是 VP，已经准备提职成为 Director。

葛芳菲，英文名 Gloria。26 岁，西安人，对外经济贸易大学国际金融专业毕业，目前是 AVP。外形不是她的优势，但她非常聪明伶俐，情商也高，动手能力很强。

还有一个男销售就是王刚，英文名字叫 Steve。23 岁，个子不高，武汉人。毕业于中央财经大学金融专业，算是许婧的同门小师弟，应届大学毕业生，刚刚工作不到半年，目前职级是助理。人有点儿憨憨的，但为人热情，乐于助人。

这个团队有一个共同点，那就是大家都是未婚。

TK 银行北京分行位于金融街国际大厦。金融街国际大厦，坐落于北京金融街核心地段，是金融街乃至北京市目前设计建造标准最高的五星级办公大楼之一，也是最长的单体建筑之一。大厦的建筑外观端庄、雄伟、华贵、大气。从下至上层层错台处理，形成七级分段，寓意吉祥。这座 18 层的大厦里，云集着十几家外资银行，号称是北京的外资金融城。

许婧以前跟随领导拜访外资银行客户时曾来过几次这个大厦，但这一次不一样，许婧是怀着一种有点儿好奇有点儿探秘的心理进到大厦的，从今天起她要在这里开始自己新的职业生涯了。

TK 银行在大厦的 16 层，许婧走出电梯便看到 "TK 银行" 几个红色的大字。

看了看手表，8 点半，门还关着。自己是不是来得太早了？

但当她走到门口时门自动开了，随着一声 "进来吧"，一个模样清瘦的女孩出现在眼前："你好！你就是许婧吧？我是 Tina，行政秘书。"

许婧很好奇地看着 Tina 说："对，我就是许婧。"

Tina 看出了许婧的好奇，笑着对她说："上周 Victor 就发了邮件给所有人说欢迎新同事，并说你今天要来上班。一般新同事第一天上班到得都会比较早，所以我今天就早到了点儿，咱们每天九点上班，五点半下班。"

Tina 一边说着一边带许婧进了办公室。

通过门厅，首先看到的是一间大开间，有七八排长条办公桌。Tina 带着许婧继续往里走，进了靠里面的一间可以坐七八个人的单独小房间。

Tina 说："因为风控的要求，交易销售人员与其他人员之间要有防火墙，所以有单独一间办公室。"她又指着靠窗的一张办公桌继续说，"这就是你的办公桌，电脑、电话和其他办公用品都已经配置好了。如果要工作，马上就可以开始。我的工位在外面，可以随时打电话找我。"

许婧忙说："谢谢，麻烦你了。"

许婧坐在了工位上，透过窗户可以俯瞰西二环路。

正是快到上班的时间，车子如潮水般涌进金融街。金融街区域内写字楼林立，周围居民楼很少，白天到处是匆匆走路的人，到了晚上则冷冷清清，加了班的人连车都很难打到。

正在思忖着，Victor 和其他几个销售一同走了进来。他对他们大声介绍说："这就是许婧，欢迎她加入我们的团队！"

许婧赶忙站起来说："我是许婧，大家好！以后请大家多多关照!"

Vivian 故意夸张地说:"哇,大美女呀!Victor 就是喜欢这种养眼的。"说完嗔怪地把目光扫向 Victor,然后又不怀善意地盯了许婧一眼。许婧此时认出 Vivian 就是面试过自己的那个人。

Gloria 和 Steve 则互相挤了一下眼睛,异口同声地说:"欢迎!欢迎!"

Victor 没有理会 Vivian,对大家说:"大家都在,咱们开个短会。"

见大家围拢了过来,Victor 清了清嗓子说:"咱们分一下工,以前 Vivian 除了负责企业客户还兼管金融机构客户,确实忙不过来。那么从今天开始,把金融机构客户都转交给许婧。"然后他把目光转向许婧说,"你的职责主要是建立和维护好与中资银行的业务关系,协助我们有关部门把交易前需要签署的有关协议文件签好,但是更重要的是拿到交易单子,特别是大单子。"

顿了一下,他接着说:"Gloria 和 Steve 做后援。一是帮助做一些内部协调工作,二是做文案。如果需要,Gloria 可以跟着她们见客户,Steve 就暂时不要见客户了,留在台子上应答客户询价并与香港交易室沟通联络。"

会后,Victor 对大家说:"今天晚上去西单金库 KTV,咱们部门聚个餐唱唱歌,欢迎许婧的加盟。"

下了班,5 个人分乘两辆出租车直奔金库 KTV。

西单离金融街很近,虽然是下班时间,但 15 分钟就到了。金库 KTV 坐落在西单商圈的繁华地段,价格不算贵,音响效果很好,还有自助餐可以享用,所以无论是工作日还是周末都是一房难求。

　　他们订了一个可以坐十来个人的包间，宽松舒适但也不夸张。
大家取了餐进了包间，Victor 招呼服务员上了一小木桶啤酒，给每
个人斟满，然后举杯说："首先欢迎许婧，其次预祝我们团队创造
好的业绩，干了这杯！"大家齐声说"干杯"，一饮而尽。

　　见大家有说有笑吃得差不多了，Victor 提议："现在是开始唱
歌时间。我先唱一首给大家暖暖场。"然后，他拿起麦克风，唱了
周华健的《朋友》。这首歌温馨且易上口，特别适合聚餐的时刻，
果然大家的情绪被调动了起来。

　　许婧作为被欢迎的对象、今天的主角，紧接着唱了首王菲的
《红豆》。她一直喜欢王菲的歌，而且无论是王菲的腔调还是她那
种独有的空灵感都模仿得很逼真，人称"小王菲"，自然赢得了
大家热烈的掌声。

　　接下来，Vivian 唱起了梅艳芳的《女人花》：

我有花一朵

种在我心中

含苞待放意幽幽

朝朝与暮暮

我切切地等候

有心的人来入梦

女人花摇曳在红尘中

女人花随风轻轻摆动

只盼望有一双温柔手

能抚慰我内心的寂寞

我有花一朵

花香满枝头

谁来真心寻芳踪

花开不多时啊堪折直须折

女人如花花似梦……

她像是对恋人在诉说心中被爱的渴望，又像是在抱怨恋人为什么还让她苦苦等待，她的目光时不时瞟向 Victor，而 Victor 却一直盯着屏幕，根本没看她。

Gloria 说："你们唱的歌太老了，我和 Steve 给你们唱一首年轻的歌。"随后，他们合唱了一首郑羽、叶瑾萱的《你的真心》：

（Gloria）

你的真心，到底在哪里

决心忘掉你，忘记回忆你

我的手机，删掉了信息

狠心抛弃你，那么彻底

（Steve）

我走在那段路口慢慢回忆

我们之间存在一些误会解释来不及

都说爱情需要互相理解，可我们已经过了这一页

再回头想想没什么意思，就这样沉默沉默一直下去

别再想错过的事情会有翻开页，从头再来不过是换个人而已……

一首歌彰显了他们的年轻与活泼。

正当大家玩得特别嗨的时候，Victor 的手机响了，他说了声"接个电话"，就走了出去。大约过了半个小时，Victor 才走进房间。

Vivian 阴阳怪气地说："又跟女朋友煲电话粥去了，好甜蜜哦。"

Victor 没理她，笑着说："大家继续尽兴。"

当又一首歌曲结束时，Victor 对许婧说："咱们合唱一首《相思风雨中》吧。"

许婧说："可以，但是我不会粤语啊。"

这时 Vivian 在一旁大声说："我会粤语，我来唱。"说着就要抢麦克风。

Victor 对 Vivian 说："回头跟你唱。"然后直接把麦克风递给了许婧，"不会粤语没关系，你就唱中文。"

随着音乐响起，Victor 和许婧就你一句我一句地唱了起来，他们的嗓音都很好，唱得声情并茂，一句粤语一句中文配搭起来也别有韵味。

Vivian 在旁边气鼓鼓的，她心想：Victor 可真是见不得美女啊，见到美女就往上冲，许婧也是单身，还不确定她是不是名花有主，这可得提防点儿。那天面试时，就因为许婧太漂亮了，才跟 Victor 说许婧没做过销售不用再面试了，没承想大老板推荐了她，许婧说不定会成为自己的竞争对手，我得及早宣示主权。

一曲唱完，音乐还没结束，Vivian 就端着酒杯来到 Victor 身旁，一只手搭在 Victor 的肩上，一只手举着酒杯嗲声嗲气地说："哎哟，我的男神，你唱得太棒了，来，咱俩干一杯。"

Victor 举起了酒杯，先跟许婧碰了一下说："感谢我的合作者。"然后又跟 Vivian 碰了一下说，"来，咱们一起干一杯。"

旁边的 Gloria 和 Steve 也举起了酒杯起哄说："为了你们天衣无缝的合作和天籁之音，我们也赞助一杯。"

许婧这时也举起了酒杯说："谢谢！"于是大家一起干了。

不知不觉，已经唱了三个多小时。Victor 说："明天还要上班，今天就唱到这儿吧，下次找时间再聚。"

3

许婧这一周每天都在打电话。把她认识的中资银行交易员都打了一遍，跟他们说自己现在在 TK 银行做销售，希望大家多多支持。

周五下午，觉得电话打得差不多了，她想放松一下，于是跟 Steve 说："要不要休息一下，下楼喝杯咖啡？"

Steve 说："正好暂时没事，可以放松一下。"

国际大厦的地下一层有家咖啡厅，据说味道不错，许婧还没有来过。坐下来，许婧点了杯拿铁，Steve 要了杯摩卡。他们一边啜着咖啡一边聊了起来。

Steve 说："你来之前，Vivian 又负责企业客户又负责金融机构确实忙不过来，所以银行客户这边有点儿被忽略，这下好了，你来了就没有问题了。"

他停顿了一下，接着说："Vivian 很能干，也有客户人脉，她舅舅是一家上市企业的财务总监，给她介绍了不少客户，为银行赚了不少钱，现在行里准备提她做 Director 了。不过她一直单身，总是高不成低不就。"然后又凑近了许婧放低声音说，"你知道吗？她现在正追求 Victor。"

许婧这才明白那天唱歌的时候 Vivian 为什么总是不怀善意地瞪

着自己。她不解地问："Victor 不是有女朋友吗？"

Steve 狡黠地看了一下许婧，说："她可不管那一套，不过她没戏。"

两周后的一个下午，许婧在读邮件，Victor 要她马上去他办公室。

她一进门，Victor 就火急火燎地对她说："出大事了！我的老板，亚太区全球市场销售部主管威尔森从香港给我发来邮件，说中国华隆银行跟 TK 银行停止做资金交易了，让我们立刻查明原因并且尽快恢复交易。"许婧还没反应过来，又听 Victor 说，"我刚才给华隆银行金融市场部张听涛总经理打电话，他一听是我，说在开会就把电话挂了。你现在马上联系华隆银行问明白怎么回事，我们再做处理。"

许婧一连说了好几个"是"，退出了 Victor 的办公室。

华隆银行是中国四大银行之一，每年跟 TK 银行有大量的资金交易，是 TK 银行在中国最重要的交易对手和外汇交易利润来源之一，所以 Victor 才急成这个样子。

许婧回到办公室拿了手机来到外面的走廊上，然后拨通了华隆银行一个交易员的电话。

"喂，陈强，你好！我是许婧。"

"我知道你会找我，等我出去给你回电话。"许婧一周前跟陈强通过电话，所以陈强才会这样说。

经过陈强电话里的叙述，许婧才明白是怎么回事。原来 Vivian 知道 Victor 要招一个销售人员来负责金融机构客户，她也想尽快找到一个人来卸掉自己的压力。于是，经朋友介绍她就找到了华隆银行的交易员王斌，希望王斌能到 TK 银行来做销售。王斌说回去考虑一下，但最终也没给 Vivian 答复。

这件事本来已经过去了，但不知道怎么最近被张听涛知道了。王斌是他很看重的一个交易员，准备好好培养。张听涛知道后大怒，华隆每年和 TK 做那么多交易，TK 竟然还挖华隆的交易员！简直岂有此理，非得教训一下他们。

许婧很为难，因为事情牵扯到 Vivian，自己又初来乍到，处理不好会影响与 Vivian 的关系。但思来想去这事还必须告诉 Victor，因为大老板还在等回复呢，顾不得那么多了，于是许婧敲门进了 Victor 的办公室。

Victor 正在焦急地等待许婧的消息，见许婧进来，迫不及待地问道："查清了吗，怎么回事？"

许婧就把事情原原本本说了一遍，最后说："Vivian 也是为了行里的工作，她也不是故意的，你也别怪她。"

Victor 听完许婧的叙述，表面上没说什么，但心里大骂 Vivian 浑蛋，当时就怕出这种问题，所以才让猎头帮忙找人，谁知 Vivian 自作主张。

原因找到了，但怎么能让华隆跟 TK 恢复交易呢？自己在张听涛面前可没有那么大面子。他望着正在看着自己的许婧，心想，谁能帮自己渡过这个难关呢？许婧行不行？

事到如今，他不自信地张口问道："许婧，你有没有办法？"

许婧在看着 Victor 的时候，心里也一直在想办法。Victor 虽然职级够高，但在北京时间不长，还没有交到多少有用的朋友，大多数只是工作上的一面之交。而自己在职场资历尚浅，职级也不高，与这些资深的领导根本说不上话。

许婧在 Victor 问自己的同时，正好想到一人，她脱口而出："我有办法！"说完她又有些后悔，这个人如果不帮自己怎么办？唉，死马当活马医，就赌一把吧。

回到办公室，许婧拿起手机到了外面走廊上："喂，是肖总吗？我是许婧。""问我为什么给你打电话，想你了呗。"

电话的另一边，肖剑锋呵呵笑了两声，说："别逗了，你无事不登三宝殿，没事你不会来找我。"

许婧连忙说："瞧肖总说的，我是发现了一个特别好吃的地方，哪能自己独享？特邀请肖总一起进餐。"许婧自己都不相信，自己怎么一下子变得这么油嘴滑舌。

"好吧，恭敬不如从命，难得你这么诚心诚意。不过这两天会议比较多，周五晚上吧。"

"好，就这么说定了，不准放我鸽子。你别开车了，我去接你。"

周五下午，许婧特地去一家高档美发厅做了头发，化了一个精致的妆容，穿了一条无袖"V"领连衣裙，配上一双镶有水钻的银色高跟鞋，手持新买的迪奥经典款银色小包。

精心设计的这一身装扮，不仅凸显出她曼妙的身材，更让她高雅淑女的气质显露无遗。可见，许婧对这一次与肖剑锋的会面是花了心思的。

在去接肖剑锋的路上，她竟有了一种莫名的紧张。诚然，这是她入职 TK 银行之后要完成的第一项重要任务，这对她非常重要。但她也有一丝丝激动和期待。

许婧打了一辆黑色专车，准时接到了肖剑锋。

在路上，肖剑锋问许婧："到哪里吃饭？"

许婧笑着说："别着急，到了你就知道了。"

周五下班的时候，通常交通非常拥堵，可今天却一路畅通，半个多小时就到了目的地。

下得车来，只见是一个胡同的尽头，眼前的建筑好像是一座寺庙。红墙灰瓦在枝叶茂盛的梧桐树的掩盖下，给人一种时光沉淀了的感觉。这竟然是一家法式餐厅。踱步往里走，觉得中国寺庙与法国情调浑然一体，结合得那么完美。服务员穿着修身的黑色西装，面露微笑，举手投足间尽显优雅，让人感觉特别好。

灯光幽暗，烛光摇曳，给人一种朦胧的浪漫感。入座之后，许婧拿起菜单不假思索地点了起来，海虹奶油汤、自制烟熏三文鱼、鹅肝龙虾卷、安格斯牛排、法式布丁，最后要了两杯波尔多红酒。

肖剑锋一直看着许婧点菜，没有说话，等她点完了，才说道："你不是第一次来这儿吧？"

许婧笑着回答："看来我成功了。"看到肖剑锋不解地看着她，她继续说，"我做功课了，看来我是个好学生。"这话让肖剑锋也笑了。

过了一会儿，菜陆续上桌了，每一道菜许婧都劝肖剑锋多吃点儿。说实话，这里的菜有品相，而且真的好吃。酒也好喝，肖剑锋平时很少喝酒，但今晚这么好的菜肴，也破例喝酒了。

肖剑锋关心地问起许婧在 TK 银行做得怎么样，同事好不好相处，工作压力大不大。

许婧说："外资银行挺锻炼人的，尤其做销售，人脉资源特别重要。"于是，她就把华隆银行停止跟 TK 银行交易的事告诉了肖剑锋，然后无奈地说，"香港的大老板发火了，限期让北京的老板想办法恢复交易。北京的老板也发火了，限期让我想办法完成任务。可怜我这个无名小卒回天乏术，只有等着老板裁掉我了。"

许婧既是诉苦，也是在说心里话。

"所以今天请肖总来是表示感谢，感谢你的推荐，等过几天没了工作怕是请不起肖总了。"许婧说得动了情，眼眶都湿润了。

肖剑锋是个性情中人，自己受委屈可以忍受，但见不得别人受委屈，尤其是在他面前这么楚楚动人的女人受委屈，他更是见不得。于是，他连忙安慰起许婧来："别想那么多，事情没有那么糟糕。我帮你就是了。"说着，拿起手机拨通了张听涛的电话："喂，听涛，我是剑锋。下周一上午一上班我到你办公室，有点儿事请你帮忙。"

"剑锋啊，好的，啥时来都欢迎你。"

肖剑锋放下电话对许婧说："听见了吧，周一跟我去见张总。"

许婧一直在认真听他们两人的对话，虽然她相信肖剑锋，但还是有点儿担忧，这么大的事情就那么容易搞定吗？

肖剑锋看出了她的心思，便告诉她张听涛是他在英国剑桥大学的室友，两人好得就像一个人一样。还绘声绘色地讲起他们俩的许多糗事，许婧听得哈哈大笑。

"这你就放心了吧。谢谢你丰盛的晚餐，回家吧，过个轻松的周末。"

许婧又叫了一辆专车，要先送肖剑锋回家，肖剑锋说方向不同，执意让许婧先走。

无奈，许婧就自己上了车。路上，她给 Victor 打了电话，汇报了今晚见肖剑锋的情况，告诉他周一搞定张听涛。

回到家，许婧卸了妆，洗了个澡，做了面部护理，就上了床。

也许是喝了点儿酒，有些兴奋，翻来覆去睡不着。她回味着今晚跟肖剑锋在一起的情景，肖剑锋太帮自己了，他是不是对自己有意思？可是他也没表示出什么。到底为什么，她还是搞不明白。

周一上午9点，肖剑锋和许婧一会面，便带着她上电梯，到了8层出了电梯直奔张听涛的办公室，显然是熟门熟路。

张听涛180cm的个子，身材匀称，就是肚子稍稍凸出，看来应酬少不了。他一见肖剑锋，就赶忙站起来搂住肖剑锋的肩膀："哥们儿，说来还就真来了。"一瞥眼看见跟在肖剑锋后面的许婧，便松开了肖剑锋的肩膀，"咳，敢情是让我见你的女朋友哇。"

张听涛一边招呼着他们在沙发上坐下，一边又打趣地说："你别说，我看你俩真般配。我说剑锋，你也老大不小的了，该成个家了。你侄子眼看都要上高中了。"

肖剑锋连忙止住他："别乱说，今天来谈正事。"

张听涛分别给他俩沏了茶，然后坐回到自己的老板椅上："谈正事，什么正事？"

肖剑锋单刀直入地说："你尽快恢复和 TK 银行的交易吧。"

"什么什么，你是给 TK 银行来做说客？我告诉你谁来也没有用，别怪我不给你面子。"

肖剑锋微微一笑，说："我说三个理由，如果你觉得不对，我立马走人。

"这其一，你也有点儿太小气了吧，不就想挖你一个交易员吗，还没挖成。我告诉你，我的交易员今年跳槽了五六个了，这不，我身边的许婧也是我的交易员，现在去了 TK 银行。哦，她是代表 TK 银行来给你道歉的。交易员流动是正常的，不要心胸那么狭窄。"

肖剑锋喝了口水，又接着说："其二，TK 银行也是华隆的大客户、重要的交易对手，跟你们的交易额度很大，报价也合理，你不要只想着对方从交易中赚钱了，你们不也赚钱了吗？我告诉你，这是双赢，没了这个大客户，你们是双输。"

肖剑锋故意放慢了语速："这其三嘛，你好好想一想，停止与 TK 银行的交易，你事先请示过行领导吗？这件事现在闹得沸沸扬扬，万一传到行领导耳朵里，再如果 TK 的高层到行里来告你的黑状，你小子可是吃不了兜着走吧。"

肖剑锋一席话让张听涛不由得冒冷汗。他想，肖剑锋这小子说的句句在理呀，我原先怎么就没过脑子呢？于是张听涛立马就换了一副笑脸，悻悻地说："肖总所言极是，张某受益匪浅。"

肖剑锋回道："孺子可教也。"

张听涛马上叫来了外汇交易处处长，命令他马上跟 TK 银行恢复交易。

许婧坐在那里一直没有说话，她也知道插不上嘴，直到临走时才跟张听涛说："跟您说声对不起，以后不会再发生类似的事情了，谢谢您大仁大量。"

Victor 给威尔森写了一封邮件，说是因为一些小误会华隆银行才停止交易的，现在误会解除了，交易恢复了。他没有说是因为 Vivian 的错误导致的。对于 Vivian 他有点儿顾忌，是因为她手中有几个大客户，而这些客户是 TK 银行不能失去的。但出于公平他还是把 Vivian 叫到办公室狠狠地批评了一通。

对于许婧，Victor 是刮目相看的。从第一次面试见到许婧的时候，他就被她深深地吸引了，许婧不单单是漂亮，而且落落大方、气质高雅，她是让人一见就会爱上但又不会有非分之想的女人，她是天生的尤物。何况她刚来了不到一个月，就摆平了这么大的事情，帮自己渡过了难关，她是上帝派来的美丽天使吧。

他也把许婧叫到办公室，好好地表扬了一番，并鼓励她继续努力。末了他对许婧说，按照惯例他会请每一个新来的员工吃一次饭，问她什么时间方便。许婧不假思索地说："那就今天晚上吧。"Victor 说他来订一个餐厅。

Vivian 从 Victor 办公室出来满心的不服气，她不认为自己有什么错。而对于许婧，她不但不心存感激，反而认为许婧是要出风头。听说是许婧的前领导帮了她，许婧只是请男领导吃了一顿饭，鬼才会相信。现在这么现实的社会，凭着自己的阅历，她感觉他们一定有特殊关系。想到这儿，她不屑地哼了一声。

Gloria 和 Steve 对许婧佩服死了。觉得许婧刚来就做了这么大的一件事，这是他们远远达不到的，今后要多向她靠拢和学习。

许婧心里很是高兴，她初来乍到就完成了这么艰巨的任务，看来在 TK 银行立足是没有问题了。她有些得意，心情甚好。

下班后，Victor 带着许婧来到了附近的一家粤菜馆。入座之后，Victor 说："粤菜是我的家乡菜，一般特别重要的人我才会请吃粤菜。这家的粤菜很地道，希望你喜欢。"说完笑眯眯地看着许婧。

许婧顿时有点儿受宠若惊的感觉，连忙说："喜欢喜欢。"

Victor 说："其实粤菜的精华在于煲的汤，这个海螺汤就是特色之一，每天限量供应，这是我提前预订的。"说着，Victor 给许婧盛了一碗放到她面前，说："你尝尝吧。"

许婧拿起勺子盛了一些放到嘴边吹了吹，然后送入口中，汤真的很鲜，而且海螺的味道醇厚不腻，她不禁赞叹道："真是美味！"

Victor 脸上露出得意的笑容："好喝就趁热多喝点儿，这是补身体的。"

许婧说："听说广东的女人必须会煲汤，不然嫁不出去，是真的吗？"

Victor 笑了笑说："这有点儿夸张，但广东女人都会煲汤倒是真的，而且很多广东男人也会煲汤。我妈妈就特别会煲汤，我也会，只是水平比她差一些，不过也很好喝哦。哪天尝尝我煲的汤。"说完看了许婧一眼。

许婧说："那你的女人可是有口福了。"

Victor 又笑了笑说："我可不单是会煲汤，好多粤菜也会做。我周末在家都要煲一锅汤，再炒上几个菜犒劳犒劳自己。"

许婧觉得 Victor 不光是事业有成，而且还蛮有生活情趣，看来是一个不错的男人。

许婧因为做成了一件大事，而且受到同事们的赞扬，每天上班都美滋滋的。但有一天，她忽然觉得同事们看她的眼光有些异样。

起初她也没太在意。直到一天下午她去茶水间，走到门口时，听到里面两个人在议论她。一个说许婧真是个大美女，另一个说那也不能利用美色呀，听 Vivian 说她和她的前男领导……声音随后压低了。

许婧站在门口，进不是退也不是。这时候里面的两个人出来了，看到她说了声"倒水呀"，一脸的尴尬。

许婧没有进茶水间，转身回到了座位上。此时，Vivian 正坐在 Victor 的办公室里。

第二章

你若恨，生活哪里都可憎；你若感恩，世间处处可感恩；你若成长，事事都能让人成长。不是世界选择了你，是你选择了这个世界；不是命运给了你怎样一种生活，是你为自己选择了哪种生活。

1

Vivian 三年前在上海的一家外资银行——M 银行里做企业客户的销售。

那时的她，年轻、充满活力、工作努力，几乎天天加班。她的老板很赏识她，经常带着她参加有客户参与的活动，无论是吃饭、唱歌，还是打高尔夫。客户也都喜欢她。

作为销售人员，客户公关是必要也是最关键的环节。仁者见仁智者见智，每个销售人员的天赋和优势不相同，擅长的方式也就不一样。

Vivian 从小就知道，作为一个女孩子，天生丽质是可以带来诸多益处的。比如，幼儿园的阿姨会在分菜的时候，把一只个头大一点的虾放在她的碗里；父母单位的叔叔阿姨，经常会在她去玩的时候，送给她一些水彩笔、小贴画之类的东西。

记得爸爸部门的一个叔叔，还曾经用铅笔给她画过一张肖像画，那张画里的小姑娘有着自然的鬈发大眼睛，正歪着脑袋露着笑，那是她儿时最甜蜜的回忆之一。这也让 Vivian 彻底地知道，上帝对这个小姑娘是偏爱的。未来的日子里，这将会是她特有的重要财富。

青春期之后的 Vivian 更加体会到了性别带来的不一样。比如，书桌里经常会出现一些用纸条包着的漂亮橡皮，用画着小人儿的彩色纸包着的小零食，等等。

当然，主要的还不是这些。时不时在放学路上被三五成群的男生搭讪，成了她初中生活里不间断的插曲。好在作为医生的父亲和作为教师的妈妈一直对她严格教育和管理，不允许任何杂音侵袭她的净土。在父母的呵护下，Vivian 才得以平平静静地把高中顺利读完，成功拿到父母心目中理想大学的录取通知书。长大后的 Vivian 才明白，有一个漂亮的女儿，父母经常会提心吊胆的。

家庭教育对于一个人的价值观和为人处世的方式会产生深远的影响。工作后的 Vivian 深深地体会到了这一点。特别是当她初入社会，在 M 银行做销售的那段日子，让她备受煎熬。

她的部门主管是一个 35 岁左右的男士，叫 Mark。从澳洲科技大学金融工程专业研究生毕业后，成功地拿到了当地一个银行的 Offer。工作两年之后，他申请成为澳洲的永久居民。为了拥有更多的机会和发展空间，Mark 毅然选择回国，奔向国内欣欣向荣、蓬勃发展的金融业。

回国后，Mark 通过一个老同学的介绍，先在一家欧洲银行从事企业客户的销售工作。凭着扎实的业务功底和八面玲珑的特质，再加上外资银行的许多特色业务对企业有所助益，逐渐被企业客户所接受这一大环境，他的业绩逐年提升，干得顺风顺水。在欧洲银行干了三年后，他又跳槽到一家英国银行。在几家银行摸爬滚打了近十年，他又通过猎头找到了刚刚到中国发展的 M 银行。

M 银行是欧洲老牌的投行，试水中国市场，最初的小目标是为中国的大型国有企业服务，Mark 的过往经验和积累下的客户关系，就成了这家银行请他过来的原因。初到 M 银行，他的职级是 Director。

也正是在这个时候，Vivian 被招进了 Mark 所带的团队。由于是新组建的部门，Mark 特意把几个和他个人有一些关联的、知根知底的人招了进来，他觉得这样带起来顺手，也会更有行动力。

从 FX 银行跳槽来的 David 是他同学的弟弟，土生土长的上海人。从复旦大学金融专业本科毕业有 5 年了，是之前 Mark 在英国银行团队中的一员。干了两年后，跳槽去了 FX 银行。这次，Mark 又把他招了过来。他在 M 银行的职级是 VP。

还有一个 AVP，是上海同济大学国际贸易专业本科毕业的 Laurie，是 Mark 姑父的妹妹的女儿。小姑娘刚刚毕业，性格活泼，Mark 觉得这个女孩是一股清流，第一印象很好，值得好好带一带。

Vivian 是团队中唯一一个和 Mark 之前没有任何交集的人。

招她进来，Mark 是经过认真了解和思考的。Vivian 在大学及研究生期间的学习成绩优异，这是她的亮点和优势。此外，她人长得漂亮。Mark 在简历上看到她照片的时候，就觉得眼前一亮。面试的时候，Mark 也特意多问了她几个专业的问题，Vivian 的表现让 Mark 很满意。特别是 Vivian 在读书期间，曾经在家人的帮助下联系到了几个外资和国有的商业银行进行过一些短期实习，有过一些工作经验，这也让 Mark 觉得她应该是可以重点培养的一匹黑马。

Mark 一直认为，作为女性销售人员，业务能力强是优势，如果再加上年轻貌美，更是会如虎添翼。望着 Vivian 精致灵秀的脸庞，Mark 已经对她未来的工作，有了一个明确的规划。

尽管 Vivian 是硕士毕业，但这是她的第一份工作，还是要从助理做起。

一天晚上，Mark 带着 Vivian 请客户吃饭。临行前 Mark 对她说："今天要和客户谈一个重要项目，我们要不遗余力地拿下它。做销售是讲究艺术的。"然后又看着她意味深长地说，"你还需要磨炼。"

Vivian 似懂非懂地点点头说："会的。"

他们比约定的时间早到了一会儿，Mark 刚点完菜，客人就到了。

客户一共 4 个人，Mark 一见，连忙迎上前去，朝着为首的那个人一边伸出手一边说："谭总，您好！"然后又把身后的 Vivian 介绍给谭总，Vivian 也忙伸出手说："谭总，您好！"

落座之后，他们严肃认真地谈起了项目。

饭菜吃到了一半，项目的事也谈得差不多了，谭总说："这酒喝得太闷了，咱们玩个游戏吧。"他们玩的是"叫 7"的游戏，也称"逢 7 过"。酒桌上的一个人先喊一个数字，通常是十以内的数，其他人轮着依序继续报数，当遇到 7 或者是 7 的倍数的数字时，比如 7、14、17、21 等，不能喊出来，只能喊"过"。要是一人错了，其他人还跟着喊就连带受罚。玩着玩着，大家不知不觉已经喝了不少酒。

接下来，大家起哄，让 Vivian 跟谭总喝个交杯酒。

Vivian 涨红着脸说不行。但是 Vivian 没想到，她的拒绝反而更刺激了正在兴头的谭总。

谭总说:"对对对,一定要喝。"谭总的三个下属也拍着手喊:"喝一个!喝一个!"Vivian 的脸更红了,她绝望地看着 Mark,而 Mark 却冲她挤挤眼点点头,好像在鼓励她。

无奈之下,Vivian 与谭总喝了一个交杯酒。然而,谭总说刚才喝的是小交杯。所谓小交杯,就是常见的胳膊挽着胳膊的那种交杯酒。

借着酒劲,谭总说还要再喝一个大交杯。所谓的大交杯,就是俩人抱着喝,一个人的胳膊环过另一个人的脖子,即相互搂着对方的脖子喝。

Vivian 知道今晚躲不过去了。红着脸推辞了半天,最后,还是和谭总又喝了一个大交杯。

这顿酒足足喝了三个多小时,谭总的脸红得像猪肝,说话舌头都不利索了,临走前还抓着 Vivian 的手说:"今天没喝好,下次再喝。"

客户走后,Vivian 对 Mark 说:"怎么可以这样,也太不像话了吧。"

Mark 却说:"项目对我们最重要,拿到项目,公司才能赚钱,公司赚了钱,我们才能赚钱。我不认为这有什么。"

Vivian 直到这时才明白 Mark 让她磨炼的真正含义。

一天下午,Mark 把 Vivian 叫到他的办公室问她:"你喜欢唱歌吗?"

Vivian 说喜欢唱梅艳芳的歌。

"太好了!你今晚跟我一起请客户唱歌去吧,这个客户对吃饭不讲究，就是喜欢唱歌。"Vivian 说"好"，心想今晚不用喝交杯酒了。

Mark 带着 Vivian 来到一家酒店，直接进了一层的自助餐厅。

刚坐下，就看到三个人走了进来，Mark 连忙站起来迎了上去。他对中间那个清瘦的人说："晏总，您来了。"说完往旁边挪了半步，指着 Vivian 对晏总说，"这是我的美女同事 Vivian。"

晏总握了握 Vivian 的手说："幸会，幸会!"

自助餐比较方便、省时，不到一小时就吃完了。晏总用餐巾纸擦了擦嘴，打着饱嗝说："Mark，咱们接下来去哪里?"

Mark 连忙说："老地方，已经订好包间了。"说完就引导着大家向二层走去。

这家 KTV 的装修没有那么豪华，但是包间宽敞，音响效果很好。

大家在沙发上落座，唤来服务员点了茶水、干果和水果拼盘之后，Mark 开口说："咱们开唱吧，还是请晏总先来一首。"晏总也没有谦让，点了一首刘德华的《回家的路》。

这首歌比较高亢，但晏总唱得有模有样，高音部分也都唱上去了。晏总唱完，大家鼓掌叫好。

晏总说："接下来请 Vivian 小姐唱一首吧。"

Vivian 客气了一下，点了一首梅艳芳的歌《想得开》。这是一首比较小众的歌，本是说恋人分手后的心境。但是，单从歌名来看，也算是此情此景 Vivian 给自己鼓气吧。唱毕，大家也是鼓掌叫好。

就这样，大家你一首我一首唱得嗨了起来。

这时，有人唱起了邓丽君的《在水一方》，晏总站了起来，做了一个请的手势说："不知能否请 Vivian 小姐跳支舞？"

Vivian 也站了起来说："请。"

晏总拉着 Vivian 的手来到茶几和屏幕之间的地方，双手搂住 Vivian 的腰，脸贴上 Vivian 的脸颊。Vivian 的脸立刻红了起来，想把晏总推开，可是又不敢，只能无助地望着 Mark，希望他能救自己。可 Mark 却眼睛不眨地望着 Vivian，仿佛在用眼神鼓励着她。

晏总搂得越来越紧，Vivian 觉得快喘不过气了，但她还是不敢推开晏总。就这样，Vivian 随着晏总的步子前一步后一步地挪着。终于音乐停止了，晏总贴着 Vivian 的耳朵说："我喜欢你！"然后双手拍了几下 Vivian 的臀。

就这样，他们一直唱到午夜 12 点多才结束。

送走了客户，Vivian 对 Mark 抱怨："太过分了，客户怎么可以这样？"

Mark 一本正经地说："别太往心里去，这就是逢场作戏。让他们高兴了，他们就会给我们交易做，我们才能赚到钱。我还是那句话，我不认为这有什么。"

Vivian 心身俱疲地回到了家。她虽然心里不愿意，但 Mark 说得有道理，为了业绩，不就是逢场作戏吗？只要不突破底线。

2

这样的日子过了多半年，Vivian 慢慢适应了这种情况。她跟着 Mark 拿到了好几单交易，Mark 还表扬她进步很快，并许诺年底给她多发奖金。

一天早上刚一上班，Mark 就把她叫到办公室，很严肃地对她说："你的业绩完成了，但整个团队的业绩还差不少，如果团队完不成业绩，你的奖金也会受影响。"

Vivian 一听就着急了："那怎么办？"

"现在有一单大交易，如果我们能拿到，就完成任务了。但是好几家外资银行都在抢，我们也没有明显的优势，而且这家企业的董事长油盐不进，一直搞不定。所以我们今晚请这位董事长吃饭，做最后一搏。"Mark 停顿了一下，接着说，"你好好准备一下，打扮得再漂亮一点儿。"

Mark 带着 Vivian 早早地来到一家五星级酒店，在大堂等候着。

Vivian 穿了一件裸色的连衣裙，下摆及膝，衬得她腰线婀娜。柔顺的发丝，刚好遮住了背部显露的雪白肌肤。额头点点的微汗，反射着酒店大堂顶部的绚丽灯光，耳朵上纯黑色的耳针，简单、素雅。

Vivian 对味道是很敏感的，这家酒店的大堂，不仅富丽堂皇，空气中还散发着悠悠的香气。这个香味不是喷的香水，而是经香熏系统扩散出来的。白茶的香味，不突兀，缓缓地，沁人心脾。

Vivian 的心逐渐安静了下来。

时间约的是晚上 6 点半，都 7 点了客户还没露面，Mark 有些着急，心想要是对方不来这计划就泡汤了。他正在嘀咕时，董事长进了大堂。

Mark 连忙迎了上去，说："费董事长，您来了。这位是我的同事 Vivian。"

费董事长上下打量了一下 Vivian，露出笑容说："今天我自己开车，路不熟，走了点弯路，让你们久等了。"

Mark 连忙说："哪里哪里，费董事长您饿了吧，咱们去用餐吧。"

Mark 和费董事长走在前面，Mark 小声地问："还满意吧？"费董事长笑了笑，拍了拍他的肩膀。

转眼他们上了二层。

这是一家粤菜馆，最出名的菜是清蒸东星斑。要说这道菜，最讲究火候，只能蒸 7 分钟，多一分就老了，少一分就不熟。

进到包间里，3 个人落座。Mark 很快点好了菜，当然少不了东星斑。

Mark 说："费董事长您开了车，咱们就不喝酒了吧，您看喝点什么？"

费董事长思忖了一下说："今天是粤菜，咱们就喝香片茶吧。"香片是香港人爱喝常喝的茶，是花茶的一种。

须臾，茶上来了，菜也一道一道上来了。Mark 与费董事长没谈项目的事，只是聊最近的奇闻逸事。

当饭吃到一半的时候，Mark 的手机响了，他说出去接个电话，就走了出去。

大约 10 分钟后，Mark 回来了对着费董事长说："刚才我的老板有急事找我，我得赶回办公室，真对不起，陪不了您了。"然后又对 Vivian 说，"单我已经买完了，费董事长就交给你了，你可一定要陪好。"说完就急匆匆地走了。

Mark 一走，刚一开始，两个人都不说话，气氛有点儿略显尴尬。Vivian 想，不说话不行，就主动聊起了家常。你一言我一语，渐渐地气氛就不尴尬了，俩人也熟络了起来。

Vivian 跟费董事长谈起了项目的事，费董事长说："这笔交易我们是一定要做的，但好几家外资银行都来找我，大家都是朋友，所以跟谁做不跟谁做真的很难定。"

Vivian 听到这儿，便摆出撒娇的样子说："费董事长，就跟我们 M 银行做吧。"

费董事长迟疑了一下,然后拿出一张房卡放在 Vivian 面前,说:"如果你愿意,到房间来找我,我等着你。"说完就走了出去。

Vivian 完全傻掉了。心想:这是什么情况,怎么会是这样?这明明是设计好了圈套让我往里跳,我可是有底线的呀。她腾地一下站起来想一走了之。突然又想,自己走了,交易肯定就拿不到了,奖金也就没了,自己这大半年的付出全白费了。她又坐了下来。

就这样,她思来想去,犹犹豫豫,最后心一横:老娘我豁出去了!拿起桌上的房卡,向电梯间走去。

最终,交易拿到了,团队的任务完成了。Mark 表扬了 Vivian,把她的职级升到了 AVP,她也拿到了一大笔奖金。

但是 Vivian 郁郁寡欢,怎么也高兴不起来。她一想到那天晚上,她就不能原谅自己,甚至恨自己。她也想过离开 M 银行去一家国有企业,但国有企业收入没有这里高,无法维持她现在的生活水准。一想到每天一大早要去挤公共汽车或挤地铁,她就打消了离开 M 银行的念头。

她的这种状态持续了一年多的时间,虽然还是经常跟 Mark 去见客户,但已然没有了以前的那种热情。她现在已经可以娴熟地跟客户拼酒、唱歌,逢场作戏的技巧炉火纯青,但她鄙视他们,每次活动结束她都会在心里咒骂他们。

3

忽然有一天,Vivian 在网上看到了 TK 银行北京分行招聘销售人员的信息。她知道 TK 银行是一家著名的欧洲大银行,她萌发了换个城市工作和生活的想法。一来，北京是中国的首都，全国政治经济文化中心；二来，外资银行有一个不是规律的规律，就是在一家外资银行干个3年左右就要跳槽一次，这样能够升职加薪。所以一般来说，从职级的高低可以判断一个人工作过的银行的多少。

自己在 M 银行工作了3年多，也该离开了。想到这里，她下定了决心，于是很快在网上给 TK 银行发了一份简历。同时，她想到自己的舅舅在北京。虽然跟舅舅联系不很紧密，但是舅舅从小就喜欢她，每次来上海都要给她买礼物，请她吃饭。但因为很少与舅舅谈论工作上的事情，所以对舅舅的工作状况了解不多，只知道他在一家上市公司工作。

她想，应该给舅舅打个电话，说不定能帮到自己。于是她很快拨通了舅舅的电话："舅舅你好！我是薇薇。"

听筒里传来一阵亲切的笑声："薇薇呀，听到你的声音真高兴，怎么想起给我打电话了？"

Vivian 撒娇地说："舅舅，人家想你了，给你打个电话还不行。""好啊，是不是要来北京？"Vivian 说"是"，紧接着就把应聘 TK 银行的事告诉了舅舅。舅舅开心地大笑起来，说："你来北京工作太好了，这样我就能经常看见你了。"然后又爽快地说，"TK 银行北京分行的几个头儿我都很熟，我马上给他们打电话，这点面子他们不会不给我，你等好消息吧。"

挂了电话，Vivian 高兴了起来。

不久，Vivian 就来到了北京，做了全球市场部的企业销售。她办好入职手续，租好了房子，一切安排妥当之后，就提着一个很大的水果篮去看舅舅。

舅舅看到 Vivian 高兴极了，又是沏茶又是削水果，还不停地夸赞："薇薇真是越长越漂亮了。"紧接着又关心地问道，"在 TK 具体做什么，有什么舅舅能帮你的?"

Vivian 跟舅舅也不客套，就把自己的工作岗位、工作内容、未来的工作打算一股脑儿地告诉了舅舅。

舅舅一脸轻松地说："我跟几家大企业的财务主管都很熟，我们经常聚会，哪天我把你介绍给他们，他们会帮你的，只要你好好干。"

就这样，在舅舅的帮助下，Vivian 很快在北京站住了脚，给 TK 银行拿到了好几单大的交易，就连后来来的 Victor 都不得不对她刮目相看。

Vivian 在工作上顺风顺水，可是情感上还没有着落。大学期间曾交过一个男朋友，但随着大学毕业，各奔东西，自然也就分手了。工作以后，通过相亲认识了一个 IT 男，交往后由于两个人工作都很忙，经常加班，聚少离多，再加上 Vivian 本来就对他不甚满意，慢慢也就散了。到北京之后，Vivian 也经人介绍见过几个，但都不满意。她始终认为，一个优秀的男人，要人品好有才华，长相只是加分项。

直到去年 Victor 来了之后，Vivian 眼前一亮，认为 Victor 才是她的菜。她开始有意地接近他，后来知道他有个同居女友，着实苦恼了一段时间。后来想只要 Victor 没结婚，她就有权追求他。于是她有事没事就往 Victor 的办公室跑。

经过一年的接触，她了解到 Victor 是个正直、有原则的人，从不胡来，做事情认真但不死板，还体恤下属，人品好。再加上，四十多岁就当上了 MD，这足以证明他的能力。他完全符合她心目中的好男人的标准。她要努力把他抢到手。

第三章

时光如水，流淌着人生的悲欢离合；岁月如歌，吟唱着生命的酸甜苦辣。总有一段日子让我们孤独、彷徨、无助，甚至在那个时候，我们开始怀疑人生，为什么会有那么无可奈何的磨难？其实，我们应该心怀感激，正是这些无奈让我们走向了成熟，在迷茫中确定了生存的价值。人生是一条路，没有人可以改变旅途的崎岖不平，但可以打造生命的无怨无悔。

1

这天，Vivian 坐在了 Victor 的办公室里，她知道他正为今年的业绩着急，也知道自己今年还没有大的交易单子，所以她来的目的，一是帮他分忧从而获得他对自己的好感；二来是为了自己业绩的完成。

于是，她用有点儿神秘的语气说："我得到一个确切的内部消息，冀北电厂不久前获得了一笔日元转贷款，金额等值 5 亿美元，正在考虑做债务保值。"

Victor 立刻精神了起来，凑过来问："转贷款是怎么回事？"

Vivian 解释说："转贷款就是日本政府将其与中国贸易的顺差拿出来一部分，低息贷给中国政府，中国财政部再通过一家中资银行把钱贷给中国企业，中国财政部做担保人。"

Victor一听更来了精神，如果能拿到这笔债务保值业务，完成今年的业绩简直是绰绰有余。于是他对Vivian说："尽快搞清楚冀北电厂的意图。"

Vivian笑眯眯地离开了Victor的办公室。

许婧水也没打，气呼呼地回到了座位上。别人说她跟肖剑锋如何如何，她倒没怎么太生气，本来就没什么，身正不怕影子歪，况且她和肖剑锋都是单身，就是真在一起也没什么大不了的。

最令人生气的是Vivian，凭什么到处造谣！许婧越想越生气：你闯了祸，我帮了你，你不感谢也就算了，还糟蹋我。

世界上有两种人最可恨，一种是贬低别人抬高自己，另一种是自己犯了错，借抹黑别人掩盖自己。Vivian就是后一种。

她又想，Vivian说不定自己就是这样的人，所以她的思想才这么肮脏。想到这儿，心情平复了很多。她又想到了肖剑锋，那天张听涛说他俩很般配，她当时心还真的动了一下，虽然知道张听涛是在开玩笑，她心里还是很高兴的。

原来她只是认为肖剑锋是个不可多得的好领导，但经过这次的事，她对他佩服得五体投地。他那天说得那么头头是道，别说是张听涛，再换个别人也招架不住，也得缴械投降。张听涛当时听完就蔫了，立马就恢复了交易，他可是华隆银行的老总啊。想到这儿，她不禁得意起来，自己也太有面子了。

对了，肖剑锋怎么还单身，他应该算是钻石王老五级别的了，身边的女性应该乌泱乌泱的吧，可没听人说过他有女朋友，也没听他聊过情感的事，哪天约他聊聊。

　　下班了，她收拾东西准备离开，忽然看到 Vivian 笑眯眯地从 Victor 办公室走了出来。她愤愤地想，这个狐狸精又勾搭人去了，明知道人家 Victor 有女朋友还往上贴，真不知道什么叫廉耻。她经过 Vivian 的时候"哼"了一声就走了过去。

　　Vivian 这时候还沉浸在兴奋之中，许婧走过她身边的时候她根本就没在意。她想着刚才 Victor 看自己的那个眼神，充满着渴望和欲望，她不禁又有些想入非非：哼，只要自己拿下这单大交易，不光奖金大大的，Victor 也要拜倒在自己的石榴裙下，那时候可就独领风骚风光无限了。

　　肖剑锋正在去机场的路上，他昨天接了个电话，一个在英国的老朋友安妮今天到北京，让他去接一下。

　　正值星期五的下午，机场高速公路上车很多，车走得很慢。肖剑锋看了看手表，时间还来得及，他打开收音机，调到了音乐台，里面播放的是梁静茹唱的《可惜不是你》。

可惜不是你

陪我到最后

曾一起走却走失那路口

感谢那是你

牵过我的手

还能感受那温柔

感谢那是你

牵过我的手

还能温暖我胸口

他很喜欢梁静茹的歌，尤其是这首。他觉得歌词写得特别好，梁静茹也唱得娓娓动听、深情款款。

突然，前面的车停了下来，肖剑锋急忙一脚刹车，幸亏车速不快，不然肯定就追尾了。肖剑锋打开车窗探头往前看，想看看前面发生了什么状况，忽然看到左边车道隔着一辆车的前边车里有一个脑袋伸出来，咦，好像是许婧，怎么是她？她来机场干什么？正在想着，车流又开始了前行。

还好，当肖剑锋站在 B 出口的时候，安妮正好推着行李车出来。肖剑锋连忙迎了过去，和安妮简单拥抱了一下，然后接过行李车，和安妮说笑着往停车场走去。

这一幕被许婧看个正着。

肖剑锋在机场路上看到的就是许婧。她是来接父母的，父母从英国旅游回来。许婧看到肖剑锋和安妮觉得诧异，又有一丝失落。在回家的路上，她有点儿闷闷不乐，与父母话不多，母亲察觉了出来，问她是不是遇到什么事还是工作太累了。

许婧尽管说没事，但她脑子里总是不停地闪现肖剑锋与那个女人拥抱的画面。这个女人是谁？难道是他女朋友？如果不是，为什么他们如此亲密？

肖剑锋把车停到金融街威斯汀酒店停车场里，然后拉着箱子与安妮走进大堂，安妮很快办好了入住手续，她接过箱子对肖剑锋说："我先上去，你等我一会儿，换个衣服就下来。"

安妮进到房间之后，简单地洗漱了一下，补了补妆，打开箱子拿出一条浅色碎花连衣裙换上，穿了一双中跟儿的白色高跟鞋，在穿衣镜前照了照，虽然已经临近四十岁了，但脸上没有什么皱纹，皮肤依然白皙有弹性，身材还像二十几岁的年轻姑娘。

她自信地对自己点了点头，然后拎着香奈儿黑色手包走出了房间。

2

威斯汀酒店是一家五星级的商务酒店，地处金融街的核心位置，国内外南来北往的金融界人士都喜欢住在这里，平时，大堂咖啡厅里也总是坐满了人。

他们选择了大堂咖啡厅室外的地方，这里比较安静。天已经黑了，头上方的彩灯洒下柔和的灯光，桌子上也点亮了蜡烛。

肖剑锋问："你饿不饿？我们要不要点点儿吃的？"

安妮说："下飞机前刚吃了饭，现在不饿。你要饿，你自己点点儿吃的吧。"

"我也不饿，中午吃的还没消化掉呢。那咱们点点儿喝的吧。"

安妮要了一杯红粉佳人，肖剑锋因为开车，要了一杯美式咖啡。

他们开始都没说话，只是彼此看着对方。

台子上一位女歌手不知什么时候唱起了歌，一首不知名的英文歌曲，唱得低沉婉转。

安妮打破了沉默："你现在还是一个人吗？"

肖剑锋点点头说："是。"

"还是忘不了是吗？"

肖剑锋一脸痛苦的样子说："是，忘不了。"

已经快 20 年了。

当年，肖剑锋与女朋友童灵姗一起到英国留学。肖剑锋上的是剑桥大学，童灵姗上的是伦敦商学院。

伦敦与剑桥相距 90 公里，不近也不远。年轻而处于热恋中的他们，还是愿意经常在一起。但又不能耽误学业，所以他们商定每两周见一次。

起初，他们是坐火车或坐长途车往返于两处。后来为了方便，他们各自买了一辆二手车。这周肖剑锋开车去伦敦，下周童灵姗开车到剑桥。

一次，周五下午的时候，本该肖剑锋开车去伦敦，但有一个学术会要开，肖剑锋打电话告诉童灵姗，他要晚一点儿开车去伦敦。

童灵姗说："要不我开车去剑桥吧，正好今天没有课。"

肖剑锋说："开车太辛苦了，还是你等我吧。"

但童灵姗坚持说："没关系的，我都熟门熟路了。"

肖剑锋见她这样说，也就没再坚持，只是嘱咐她路上要小心。童灵姗没有太早出发，她知道肖剑锋的会要结束得晚一些。

英国的道路是靠左行驶，高速路有三个车道，左边是慢行道限速 50 英里，中间是 60 英里，右边是快行道限速 70 英里。因为不着急，童灵姗就在慢行道上行驶，一边听着收音机里面播放的音乐，一边想着心事。

每次在剑桥的时候她都特别开心，因为她喜欢这个地方，不仅仅是因为肖剑锋在这里读书，还因为她喜欢徐志摩的那首《再别康桥》。

康河穿过整个剑桥，岸边都是绿茵茵的草地，草地后面则是一栋栋古老的建筑和教堂，国王学院的草地前面有一座桥横跨康河，她和肖剑锋晚饭后经常在桥上流连忘返，体会徐志摩《再别康桥》中的诗意。

　　她又想，再过一年她就要毕业了，毕业了就回国，然后就跟肖剑锋结婚，再就生个孩子。想到这里不禁觉得脸一阵阵发热。

　　英国的天气就像孩子的脸一样，说不定什么时候飘过一片云彩就下起雨来。高速路上突然下起了一阵瓢泼大雨，雨刷器的速度根本跟不上雨落的速度，天也突然暗了下来，能见度很差，但凭着对这条路的熟悉程度，她知道马上到高速路的出口了，于是她打开左转灯减速驶向出口。

　　这时，右侧后方本来行驶在中间车道的一辆拉着集装箱的大卡车猛地左拐撞向了她的车。

　　事后据警察说，被逮捕的肇事司机供认，当时雨下得太大了，天又暗，加上路不熟，距离高速路出口标志很近了才看清，为了避免错过出口，就没有减速，猛地向左拐，在撞上童灵姗的车时才发现前面有辆车，但刹车已经来不及了，惨剧就这样发生了。

　　当天的学术会议开的时间比较长，主讲人正好是肖剑锋非常欣赏的 Smith 教授。他从生活消费品种类变化的角度分析英国上半年的经济形势，Smith 教授和他的团队非常有见地，肖剑锋感到收获颇丰。

　　正在回味之中，他忽然想到，这么晚了，灵姗应该到了吧？他抬起手腕看了一下表，已经是晚上八点零四分了。怎么她还没打电话呢？正在这时，他的手机响了，是一个陌生的号码。

　　肖剑锋接了这个电话之后，时间就彻底凝固了。

　　直到今天，将近 20 年的时间过去了，他仍然无法把那段时间发生的每一幕详细地梳理清楚。留在脑海里的，只是一个个碎片化的黑白影像，不时闪现出来，告诉他，那些他经历过的曾经。他也无法原谅自己，如果那天灵姗没有开车，如果他再坚持一下，也许悲剧就不会发生，他认为是他害死了灵姗。

心理学上有一种现象，当人遇到无法承受的悲伤事件时，出于自我保护，就会把相关信息深埋起来，就像用一个硬硬的壳，层层包裹，难以打开。所以，记忆留给肖剑锋的，有时是灵姗渐渐远去的雪白的脸，有时是最美的娇羞浅笑，这两个画面重叠交替再重叠交替，总也挥不去。

3

从那以后，康桥就成了肖剑锋的软肋，不能想，不能提，不能听，更不能去。一个七尺男儿，听到关于康桥的任何信息，眼泪就会成串成串涌出来。

在剑桥继续读书的一年多时间里，张听涛和安妮一直陪伴他帮助他走过那段艰难的日子，还有几个心理医生一起，经过长时间的共同努力，肖剑锋才逐渐恢复常态。

他把这些痛和泪投射到了《再别康桥》这首诗，这诗，成了他发泄伤痛的唯一通道。诗的每一字每一句他早已烂熟于心，他不管徐志摩之前所表达的心境和意思，他深深地感觉到，这首诗就是写给他的，写来让他纪念灵姗的。

不知道有多少次，他翻开床头柜里的徐志摩诗集，背着念着，念着背着，哭着说着，说着哭着。眼泪沾湿了枕巾，他在睡梦里和灵姗相遇。

　　　　轻轻的我走了，正如我轻轻的来；
　　　　我轻轻的招手，作别西天的云彩。

那河畔的金柳，是夕阳中的新娘；
波光里的艳影，在我的心头荡漾。

软泥上的青荇，油油的在水底招摇；
在康河的柔波里，我甘心做一条水草！

那榆荫下的一潭，不是清泉，是天上虹；
揉碎在浮藻间，沉淀着彩虹似的梦。

寻梦？撑一支长篙，向青草更青处漫溯；
满载一船星辉，在星辉斑斓里放歌。

但我不能放歌，悄悄是别离的笙箫；
夏虫也为我沉默，沉默是今晚的康桥。

悄悄的我走了，正如我悄悄的来；
我挥一挥衣袖，不带走一片云彩。

锥心悱恻的字字句句，分明记录了他和灵姗的美好爱情和对未来的憧憬，更展现了他们在康河、康桥的甜甜蜜蜜。

童灵姗的离去，带走了肖剑锋对于康桥所有的依恋和热爱，他是和康桥永别的，康桥像肖剑锋灵魂的一个栖息地，这一别带走了他对于爱情的全部夙愿。

蓦然，望着烛光摇曳中安妮的脸，肖剑锋回过神来。他对安妮说："准确地说，我尽量地去忘记她，我一直在努力。但是，她被埋进了我的骨髓里，永远放不下啊！"

安妮在肖剑锋深思的时候，也在想着自己此行的目的。

　　安妮是灵姗的同学也是闺密，同时也是他们俩爱情的见证人。肖剑锋是那么优秀，她羡慕他们，也嫉妒灵姗，但她在他们面前从未表露过什么。当灵姗出事之后，她看到肖剑锋是那么痛苦，深陷其中不能自拔，她心疼极了，她陪着他，无论帮他做什么都心甘情愿。

　　听人说，忘掉一段感情最好的方法就是重新开始一段感情。她一直默默地喜欢肖剑锋，甚至可以说一直爱着他，于是她想尽一切方式暗示他，可是肖剑锋没有任何反应，她有点儿灰心了。

　　一年过后，肖剑锋毕业回国，安妮则选择了留在英国继续读硕、读博。安妮为了忘掉肖剑锋，几年来交了好几个男朋友，一开始也努力让自己走进角色，但都不成功，后来索性就不再交往了。她虽然直接联系肖剑锋不多，但她一直关注着他。

　　安妮已经拿到了英国国籍，目前在伦敦一家很大的金融机构工作，职级到了 MD，但是仍然孑然一身。当她得知肖剑锋还是单身的消息时，就想再最后搏一下，于是利用年假飞到了北京。

　　望着肖剑锋痛苦的脸，安妮真挚地说："都快 20 年了，你可以不忘记，但你不能只是生活在回忆和自责里。你也要有自己的生活，你这个样子，灵姗知道了也会痛苦。"

　　肖剑锋苦笑了一下，动了动嘴，没有说话。

　　安妮接着说："现在有一个人，她一直爱着你，她知道你的全部故事，她愿意一直陪着你，她不远万里来到你面前。"

　　肖剑锋张大了嘴望着安妮。他只知道安妮是他最好的朋友，她对他非常好，他们无话不谈，甚至可以谈灵姗，但他从来没往这方面想过，他一下子转不过弯儿来。

　　安妮看着愕然的肖剑锋，说："是不是有点太突然了？其实在伦敦的时候我暗示过你好多次了，这次我来北京就是为你而来，我在北京住十天，你回去认真想一想。"

离开酒店，肖剑锋上了车，脑袋还有点儿蒙，他忽然觉得饥肠辘辘，这时他才想起来，自己还没吃晚饭呢。这么晚，餐馆都打烊了，到哪里吃点饭呢？一抬头看见前面街道闪着一片灯光，把车开过去才发现原来是一家麦当劳。于是他停下车，进了麦当劳。

时间太晚了，麦当劳里只有一男一女在边吃边聊。肖剑锋买了爱吃的阿拉斯加鳕鱼堡和麦香鱼堡，要了一杯橙汁，坐下来就狼吞虎咽地吃起来。忽然他被这一男一女的对话吸引了，他不禁停止了咀嚼，竖起耳朵听起来。

男的叫陈良，女的叫 Laurie。

Laurie 说："我今天约你来就是跟你商量怎么帮我拿到冀北电力的交易。"

陈良问："你有什么好主意？"

Laurie 说："XYZ 银行是一家小银行，不可能拿到你们冀北电力公司的交易，所以我们要曲线救国，你先把交易信息透露给 TK 银行的销售 Vivian，她一定会十分感兴趣，等她和冀北电力谈得差不多的时候，我去找她，让她把交易分给我一部分，如果她不答应，我就威胁她把她在 M 银行为了拿到交易跟客户上床的事公布出去，她以为躲到了北京就没人知道了？她的那些脏事儿我一清二楚。"

陈良说："这是真的？"

Laurie 瞪大眼睛说："当然，她看起来人模狗样儿的，其实不是什么好东西。"

陈良说："事成之后你可得兑现你的承诺。"

Laurie 说："这件事成了，我会跟老板说你起了很大作用，XYZ 银行现在急需的就是有客户资源的销售，你只要过来收入是你现在的几倍。不过你可要给我盯紧了，TK 银行跟你们谈的任何情况，尤其是给你们提供的交易方案要立马搞到手送给我。"

陈良不住地点头，说："你放心，我一定会密切配合你。"

两人说完了，站起身一前一后地走出了麦当劳。

肖剑锋自言自语地说："金融城又要起风云了。"

安妮在北京的第一夜睡得很不安稳，通过和肖剑锋第一次会面时，肖剑锋表现出来的惊愕，她就知道他真的没想过和她的事，她想自己是不是太贸然太直白了，甚至为此有些后悔。但是快 20 年了，他一直横亘在她心里，始终难以忘掉，始终挥之不去。这次一定要说服他，一定要把他带回英国。假期只有 10 天，留给她的时间不多了，她一定要努力。安妮醒来的时候太阳已经老高了。她心想坏了，起晚了。

她要去见张听涛。她和张听涛一直有联系，肖剑锋回国后的许多情况也是通过他知道的。她要让张听涛当说客，帮助她搞定肖剑锋。

她急忙冲了个澡，化了个淡妆，就出了酒店。好在华隆大厦也在金融街，走路不到 10 分钟就到了。她在大堂给张听涛打电话说已经到楼下了，张听涛说他马上下楼接她。

张听涛一见面就握着安妮的手说："好多年不见，你还是这么年轻漂亮，这简直是逆生长啊，我后悔当年没把你追到手啊。"

安妮松开手说："是啊，好多年不见你还是这么贫嘴。"

张听涛带着安妮来到了大厦拐角处的一家咖啡厅里，他们选择了一个角落的位置，入座后，各自点了一杯咖啡，安妮没顾得上吃早餐，还点了一块提拉米苏。

起初他们叙了一会儿旧，并谈了彼此目前的一些情况。然后安妮就直截了当地说，此次来北京就是要把肖剑锋带走。接着，把昨晚与肖剑锋会面的情况一五一十地告诉了张听涛。

张听涛沉吟了一下，说："根据你说的情况，我还真拿不准肖剑锋会不会跟你走。"然后又分析说，"肖剑锋现在的工作蛮好，还有很大的上升空间，你也知道国内金融行业收入也不低，他没有离开的动力，而且更重要的是，英国是他的伤心之地。"

安妮说道："我可以给他爱情，肖剑锋是一个痴情的人，为了爱情他可以奋不顾身。"她犹豫了一下接着说，"除非他已经另有所爱，但是这一点我敢肯定，他还没有。"

张听涛说："肖剑锋现在是钻石王老五级别的成功人士，身边追他的人一定很多，他不缺乏追求者。"并且给她讲了前不久肖剑锋带着一个漂亮女孩来找他的事。他说，"一个已经离职的前下属，他凭什么还这么帮她？那天，我看到那个女孩看他的眼神就不对。"

安妮的心立刻被揪了一下，连忙问："肖剑锋有什么表示？"

张听涛说："那倒没看出什么来。"

安妮这才松了口气，说："就请你今晚把肖剑锋约出来一起吃个晚饭吧。"然后又略带娇嗔地对张听涛说，"听涛，你可得帮我啊。"

安妮下午去了趟金融街购物中心，分别精心地给他们两个人买了礼物。她给肖剑锋买了一条 Ferragamo（菲拉格慕）的丝绸领带，蓝色配有淡粉色小象图案，既俏皮又不失稳重，人们说送男人领带寓意着要一辈子拴住这个男人；给张听涛买了一个 Gucci（古驰）的黑色钱包，希望他财源滚滚，日进斗金。拿着这两个包装精美的礼品，她满意地回到了酒店。

离晚上吃饭的时间还早，安妮重新洗了脸，精心地化起妆来。晚饭约的是晚上 6 点半，百盛购物中心 10 层的"那家小馆"，也在金融街附近。

安妮今天穿了一条宝石蓝连衣裙，配上黑色高跟鞋，显得十分典雅和庄重。三个人几乎是同时到了"那家小馆"，相互客气了一下就坐了下来。

"那家小馆"是挺出名的一家餐馆，菜肴丰富，可点的菜比较多，味道不错，价格也亲民。

张听涛点完了菜，又点了一瓶红酒，说："咱们三个人聚在一起还是很多年前的事了，特别是安妮好久没回国了，所以今天要喝点儿酒庆贺庆贺。"

很快酒菜上来了，服务员给三个人斟好了酒，退出了包间。

张听涛举起杯说："为了我们今天的团聚，先干一个！"

肖剑锋和安妮也同时举起了杯，三个人相互碰了一下，一起干了。

张听涛给三个人又斟好了酒，然后举起杯说："这第二杯酒为了我们 20 年的友谊，干杯！"三个人又干了。

张听涛放下酒杯后，说："这第三杯酒一会儿再干。"然后分别看了肖剑锋和安妮一眼，接着说，"你俩都老大不小的，怎么就不成个家呢？我的儿子都快上高中了，再看看你们。"

肖剑锋和安妮相互望了一眼，没说话。

张听涛又接着说："剑锋，人走了，不能复活，都快 20 年了，该放下了，要不得耽误一辈子。"

肖剑锋看了看张听涛，说："我知道，我一直在努力，但还需要时间。"

安妮说："听涛说得对，你不能再这样下去了，否则你会毁了自己的一生。"

肖剑锋痛苦地低下了头，没有说话。

安妮真诚地望着肖剑锋说："跟我在一起吧，我会像灵姗那样爱你。"

张听涛说："我看你俩在一起很合适，知根知底。"

肖剑锋摇了摇头，说："我不能把我的痛苦加在你身上。"

安妮说："我愿意分担你的痛苦，你可以还想灵姗。"

肖剑锋说："那样对你不公平。"

听到这儿，安妮的眼泪夺眶而出："剑锋，我也爱你、等你快 20 年了，你说公平吗？"

肖剑锋沉默了。

张听涛觉得这样逼下去也未必会有好的结果，于是说："咱们先不聊了，来，趁热吃点儿菜吧。"说着夹了一口菜放进自己嘴里。

肖剑锋不忍心看安妮流泪，却也知道说什么也无济于事，于是就说去一下洗手间，起身离开了包间。

说来也巧，他一出门跟许婧走了个照面，两人看到对方都很诧异。

肖剑锋问："你也在这儿吃饭？"

许婧说："请一家银行的交易员吃个饭。你怎么也在这儿吃饭啊？"

肖剑锋突然想起什么，不由分说地拉着许婧的胳膊往自己的包间走，边走边说："华隆银行的张总正好在里边，你给他敬个酒。"

许婧被拉着进了包房，一看屋里坐着两个人，一个是张听涛，另一个女人很眼熟。许婧对着张听涛说："张总，您好！您帮了我一个大忙啊，我还跟肖总说哪天请您吃个饭呢。很巧今天在这儿碰见了您，我借花献佛先敬您一杯，哪天您方便再专门请您。"说着给自己倒了一杯酒，举了起来。

张听涛说："哪里哪里。"也举起了杯，两人碰了一下干了。

安妮明明听肖剑锋说去洗手间，怎么突然带进来一个女人，两人还挎着胳膊，这是什么情况。直到听到这个女人说感谢张听涛帮忙时，她才想起来，这就是张听涛上午说到的那个女人了。她仔细打量了一下这个女人，的确年轻漂亮。女人都是敏感动物，安妮迅速地评估起这个女人在肖剑锋心中的分量，判断她会不会是自己的竞争对手。

许婧这时也认出了安妮就是在机场和肖剑锋拥抱的那个女人。许婧也飞快地打量了一下安妮，虽然保养得很好，但看着已不年轻了，长得还算漂亮，气质还好，怎么脸上有泪痕，好像刚刚哭过。她到底跟肖剑锋什么关系？

许婧放下酒杯，非常有礼貌地对张听涛说："谢谢张总！不打扰了，您慢慢享用。"说着就退出了包间，肖剑锋将她送出了门外。

第四章

秋至枫叶落，曲终人即散。物虽在，人却非故人，无须感叹，无须遗憾。举杯畅饮世间情，物是人非尽随风。生命是一个不断前行的过程，你我所路过的每一个地方、遇到的每一个人，也许都将成为驿站，成为过客。人海茫茫，固然缘分要珍惜，但当缘分过去，我们也不必执着，只有适时地放手、恰当地转身，才是明智之人应有的选择。

1

Vivian 最近几乎天天给陈良打电话。陈良是冀北电力财务部的一个经办人，二十七八岁，也是上海财经大学毕业，专业是会计。他个子不太高，身体结实，戴着一副近视眼镜，说话很有条理。毕业后在上海没找到合适的工作，就回了老家。后来辗转进了冀北电力公司，现在是财务总监非常器重的人。Vivian 是在一次校友联谊会上认识他的。

Vivian 因为在北京的亲戚只有舅舅一家，除了同事没有太多的朋友，于是她很热衷于参加各种联谊活动，什么校友会、同乡会，只要有人组织她一准参加。

她是有心的人，参加这些会可不是为了排遣寂寞，而是为了拓展人脉，通过他人介绍认识的朋友，总不如校友啊同学啊同乡啊这样的朋友来得自然，友谊建立得快，而且可以迅速升温。

这不，Vivian 和陈良刚认识不长时间，他们就左一个师姐右一个师弟的热络起来。冀北电力考虑做债务保值的内部消息就是陈良透露给 Vivian 的。

作为销售人员，为了和客户联络感情，Vivian 经常会请客户吃个饭、唱个歌，送个小礼品什么的。虽说现在谁也不缺顿饭吃，也不缺个什么小礼品，但毕竟中国人是讲人情的，这样做还是会让人感到比较舒服，不生硬。一来二去，就拉近了彼此的关系，自然而然成了朋友。

Vivian 做销售也已经有七八年了，熟谙此道，再加上她颇有几分颜值，嘴巴又甜，要想和谁拉近关系，那简直是易如反掌。

今天 Vivian 又给陈良打电话，寒暄了几句，便直奔主题："怎么样，有结果了吗？"

陈良在那头回答说："昨天下午公司领导开会研究了半天，这笔贷款对冀北电力来说确实存在还款的汇率风险，但如何化解汇率风险还没有主意。领导希望能找个专家来讲一讲。"

Vivian 一听，机会来了，便问道："现在有外资银行跟你们联系了吗？"

陈良稍稍有些迟疑说："目前还没有。"

片刻，Vivian 想好了计划。

Vivian 拨通了舅舅的电话："舅舅好！我是薇薇。"

"薇薇，你好久没到家里来了，有什么事吗？"

"舅舅，是这样，记得听你说过你认识冀北电力的财务总监，是吗?"

"是呀,我们很熟悉。"

"那你帮忙让我认识一下她呗。"

"可以呀。那你请她吃个饭吧,这样比较自然。"

于是,Vivian 就嘱咐了舅舅一番。

周三晚上,Vivian 把吃饭地点约在了小南国,小南国主推上海菜,但稍稍做了些改良。Vivian 和舅舅早到了一会儿,两人又商量了一下一会儿怎么说。

冀北电力财务总监叫方媚,上海人,年龄五十岁出头,留着短发,总给人一种精力充沛的感觉。她精通财务,对数字比较敏感,不太爱笑,让人觉得有点儿高冷。据说她快要被提为公司副总经理了,但还是会分管财务。

不一会儿,方媚就到了。

舅舅迎了过去:"方总你好!好久不见了,你还是这么精神。"

方媚说:"潘总,你也是这么精神啊。"

舅舅指着 Vivian 对方媚说:"这是薇薇,我的外甥女,今天恰好来看我,反正不是外人,我就把她带来了。"

Vivian 笑着对方媚说:"方总,您好!认识您真的好高兴。"

舅舅连忙招呼着方媚落了座,然后拿起菜单递给方媚说:"方总,你是上海人,你来点菜吧,喜欢什么就点。"

方媚说:"好吧,其实我也不怎么会点菜。"说着很快点了几道菜,主食点了生煎包。

不一会儿,菜一道一道地上来了,方媚用勺子盛了一勺清炒野生虾仁放到自己的盘子里,又加了点儿镇江红醋,然后用筷子夹起虾仁放进嘴里,一边吃一边说:"这虾仁真的很不错,好久没吃到了。"

舅舅说:"好吃就不要客气,多吃点儿。"他们两人随后聊起了共同的几位老朋友。

舅舅问:"方总最近忙吗?"

方媚说:"忙死了,整天忙不完,这不最近在忙日元贷款的事,好不容易贷款下来了,又开始忙债务保值的事,真是头疼。"

"债务保值是怎么回事?"

方媚解释说:"我们借的钱是日元,但我们的收入是人民币,还钱的时候要用人民币买美元,然后再用美元换成日元去还款,你说烦不烦。"

舅舅说:"那怎么不直接用人民币买日元呢?"

方媚无奈地说:"这是银行的规定,人民币兑换非美元货币时必须要先兑换成美元,再换成目标币种,人民币对美元的汇率基本上是稳定的,但美元对日元的汇率波动很大。"说完叹了口气。

舅舅望着 Vivian 说:"薇薇,你不是在银行上班吗,你能给方总支个招吗?"然后又对方媚说,"忘了给你介绍了,薇薇在一家外资银行工作。"

Vivian 对方媚说道:"美元对日元的汇率波动的确是很大的,所以您做债务保值的想法是对的。我们银行有一款很成熟的产品就是针对债务保值的,很适合您的公司。"

方媚表示出兴趣,忙问:"这是什么样的产品?"

Vivian 就简单地给方媚介绍了货币掉期交易业务。

方媚听得似懂非懂,明白了个大概,她觉得应该是个好产品,于是对 Vivian 说:"哪天方便的时候,请你到我们公司来给我们详细讲讲好吗?"

Vivian 从包里拿出一张名片递给方媚说:"可以,没问题。"

方媚难得露出一点儿笑容说:"我安排好了给你打电话。"然后对着 Vivian 的舅舅说,"谢谢你!这顿饭吃得太值了。"

第二天一上班,Vivian 就来到 Victor 的办公室,对他说:"好消息,冀北电力的门打开了。"然后把昨晚跟方媚谈的情况告诉了 Victor。

Victor 听完很是高兴,说:"太棒了!继续跟进。"

Vivian 看到 Victor 高兴的样子,不失时机地说:"这次是我舅舅出面才搞定的,我也花了不少心思的。"又娇嗔地说,"你怎么感谢我?中午要请我吃饭,吃好吃的。"

Victor 说:"一定,一定。"

2

许婧一段时间以来,也是忙得不可开交。

她把交易对手方全部拜访了一遍,还有选择地请了几家银行的交易员吃饭。中资银行在交易时,有很多可选择的外资银行交易人员,因此谁和中资银行交易员联系得多,中资银行就和谁交易得多,也就是熟人好做生意。

许婧有中资银行背景,所以和中资银行交易员接触交往起来就比较自然,再加上她人长得漂亮又大气,交易员都很喜欢她,为此,TK 银行与中资银行的交易量大增。

许婧正在整理客户资料,Victor 请她过去一下,她连忙放下手中的东西,立刻走了过去。一进门,Victor 就跟她说:"我看了交易账簿,我们和中资银行的交易量增加了很多,盈利也增加了,你的业绩很好。"他停顿了一下又说,"但是亚太区总部调高了中国区今年的盈利指标，我们还得努力。现在还有半年的时间，我们要抓紧。你有什么想法吗？"

许婧稍微想了一下说："本来想写好报告再跟你请示的，那我现在就说吧。我拜访了一圈中资银行，发现它们有一个共同的问题，就是交易员都是一边看着路透或者彭博的实时报价，一边在路透交易机上做交易，很影响效率，而且说不准会选择哪个交易对手。所以我想，能否把总部开发的'一键通'系统引入中国区。如果中资银行都装了我们的'一键通'，他们就可以在电脑上看着我们提供的 24 小时实时报价，想交易的时候一按键交易就完成了，对他们来说既便捷又提高了效率，对我们来说现在市场上只有我们一家银行开发了这个软件，交易量还会大增。"

Victor 立刻赞扬地说道："这真是个好主意！我马上写邮件请示亚太区。"

很快，总部从欧洲派来了技术工程师，许婧又开始马不停蹄地穿梭于各家中资银行之间。推销了一圈，大家都感兴趣，但就是没有一家同意安装这个系统，尽管系统是免费的。

许婧想，一般人都有一种惯性思维，一旦习惯了某种方式，就会懒于尝试新的方式，哪怕新的方式比原来的好。她要打破这种惯性，实现零的突破，选择谁呢？她突然想到京华银行，想到肖剑锋。自从那天在那家小馆遇到肖剑锋之后，她因为忙没顾得上再多想肖剑锋的事情，现在忽然又想起了他，觉得心里涩涩的。

那个女人究竟是谁，和肖剑锋什么关系？她不知道自己为什么那么在意肖剑锋，那么不喜欢肖剑锋身边有女人。

肖剑锋去上海出差了，他并不是有意躲避安妮，相反他还是愿意多陪陪她。毕竟他们是那么多年的同学和朋友，在他最痛苦的时候她陪伴过他，特别是当他知道安妮爱他并等他近 20 年，他很感动，而且很为自己的麻木感到歉疚，他要加快处理上海的公务，争取早点儿回北京。

安妮在肖剑锋出差后，心境也平和了一些。

她好多年没回北京了，于是趁机在北京走走，会会亲戚、朋友、以前的同学。她感到北京变化太大了，到处高楼林立，以前的好多胡同和四合院都不见了，就连被认为变化不大的王府井和西单她都快不认识了。商场里的商品琳琅满目，应有尽有，国际大牌的奢侈品专柜比比皆是。人们的精神面貌也很好，走在街上个个精神抖擞，北京变了，真的变了。看着这一切，她一方面为祖国感到高兴，另一方面为自己感到沮丧，北京变得这么好，肖剑锋是没有理由离开北京的，她的心情不由得有些低落。昨天晚上接到肖剑锋电话，他说今天下午回来，晚上要带她去后海领略一下北京的酒吧街，他会来酒店接她。想到又能很快见到肖剑锋，她的心情又好了起来，她快步走回酒店。

安妮回到酒店，重新收拾了一下自己，安静地等着肖剑锋。她不停地看表，越临近预计时间，她的心跳得越快，她感觉自己就像是一个花季少女在等着她的少年郎君到来。太阳落山了，天慢慢地黑了下来，安妮不知不觉靠在沙发上睡着了，可能是今天逛街逛累了，抑或是心情激动过后的疲惫。

突然，她的手机响了，她睁开眼一看号码是肖剑锋的，连忙接起来说："剑锋，是你到了吗？"

肖剑锋急促地说："安妮，我因为开会结束有些晚，刚赶到机场，没有赶上航班，就换了一个晚一点儿的飞机，但是不承想上海电闪雷鸣下起了大雨，刚刚宣布飞机大部分延误，我的航班也取消了，今天回不去了。"

挂了电话，安妮非常失望。因为没有几天她就要回英国了，时间对她来说太珍贵了，难道老天也不支持肖剑锋和她在一起吗？

她变得焦躁起来，在房间里不停地踱步。她想喝酒，想喝烈酒，她冲到酒柜跟前，发现都是红酒，她此刻需要的是刺激。

于是她冲出房间，冲进一楼的酒廊。"来一杯威士忌！"她冲着服务生吼道。

服务生不敢怠慢，赶忙倒了一杯递给她，她接过酒杯一股脑儿地喝了下去，然后一股火辣辣的感觉从喉咙直冲到胃。

太刺激了，"再来一杯！"

服务生又给了她一杯，她又是一饮而尽。

连着三杯威士忌下肚，她的喉咙和胃像着了火一样，难受极了。服务生给她送来了带冰块儿的水，她又连喝了三杯。胃好像降了点温，但还是难受，她趴在了桌子上。

这时，她听见有一个人在她耳朵旁边说："哎哟，小姐，你喝多了，我送你回房间吧，我陪陪你。"说着就用手搂她。

安妮抬起头，睁开眼，见是一个老外，立刻转身，一个耳光扇了过去："浑蛋，你敢吃老娘的豆腐！滚！"

那个老外一下被打蒙了，连忙说："Sorry，Sorry。"急匆匆地跑出了酒廊。

安妮有点儿清醒了，跌跌撞撞地走回了房间，一下子把自己扔到了床上。

肖剑锋觉得很歉疚，晚上又给安妮打电话，可是打了好几次，电话通了，却没人接。这是什么情况，安妮在干什么呢？肖剑锋心里疑惑着。但出差几天，忙忙碌碌，他觉得累了，于是洗洗睡了。

安妮从来没醉过酒，这是第一次，她一直睡到第二天中午，醒来之后，发现自己妆没卸，衣服也没换，就这样睡了一夜。

昨天晚上怎么回事，她慢慢想了起来，昨晚去酒廊了，忽然她反应过来，昨晚自己醉酒了，幸亏剑锋没有看到，不然可就糗大了。

她拿起了手机，看到好几个未接电话，全是剑锋昨晚打的。她后悔昨晚喝了那么多酒，错过了剑锋的电话。

她冲了个澡，肚子有点儿饿了，懒得出去吃，就点了送餐。她又想起了剑锋，他是到北京了，还是在上海？

就在这时，她的手机响了，是肖剑锋："安妮，我刚到北京。"

安妮有点儿激动："你终于回来了，我想你。"

"但是对不起安妮，单位要求我直接回去，要我处理一件非常重要的事，可能今晚又不能陪你了。"

安妮眼泪忍不住掉了出来，哽咽地说："我后天就要走了，临走前见不到你了吗？"

肖剑锋说："明天晚上我们一定见面，我不会再食言。你等我电话。"

3

Vivian 要去冀北电力讲课，她需要 PPT，于是就请 Gloria 帮她做一个。

Gloria 是一个脑子很快、动手能力很强的人，不到半天，PPT 就完成了，既有文字说明，又有图表，Vivian 很满意。

　　Vivian 不是第一次给客户讲外币债务风险管理业务了，但给冀北电力这么大的客户讲课还是第一次。

　　为了顺利完成，她反复看了几遍 PPT，把一些重要的话背得滚瓜烂熟。方媚打来了电话，请她明天上午 10 点到公司一层大会议室讲课，并告诉她来听课的人比较多。

　　第二天上午不到 9 点，Vivian 就打了个车带着拷好的 U 盘出发了。由于早高峰还没有过去，路上有点儿堵，但还好在 10 点之前到了。

　　进了会议室，看见陈良已经等在那里，寒暄了几句，Vivian 便拿出 U 盘交给陈良，陈良把 U 盘插进电脑，准备放 PPT。

　　可是奇了怪了，PPT 怎么也放不出来。又反复插拔了好几次，PPT 就是放不出来。这时方媚、财务部的全体人员和相关部门的人都已经坐在了会议室，Vivian 急得不得了，可是无济于事。她连忙跟方媚说："PPT 放不出来，我需要一块白板，我在白板上一边写一边讲吧。"

　　方媚让陈良赶紧去找一块白板来。等到白板拿来，时间已经过了 20 分钟。方媚对大家说："大家安静了。现在企业与金融的关系越来越紧密，我们做企业的也必须要学习和了解金融知识。接下来我们欢迎 TK 银行北京分行全球市场销售部的副总裁沈薇薇给大家讲课。"

　　在大家的掌声中，Vivian 站在白板前面说："实在抱歉，今天 U 盘出了点问题，耽误大家时间了。下面我给大家简要介绍一下企业外币债务的风险管理。

　　"企业外币债务的风险主要有两种，一是利率风险，二是汇率风险。利率风险是指由于借款货币的利率上升而导致借款利息的支出增加，从而使企业借款的成本增加。汇率风险是指由于各种货币之间汇率的波动变化，而导致企业成本增加，收入减少。特别是借入货币是一种货币，而还款来源资金是另一种货币，两种货币间汇率的变化可能导致借款成本增加。"

Vivian 停顿了一下，接着说："为了规避这两种风险，我们最常用的方式有两种，一是利率掉期，二是货币掉期。利率掉期是当市场利率处于上行趋势时，把企业的浮动利率换成固定利率；当市场利率处于下行趋势时，把固定利率换成浮动利率。货币掉期是在规定时期内，按照商定的汇率，企业将收入货币换成还款货币的交易方式。"

Vivian 问："大家有什么问题吗？"

有人提问道："你刚才讲了，利率掉期和货币掉期是用来规避风险的，但做了交易之后风险就不存在了吗？"

Vivian 回答说："掉期交易的主要作用是将企业的风险变小了、可控了，同时企业成本也锁定了。"

又有人提问："如果企业做掉期交易，选择谁做交易对手呢？"

Vivian 回答说："这个问题提得好。对企业来说，不是专业的金融企业，完全依靠企业自己来充分理解、准确衡量本身面对的金融风险以及设计出满足需求的交易方案，是相当困难的。因此，有必要寻求外部专家的帮助和服务。从某一角度来看，现代金融活动实质上是风险的分解、组合、交易与转换。大银行由于拥有大型现代化的电脑和交易设备、富有经验的专业交易人员、广泛的业务范围和产品、遍布全球的交易网络，在金融财务风险管理方面的能力、经验及经营成本方面有很大的优势，因此向各大银行风险管理部门寻求风险管理的咨询和产品服务，是企业的明智选择。而 TK 银行就是这样的大银行，如果贵公司有这方面的需求，我们是十分愿意，同时也有能力为你们提供服务的。"

虽然开头耽误了点儿时间，但大家听得很认真，有的人还做了笔记。应该说，Vivian 这次讲课还是成功的。但她也深知，仅凭一个小时的讲课就让客户决定做掉期交易是不可能的。万事开头难，但毕竟开了个好头，她有信心也有耐心拿到这笔交易。

4

肖剑锋来电话说，一下班就打车过来，安妮提前收拾好自己，早早在大堂等候。

她今天穿了一件白色的短上衣，一条蓝色的牛仔短裤，白皙的大长腿一览无余，配一双矮跟儿的白色皮凉鞋，手拿一个 LV 手包，很清爽干净。

安妮想，今晚是和肖剑锋在一起的最后一晚了，不知道还有没有机会说动他，她尽管心里打鼓，但还是想做最后的努力。

肖剑锋准时到了。他们来到后海的时候，天色尚早，酒吧还没有什么人。于是肖剑锋提议先一起逛逛后海，找个地方吃点东西。

后海是什刹海的一部分，这里有丰富的绿植、宽阔的水面和一排排的胡同，名人故居隐匿其间，林立的酒吧为这里的夜晚增添了人气。后海的街巷结构最早形成于元代，这里当时是漕运的终点，被称为"北京古海港"。如今，后海是一片有水而能观山，垂柳拂岸的闲散之地。岸上的民居与居民，周边的王府和名人故居更为它增添了京味和历史的无穷韵味。

他们围着后海慢慢走着，不知不觉就走了一圈儿。

肖剑锋说："累了吧？我给你推荐个地道的北京老字号饭馆儿，试试合不合口味。"

安妮抿嘴一笑，答道："好啊，你喜欢的，一定错不了。"

肖剑锋带着安妮来到银锭桥边，走进了古色古香的烤肉季。

"烤肉季"由溥杰先生题写。由于地处历史悠久的什刹海风景区，又是老字号，饭庄装修风格具有浓郁的民族文化特色。

雕梁画栋的小楼，红柱绿瓦配以汉白玉栏杆，抱柱上是著名书画家肖劳先生题的对联："画楼醉看粼粼水，炙味香飘淡淡烟"。门外两旁蹲坐着两只汉白玉的石狮，不远处湖边矗立着一块牌，上面是全国人大原常务委员会副委员长费孝通先生题写的："银锭桥观山一景，烤肉季烤肉一绝。"形象而生动地道出了此地、此景，以及此店的传统与特色。宽敞明亮的营业大厅和典雅的名人字画，令人赏心悦目。

找了一个安静的位置落座后，肖剑锋让服务员把菜单递给安妮，安妮一页一页翻着，肖剑锋在一旁给她介绍起烤肉季饭庄的情况。

他调侃似的故意清了清嗓子："话说烤肉季饭庄可追溯到清朝道光二十八年（1848），是京城知名的老字号，主营北京烤肉和清真炒菜。北京自古就有'南宛北季'的说法，'南宛'是当时北京城南的烤肉宛；而'北季'则就是咱们现在所在的烤肉季。"

这时，肖剑锋站起身，指着墙上的几块牌子跟安妮念叨着：2006年，烤肉季的烤羊肉制作技艺与烤肉宛的烤牛肉制作技艺被认定为北京市非物质文化遗产。2006年被商务部认定为"中华老字号"。2007年，被评为北京市著名商标。

"这家百年老店可来过不少名人呢。"他坐下来，一边说着，一边掏出手机提词儿，"美国前总统布什、周恩来、郭沫若、老舍、徐悲鸿、梅兰芳等人都来这里就餐过呢。"

安妮看着他认真的样子，捂着嘴哧哧地笑了起来。

讲完，肖剑锋看着安妮，也不禁笑了起来。

"怎么样？我的功课做得不错吧？看出来了吧，请你，我是认真的。"

安妮抬起眼，有些羞涩而又幸福地看着他。她说："这菜单我看了半天，也没有看出门道，还是你来点两样儿顺口的菜吧。"

肖剑锋接过安妮递过来的菜单，一边翻着，一边继续看着手机徐徐道来："上百年间，烤肉季生意不衰，其奥妙之处在于'三绝'。

"一绝是烤羊肉。烤肉季的烤羊肉选料精细，经过加味腌煨，在特制的炙子上烤熟后含浆滑美、不腥不膻，常常使人食一二斤仍不尽兴。

"二绝是观景。银锭桥是老北京著名的'燕京八景'之一——'银锭观山'之处。站在银锭桥极目远眺，可见北京西山，雨后更可观斜阳。

"三绝是赏荷。烤肉季坐落于北京皇家园林——三海风景区内。落座烤肉季，可见后海满池荷花。有文人雅士曾吟诗赞其意境之美：'地安门外赏荷时，树里红莲映碧池。好似天香楼上座，酒醉人阑语丝丝'。

"烤肉季烤肉有几种独特的吃法，从口味来讲有'老、嫩、焦、煳、甜、咸、辣、怀中抱月'八种口味。其中'怀中抱月'口味尤其有特点。烤好的肉焦的酥脆，煳的似煳非煳。'怀中抱月'最讲究技术。烤时肉摊成一圈，中间打个鸡蛋，凝成一体，好吃好看。

"吃烤肉还分武吃、文吃。武吃，说的是自烤而食的架势、吃法。唯其‘武’是说过去的‘爷们儿’吃烤肉时，人人手执尺二长的‘六道木’，在烤肉炙子旁，一只脚蹬在长条板凳上，自将腌渍好的肉，摊在松香缭绕的烤肉炙子上翻烤而熟。自烤时，自己取料、掌握火候。边烤边饮酒，在酣畅淋漓中体味武吃乐趣。而文吃比较斯文，是指后厨厨师烤好后由服务员送到餐桌上。

"哈哈哈哈。"肖剑锋这一长串的介绍终于结束了，爆发出一阵爽朗的笑声。他对着安妮说，"小姐，咱俩就文明一点儿，请师傅们烤好了上桌吧。"

他们点了炙子烤羊肉、盐水鸭肝、芝麻鸭肉、芝麻烧饼。又特意点了一个素菜"荷塘小炒"。

不一会儿，菜上来了。肖剑锋拿起一个芝麻烧饼递给安妮，说："芝麻烧饼加炙子烤羊肉，这可是绝佳的搭配。来，夹点儿羊肉试试，人间美味啊。"

他们边吃边聊，美食、美景、美好的氛围，使安妮有种幸福的感觉。

不知不觉，天色黑下来了。

饭后，他们溜溜达达来到了荷塘月色酒吧。这个酒吧是后海酒吧街里比较有名的一家，歌手来自菲律宾，唱的大部分是英文歌曲。

他们选择了最佳的听歌位置，肖剑锋给安妮点了一杯杜松子酒，加柠檬和冰块，这是他们在英国的时候常喝的酒，比较柔和。

安妮啜了一口酒说："剑锋，明天我就要走了，但此行的目的还没有达到，你就忍心让我无果地回去吗？"

肖剑锋喝了一口汤力水说道："我知道你一直以来对我好，在英国的时候帮了我那么多，没有你我最后一年的学业是不可能完成的，所以我一直想报答你。"

安妮说："我对你好是因为我爱你，我不需要你的回报，我就是想下半辈子和你在一起。"

肖剑锋说："我知道你是个各方面都很优秀的女孩，按照世俗的做法应该是我追你才是，但是我做不到，我忘不了灵姗啊。"

"难道我没有灵姗好吗？"安妮有点儿激动。

"我不是把你和灵姗比较，灵姗把我的一切都带走了，我不可能再爱一个人了。"

"那你就孤零零的一个人走完一生吗？你老了的时候怎么办？"

"人随天意，上帝会有安排的。"

安妮知道再谈下去也是没有结果，看来此行真的是无果而返了。想到这儿，她站起来说："剑锋，太晚了，我明天一早的飞机，我得回酒店收拾行李了，你送我回去吧。"

肖剑锋把车停在了酒店门口，下车跟安妮道别，安妮说："我累了，送我上去吧。"说完不等肖剑锋回答就挽起了他的胳膊直奔电梯间去。进了房间，安妮招呼肖剑锋坐在沙发上，给他倒了杯水，然后说："你先坐会儿，我冲个澡。"说着抓起睡衣就进了卫生间。

安妮一边冲澡一边想，这是最后的一次机会了，她要和肖剑锋上床，只要得到肖剑锋一次，也就无憾了，万一能怀孕，生一个和肖剑锋的孩子，那就更无憾了，她这样想着，不禁亢奋起来。

她冲完澡穿上睡衣走出了卫生间，发现肖剑锋不见了，只见茶几上有一张纸，纸上写了字，她迅速地拿了起来，是肖剑锋写的："安妮，请原谅，我走了。我认真想过了，我不能和你过界，如果过了界，还是不能和你在一起，对你将会是更大的伤害，而且我今后无法再面对你。我们是最亲密的朋友，祝福你。我明天早上来接你，剑锋。"

安妮读完，眼泪止不住掉了下来，她在心底呐喊："上帝呀，你对我怎么这么残酷无情啊，连最后的机会都不给我！"

第二天一早，肖剑锋开车送安妮去机场，一路上两个人都没有说话，安妮一直在流泪。在安检口外面分别时，肖剑锋紧紧拥抱了安妮，在她耳边说了几遍"对不起，对不起"。

肖剑锋很惆怅地送走安妮之后，收到了安妮发给他的一首歌《Big Big World》。

I'm a big big girl,

我是个重要的女孩，

In a big big world,

在一个大世界里，

It's not a big big thing,

那不是件大事，

if you leave me.

如果你离开我。

But I do do feel,

但我确实感到，

That I too too will miss you much!

我将会非常想念你！

Miss you much！

太过想念你了！

I can see the first leaf falling,

我能看见第一片落叶，

It's all yellow and nice.

是那样黄也那么美。

It's so very cold outside,

外面是那么冷，

Like the way I'm feeling inside.

就像我内心的感受。

Outside it's now raining,

现在外面正在下雨，

And tears are falling from my eyes.

而我的眼睛也在流泪。

Why did it have to happen？

这一切为什么要发生？

Why did it all have to end？

这一切又为什么要结束？

I have your arms around me warm like fire.

我原来是躺在你如火炉般温暖的怀抱里的。

But when I open my eyes,

但当我醒来张开眼睛，

You're gone！

你却已经走了！

安妮在离开肖剑锋后，耳机里无限循环放着这首歌，听着听着，眼泪在她眼里不停地打转。

第五章

人生之苦，苦在执着；人生之难，难在放下；人心之烦，烦在计较。生活中，你在意什么，什么就会折磨你；你计较什么，什么就会困扰你。其实，天大的事儿，如果你用顺其自然的心态面对，就会发现那根本就不是个事儿。

1

肖剑锋回到自己的办公室，坐在老板椅上还在想着安妮的事。

突然从门口探进来一个脑袋，一看是许婧，肖剑锋连忙说："你怎么来了？快进来！"

许婧挺直了身子走了进去，坐在肖剑锋办公桌对面的沙发上，不无揶揄地说："肖总，大忙人啊，打了几次你办公室电话都没人接。"

肖剑锋说："这不，出了几天差，刚回来。一回来又开始忙。"

许婧有些调侃地说："不光是忙工作，是不是还有其他事呀？"

肖剑锋说："我除了工作，还有其他事要忙吗？你来，有什么事吗？"

许婧本来是想套套肖剑锋的话，听他说说那个女人的事，没想到肖剑锋很快转换了话题，于是她无奈地顺着他的话，说起了"一键通"的事。其实在找肖剑锋之前，许婧先找了外汇交易处处长简明，简明告诉她这件事他定不了，必须找肖剑锋。

肖剑锋听许婧介绍完说道："早就听说外资银行在开发这个交易软件，没想到 TK 银行捷足先登了。"他思忖了一下继续说，"这个东西的确是个好东西，交易快捷方便，不过我们交易后台的资金清算有没有问题，需不需要做相应改变，我还得跟后台沟通一下。你等我消息吧。"

许婧从肖剑锋办公室出来，没走几步就看见严敏慧从走廊的另一头走过来，她心想越不想见到谁偏会见到谁，但没办法，严敏慧曾经是她的领导，躲也躲不过了，她觉得礼貌还是应该有的。

于是她迎了过去主动跟严敏慧打招呼："严总，您好！"

严敏慧一看是许婧，一脸不屑地说："哎哟喂，这不是许婧大美女吗？听说现在到 TK 银行做销售了，还做得风生水起呢。"

许婧连忙说："没有，没有，还不是在您手下学的那点儿东西，现在就是混口饭吃。"

"嘿嘿，行啊，越来越成熟，越来越会说话了，还变谦虚了。"严敏慧一边说着，一边继续斜眼看着许婧，接着说，"听说你老来看肖总，他一定是有什么大项目给你吧？我可是头一次见你呢。你看你看，还是人家肖总会做人，员工走了都还忘不了帮衬一把，你呢也一直惦记他。"说完，不等许婧回话，严敏慧便大步流星地走了，头也不回地进了自己的办公室。

许婧怔在那里，对严敏慧的一肚子怨气重新涌了上来，不争气的眼泪在眼眶里打转。片刻之后，她回过神儿来，快速移动脚步，离开了京华银行办公区。

回单位的路上，许婧回忆着严敏慧的阴阳怪气。她的每一句话都不像是即兴发挥。

严敏慧个性张扬，且憋不住话，别人能够沉得住的心里话，在她这里，经常会毫不保留地冒出来。

许婧不禁给自己敲了个警钟：和肖总的交往以及业务的推动，一定要经得起推敲、拿得上台面。自己事小，要是给肖总带来不好的影响，就实在是太亏欠他了。许婧暗暗地下了决心。

Vivian 回到银行美滋滋地来到 Victor 的办公室，向他汇报了去冀北电力讲课的情况，她很乐观地说："迄今为止，冀北电力没有跟任何银行有过接触，我们是第一家，早起的鸟有虫吃，我有信心拿下这单交易。"

Victor 听后也很高兴，但他还是谨慎地说："现在其他银行还不知道这单交易，但冀北电力要做交易的消息一定会传播出来，这些银行的销售们都像狼一样，闻着味儿就会一窝蜂地扑上来，不可掉以轻心，咱们还是要继续推进，抢占先机。"

Vivian 点点头说："明白。"

Vivian 回到交易室，看到 Gloria，忽然想起 U 盘的事，就拿出 U 盘放到 Gloria 面前说："你是怎么搞的？PPT 根本放不出来，今天差点儿耽误大事。"

Gloria 的脸腾的一下红了，说："不会吧，我拷完之后试过的，没问题啊。"说着就拿起 U 盘插到电脑里，PPT 很快就放了出来。

"咦，这是怎么回事？" Vivian 疑惑起来，难道这是闹鬼了？她回想在冀北电力试放 PPT 的过程，只有陈良和自己在弄电脑，没有别人啊，她想不明白。为了保险起见，下次要自己带电脑去，她心想。于是她对 Gloria 说："错怪你了，可能是他们的电脑出了问题。"

　　肖剑锋把外汇交易处处长简明和交易清算处处长汪蕾叫到了他的办公室，他先让简明把"一键通"的情况说了一下，并问简明有什么意见。

　　简明明确地说"一键通"快捷方便，操作也很简单，同意安装。

　　肖剑锋又问汪蕾后台操作有什么不一样，汪蕾表示没有什么不同，只是说因为使用了"一键通"交易量可能会大增，希望增加人手。

　　肖剑锋说："简明那儿给总经理室写一个申请批准安装'一键通'的请示，由交易清算处会签，然后报到我这里来，我批了之后再报给严总。至于交易清算处增加人手的事等行里招聘新员工的时候再考虑解决。"

　　本来安装"一键通"的事情是肖剑锋职权之内的事，事后告知一下严敏慧就可以了。但最近肖剑锋感觉到严敏慧好像对他有点儿不满意，有些情绪，他反思了一下自己，觉得没有什么不妥，但毕竟严敏慧是一把手，自己还是低调一点儿为好，于是他才让简明写一份签报。

　　简明当天就写好了签报，交易清算处会签之后就送到肖剑锋手里，肖剑锋不假思索地写了"拟同意，请严总批示。"然后就让秘书送到严敏慧那里。简明知道签报送到了严敏慧那里后，便顺手送个人情，给许婧打了个电话，告诉她没问题很快会批下来。许婧欢欣鼓舞。可是等了一周也没动静，许婧担心会不会高兴得太早，万一节外生枝了，于是她忍不住给简明打了个电话，简明有点儿颓丧地告诉许婧严总还没批下来。许婧让简明去问问严总，简明说不敢去，说问问肖总。

肖剑锋认为把签报送给严敏慧就是表示对她的尊重，本以为她很快就会批准的，没想到送去一周都没有批下来，他有些不爽。于是拿起电话想给严敏慧打电话，转念一想还是过去一趟吧，于是放下电话走了出去。

严敏慧办公室的门半开着，她正在打电话，语气特别温柔，声音也不高，肖剑锋一听就知道她不是在跟老公就是在跟儿子通话，因为许多人告诉过他严敏慧对她老公和儿子特别温柔。

听到严敏慧放下电话，肖剑锋敲了敲门走了进去。严敏慧一看是肖剑锋，说："是肖总啊，请坐请坐。"

肖剑锋说了句"谢谢"，就在沙发上坐了下来。

严敏慧一本正经地说："肖总过来，有什么重要的事吗？"

肖剑锋直截了当地说："外汇交易处写了个签报，申请安装'一键通'，想必严总已经看到了。"

严敏慧的脸上马上掠过一丝不快，说："我看到了，但我觉得我们现在所有交易都正常进行，没有必要再上'一键通'了吧。"然后又用关心的语气对肖剑锋说，"肖总，我们助人为乐没有错，但还要注意影响。"说完"咳咳"了两声。

肖剑锋听出严敏慧话中有话，但他不为所动，说："这是外汇交易处和交易清算处一起开会研究过的，'一键通'快捷方便，能够提高效率，增加交易量。"他停顿了一下，接着说，"今年我们有好几个交易员离职了，我们人手不够，如此下去，完不成盈利指标我是不承担责任的。"说着就站了起来准备走出去。

严敏慧见肖剑锋要走，马上站起来说："肖总，别走别走。"

肖剑锋一说起交易员离职，立刻戳中了严敏慧的软肋，几个交易员离职都和她不无关系，冯志孝专门找她过问此事，特别是许婧的离职，行党委组织部找她谈话时狠狠地批评了她。

严敏慧虽然表面上接受了批评并检讨了自己，但她心里是不服气的，她对许婧心存恨意，本来安装"一键通"不是什么大的事情，何况又不需要花钱，但她一看是 TK 银行，就想到许婧，就不由自主地抗拒。她知道肖剑锋是非常专业的人才，她还得依靠他完成盈利指标，如果他甩手不干了，她可玩儿不转，今年的任务就泡汤了。

于是她说："听肖总说的，这'一键通'对我们还是很重要的，那我就签批吧。"拿起笔在签报上写了"同意"。

简明告诉许婧严总已经批了，也告诉了她是肖剑锋做的工作，许婧对肖剑锋更是心存感激。

许婧跟简明约好了时间，带着 IT 工程师很快就安装好了。简明他们一操作，果然效果非常好。

许婧想，第一扇门已经打开了，需要乘胜追击，扩大战果。于是她策划了一个"一键通"推介会，邀请了十几家中资银行的交易部门参加，还特别请了简明在现场讲了操作使用"一键通"的体验，很快，很多中资银行都安装了"一键通"，TK 银行的资金交易量持续大增。

Victor 对许婧非常满意，来到交易室当众对许婧大加表扬。Vivian 耷拉着脸不屑地转过身去。Gloria 和 Steve 齐声说："这应该庆祝一下，又能吃饭唱歌喽。"

Victor 转向许婧和 Vivian："你们俩的意见呢?"

Vivian 面无表情地说："多大的事啊，要是庆祝那该庆祝的事多了。"

许婧则笑眯眯地说："我有个好主意，咱们这次不去 KTV 了，咱们周末去 Victor 家里搞一个 Party，让 Victor 给我们做一顿地道的粤菜怎么样？他做粤菜可拿手了！"说着冲 Gloria 和 Steve 挤挤眼。

Gloria 和 Steve 立刻欢呼起来："这个主意太棒了！我们愿意去。"

Vivian 本来不愿意为许婧搞什么庆祝，但一听说去 Victor 家里，不由得心动了，因为以前几次提出去 Victor 家里坐坐，Victor 都没同意，这次倒是个机会。于是她说："我同意。"

Victor 本来就想找机会给许婧露一手，一看大家都同意，就顺水推舟地说："既然大家都想去，那我就邀请你们周六晚上来我家吃饭吧。"

大家鼓掌通过。

Victor 周六一大早就起了床，收拾好后直奔超市。他首先买了几只新鲜的大海螺，因为许婧爱喝海螺汤，这次让她尝尝自己煲的汤，然后又买了鳜鱼、基围虾、牛肉、鸡蛋、丝瓜、空心菜，最后还买了半只烧鹅。

回到家，Victor 就先把海螺汤煲上了，因为煲汤是吃工夫的。然后，收拾了鳜鱼，切好了牛肉，择好了菜，准备等有人一到就"开练"。Victor 其实好久没下过厨了，厨艺已经生疏了不少，那天跟许婧说自己会炒菜也有些吹牛的成分，但他相信只要认真做，自己一定能做好这顿饭。

许婧是第一个到的，她一进门就洗了手，进到厨房说："有什么我可以搭把手的?"Victor 虽然有点儿手忙脚乱,但还是说:"你到客厅看电视吧,这儿不用你。"

许婧说:"看你忙得,我还是帮帮你吧。"说着就开始拆那半只烧鹅。

Victor 问:"你平时下厨吗?"

许婧说:"很少,平时都是我爸爸做饭。我觉得会下厨的男人最帅。"

"那我也很帅吗?"

"当然。"

Victor 听得心花怒放,不由得暗下决心这顿饭一定要出彩。

正在这时,Vivian 也到了。她看到 Victor 和许婧在厨房里有说有笑的,心里很不痛快,于是快步走到厨房门口,醋意十足地说:"哎哟喂,俩人还有说有笑的,有什么好笑的说来也让我听听。"

许婧连头也没抬一下,她讨厌 Vivian 这个样子。Victor 歪了一下头说:"我们在忙着,你到客厅里去坐吧,有沏好的茶。"

Vivian 醋意更浓了:"你们在说私房话吧,那我不打扰你们了。"说着很不情愿地离开了厨房。

不一会儿,Gloria 和 Steve 也先后到了。许婧把拆好的烧鹅先摆放在餐桌上,说:"大家入座吧,菜马上就来。"说着就一样样地端菜,海螺汤、明炉鳜鱼、蚝油牛肉、白灼基围虾、丝瓜炒鸡蛋、蒜蓉空心菜,好不丰盛。

大家入座后,Victor 说:"无酒不成席,我这里有两瓶珍藏的拉菲,来,咱们先把酒满上。"

然后他举起杯说:"首先我们要庆祝'一键通'业务顺利开展,这要感谢许婧的努力,干杯!"大家都举起杯干了。"这第二杯酒我们要预祝今年的业绩顺利完成!"大家又干了。"这第三杯酒我们要……"Victor 话刚说一半,突然听到后面有一个人走了进来,回头一看是他的女友莎莎。他放下酒杯:"莎莎,你怎么这时来了,也没提前告诉我。"

莎莎说:"下了飞机就给你打电话,可是你关机了。"

Victor 忙说:"手机准是没电了,你知道我一般是不关机的。"然后转向大家说,"给大家介绍一下,这是莎莎。"又跟莎莎说:"这些都是我的同事,大家一起聚个餐。你还没吃饭吧?一起来吃吧。"

"我还真没吃饭。"莎莎说着在 Victor 旁边坐下。

莎莎的突然出现让大家有一些尴尬,大家一下子都静了下来。

Victor 重新举起了杯继续说道:"这第三杯酒预祝大老板给我们多发奖金!干杯!"

听到这句话,大家有点儿放松了,一齐说:"干杯!"

这顿饭吃了不长时间就散了。Victor 把大家送到电梯口,大家道了感谢。

电梯门一关,Vivian 就迫不及待地说:"这个莎莎怎么就成了 Victor 女朋友了呢?还没有我漂亮呢,而且看着比我老。"许婧没有说话也没有任何表示。Gloria 和 Steve 互相做了个鬼脸,也没搭话。

Victor 送完同事一进家,莎莎就生气地说:"你看你怎么就把同事请到家里吃饭了呢,多麻烦,吃完还得收拾,再说你从来也没给我做过一顿饭,你是怎么想的!"

Victor 说:"大家想尝尝我的手艺,于是就来了,再说我也是利用这个机会搞团建呢,和他们进一步搞好关系呀。"

"搞关系，搞什么关系？再搞就搞到床上去了吧！你看 Vivian 看你的眼神，简直就是个狐狸精。再说那个许婧，你是多么关心她啊，一会儿给她盛汤，一会儿又给她夹菜，看上她的漂亮了吧！"

Victor 听到莎莎这么诋毁他，不由得心生怒气，冲着莎莎大声说："你现在一来就跟我吵架，我完全是为了工作，请你尊重我！"

莎莎口气缓和了一下说："你还是调回香港吧，你一个人在北京我真是不放心，周围的诱惑太多，我也没法看住你。"

"我觉得北京很好，我不会离开，要不你调到北京。"

"我来北京？你也不是不知道，我不适应北京干燥的天气，来几天我就会脸上长痘皮肤发痒，你要是爱我就回香港。"

"可是我在北京的事业已经开始，我也已经适应了周围的环境，我相信我能够赚到更多的钱，再坚持两年吧，到时候我就回香港。"

莎莎很无奈地进了卧室。

2

几天后，Vivian 想了解一下冀北电力的反馈。

她知道陈良应该在公司，于是就给陈良打电话约他下班出来坐坐，陈良说没问题。于是，Vivian 就提前来到陈良公司附近的一家茶餐厅，选了一个比较安静的位子坐了下来。

晚上 6 点，陈良准时来到了茶餐厅。Vivian 点了几样菜和主食，刚到吃饭时间，茶餐厅里人不是很多，饭菜很快就上来了。

Vivian 对陈良说："饿了吧，咱们边吃边聊吧。"陈良真的饿了，也不客气就开始吃了起来。

须臾，Vivian 问陈良："那天我讲完课，你们公司有什么反馈吗？"

陈良说："大家听完之后觉得好像明白，又好像不太明白。毕竟是新的东西，可能还需要消化消化。"

Vivian 说："可能是因为那天 PPT 没放出来，大家只听我说，没有见到更多的文字和图表，所以理解没有那么深刻。"她又问："公司现在对做交易考虑得怎么样了？"

陈良咽下了一口饭，说："公司现在有两种意见，一种是支持，认为做了交易，风险就可控了，还贷压力也就小了；另一种是反对，觉得如果做了，万一没达到效果，我们就要承担责任，如果不做，我们没有任何责任。"

Vivian 想，有必要给公司领导们讲一次课了，这个忙陈良是帮不了的，还得找方媚才行。于是，他俩又聊了一会儿校友们的事就分开了。

第二天，Vivian 找到 Victor 汇报了昨天了解到的情况。她建议说："公司领导层有分歧是经常遇到的事，我们很有必要给领导们讲一次课，帮助他们统一意见。但我职级低，分量不够，你看要不要你亲自出马，再带上 Gloria，我们一起去。"

Victor 说："我去没有问题，Gloria 去也没有问题。你跟他们约时间吧。"

"现在直接找方媚可能不太有把握，还是你先出面请方媚吃个饭吧。"

"好啊，我们通过方媚做工作。"

Vivian 想了一下怎么说，然后拨通了方媚的电话："方总吗？我是薇薇，您在北京吧？"

方媚说："薇薇啊，我在北京。"

　　"方总，是这样，我又发现了一家上海菜馆，菜做得非常精致地道。知道您最近很忙，想请您出来放松放松。另外，我的老板Victor也久仰您的大名，想认识一下您。"

　　方媚在电话里笑了两声："哈哈，我接受你们的邀请，我正好还有问题向你们请教呢。不过这周我的会比较多，下周三吧。"

　　Vivian高兴地说："那就谢谢方总了，下周三见。"

　　周三晚上，Victor和Vivian早早地就到了约好的上海菜馆等候。

　　这家上海菜馆的名字就叫"老上海菜馆"，是上海总店在北京开的第一家分店。老上海菜馆在上海据说已有近百年历史，北京分店装修的风格与总店相同，不是那么现代，而是很有怀旧的风格。走进老上海菜馆，每面墙上都悬挂着上海开埠以来不同阶段的老照片，使人仿佛置身于20世纪三四十年代的上海滩。

　　Victor提前点好了菜，清蒸大闸蟹、蟹粉豆腐、响油鳝丝、油爆虾、蟹粉小笼，还有上海特有的时令菜酒香草头。时钟刚指向六点半，方媚就如约而至。Vivian和Victor一同迎上去。Victor递上名片，然后跟方媚握手说："方总，久仰大名，今天终于见了真人，还请您多多关照。"

　　方媚与Victor握过手后认真地看了一下名片，感慨地说："外资银行真是出人才，你这么年轻就当上了董事总经理，可喜可贺。"

　　Victor一边说着"惭愧惭愧"，一边请方媚坐了上座。

　　席间，Victor与方媚先聊了家常，得知方媚的儿子正在读大学二年级，专业是金融学，想在假期找个银行做实习生。Victor不失时机地说："TK银行香港那边每年在学生假期期间都有几个实习生的名额，如果您公子愿意去，我可以帮忙争取争取。"

方媚一听，露出了笑容，说："那敢情好，就请你费心了。"

接着，Victor 顺势一转话题："方总，我还想借机问问您，Vivian 上次到您公司讲课讲得怎样？您给提提意见。"

方媚略做思索，说："应该说薇薇上次课讲得还是不错的，该讲的也都讲到了，听课的人也都听得认真，只是案例讲得再多一点、详细一点就更好了。"她迟疑了一下，又说："不瞒你们说，课讲得再好，领导层听不到也作用不大。"

Victor 立刻说："方总，那您看，我们再认真准备一下给贵公司的领导们讲一次课如何？这次，除了包括 Vivian 在内的我们这个团队之外，我们还可以请 TK 银行香港的首席经济学家给大家讲一讲市场，他虽然是老外，但我们可以现场翻译。"

听到说会请外国人来讲，方媚思忖了一下，于是说："我回去请示一下领导。"并让他们等电话。

这顿饭，大家吃得很尽兴，聊得也很愉快。

第二天上午，方媚来到公司找到了董事长万立群。

万立群快 60 岁了，身体结实，性格沉稳，不急不躁。此时他正坐在办公室沙发上看关于国际金融市场的分析报告，报告说近期日元可能还会大幅走强。他思索着，如果日元持续升值，这对冀北电力是不利的，还款压力会增大。

本来他是想表态支持做债务保值交易的，但是会上反对的人说做好了没问题，一旦做不好领导要承担责任的，他又犹豫了。是啊，再有一年，如果没有意外，自己就退休了，万一失手，自己就晚节不保了。于是他在会上说："公司先不要轻易下结论，再好好调研一下。"

他看着报告，想着这事，要是有个人一起讨论讨论就好了。正想着，听到有人敲门。他大声说："请进。"一看来人是方媚，就说："坐吧。"

方媚说了声"谢谢"，就坐在了万立群的对面。

万立群看着方媚说："财务有什么问题吗？"

方媚说："目前财务没有什么问题，但以后就说不好了。"

"怎么讲？"

方媚指着茶几上放着的国际金融市场的报告说："如果日元继续大幅升值，我们的还款就有麻烦了。"

万立群看了方媚一眼："会有什么麻烦？"

"不仅是成本增加了，而且很可能导致严重亏损。"方媚给万立群算了一笔账，说，"做与不做差别很大。"

万立群盯着方媚的眼睛问："你有成功的把握吗？"

方媚坦白地说："还没有。"

"你没有把握怎么让反对的人支持你呢？"万立群紧接着叹了一口气，说，"要是有个专家来讲一讲就好了。"

听到这儿，方媚立刻说："前几天，财务部请 TK 银行北京分行的人来给大家普及了一下债务保值的金融知识，效果还不错。"

万立群眼睛立刻亮了，说："很好，能不能再把他们请来给我们领导层讲一讲？"

"没问题，可以把他们请来。"

万立群又补充说："尽快安排。"方媚答了声"是"，然后起身走了出去。

Victor 接到方媚的电话，便立刻给在香港的老板威尔森打电话汇报了此事，并请求把首席经济学家派过来支援他们。

威尔森说："没问题，但你一定要拿下这单交易。"

Victor 说："是，一定。"

挂了电话，Victor 把 Vivian、许婧、Gloria、Steve 召集到会议室开会。Victor 说："刚跟威尔森通过电话，他要求我们一定要拿下这单交易。你们也知道这单交易对于我们团队的重要性，我们一定要全力以赴。开会那天，我先做开场白，然后请首席经济学家丹尼斯讲市场，Gloria 负责翻译并做记录。接下来，Vivian 讲产品，一定要把结构和交易流程讲清楚。最后，许婧介绍成功的案例，你在京华银行做过许多衍生产品交易，选两个经典的仔细讲一讲。Steve 留在办公室待命，随时做接应。"

Victor 喘了一口气，说："你们有问题吗？如果没有，就分头准备吧。"

Vivian 没有想到 Victor 把许婧也拉了进来，于是她在 Victor 说完之后没有回交易室，而是跟着 Victor 进了他的办公室。Vivian 靠着 Victor 的椅背，说："我和许婧可是有分工的，许婧是负责金融机构客户的，怎么让她见企业客户了？再说我一个人就够应付的。"

Victor 说："这单交易太重要了，我们要保证万无一失，许婧在中资银行多年，又做过很多类似交易，她讲的会让客户更加信服。"

Vivian 听 Victor 这样讲，无话可说，就悻悻地走出了 Victor 的办公室。

Vivian 回到交易室，往椅子上一坐，就对 Gloria 和 Steve 说："你们知道我是怎么打开冀北电力这道门的吗？我可是费了九牛二虎之力，费尽了心思。现在有人看见是块肥肉，就想抢走，没门！

我可不是吃素的！"

Gloria 和 Steve 连忙附和说："对，对，这单交易拿下来，你是最大的功臣。"

许婧则冷笑了一声对 Gloria 和 Steve 说："你们以为这是什么好活儿啊，硬骨头啃不下来了，拉别人顶杠，还真好意思说呢。"

一句话把 Vivian 噎住了，她气得一甩手冲了出去。

3

会议上午 9 点半在冀北电力公司办公楼顶层会议室举行，这个会议室是公司高管们开会经常使用的。

Victor 一行人乘分行的商务车于 9 点就来到了公司。

Victor 和丹尼斯各穿了一套藏蓝色暗条纹西服，打了一条比较鲜艳的领带。Vivian、许婧、Gloria 分别穿了一身黑色西服套装。他们个个精神抖擞，精气神儿倍儿足，浑身上下透着庄重的职业范儿。

他们乘电梯到达顶层，一进会议室就开始做准备工作。接好电源，打开电脑，调试投影仪，调整光线亮度，以保证 PPT 投影在最佳状态。

他们的准备工作刚刚完成，约定时间到了，只见万立群等一众人鱼贯而入，经方媚引荐，双方打招呼、交换名片、落座，会议开始了。

Victor 首先表示，感谢能有这个机会来到冀北电力与公司领导们见面、相识并分享国际金融市场的情况，然后将自己团队的成员一一介绍给大家。Victor 说："下面请 TK 银行亚太区首席经济学家丹尼斯给大家介绍美国和日本的经济情况及美元对日元的汇率走势。"

丹尼斯站起来整了整领带，系上西服中间的纽扣，走到了前面，开口说道："大家上午好！我知道贵公司非常关注日元汇率的走势，让我们先看看一年多来美国和日本的经济情况。首先看美国，美国经济疲软，GDP 由去年的 2% 下降到现在的 1.5% 以下，投资动力不足，出口逆差进一步扩大，失业率攀升，消费需求低迷，美联储为刺激经济几次降息，但效果甚微，美元对世界主要货币下跌。"

他喝了一口水接着说："而日本经济明确显露出复苏的迹象，GDP 几个季度以来稳定略升，特别是出口顺差不断扩大，就业人口增加，当然日本经济还不是特别理想，但在美国经济的反衬下显示出向好的趋势，这使得日元汇率获得有力支撑。"

丹尼斯又喝了口水，继续说道："我们再从技术方面来看，美元对日元一年多来已经从 130 日元跌到目前的 115 日元，美元对日元下跌了 10% 还多，同时也意味着日元对美元升值了 10% 以上。'120' 是一个重要的心里关口，现在被冲破了，很快就要测试'115' 这个重要关口。我们预计日元会继续走强，很可能在年底突破'110'，一旦破了'110'，马上就会冲'100' 这个最重要的关口。所以我的结论是：要警惕日元继续升值。谢谢大家！"

在丹尼斯讲的过程中，万立群的眉头一直紧锁，等到丹尼斯讲完最后结论，他的眉头好像拧在了一起，但他没有说话。

接下来，Vivian 讲道："刚才丹尼斯跟我们分享了他对日元走势的分析判断，看来日元升值很可能是一个大趋势，但我们在这个趋势中如何做债务保值呢？有没有什么金融工具可以帮助我们呢？"她把上一次讲的东西又讲了一遍，这次因为有 PPT 的帮助，她讲得更详细更有层次。听 Vivian 讲完，万立群的眉头松开了许多。

许婧作为最后一个讲课人走到了前面，她说："我在加入 TK 银行之前，是中国京华银行的外汇衍生产品交易员，做过不少债务保值的交易，特别是日元贷款的保值交易，看到过企业成功的欣喜，也见到过企业后悔的泪水。"紧接着她就讲了正反两个例子。

她最后说："通过案例我们可以清晰地看到做与不做的结果，当然交易不是万能的，在企业享受好处的时候，同时也要付出一定的代价，但只要获得的好处大于付出的代价就是成功的。刚才讲到的不作为的案例，表面看是放任自流、听天由命，但实际上也是一种赌博。我们很多人去过赌场，赢钱的概率太低了，一直赌下去，很可能会倾家荡产的。"

听许婧讲完，万立群的眉头彻底松开了。他站起来边鼓掌边说："谢谢 TK 银行的专家们给我们上了一堂非常有价值的课。谢谢你们！"随后又补充了一句，"希望你们能把讲课的材料和 PPT 留给我们，我们领导层还要再好好学习和研究。"

Victor 事先料到冀北电力公司会留他们的讲课材料，所以就让 Steve 提前打印装订了一些小册子，这下全派上了用场。

方媚送他们上车，她跟 Victor 说："真的谢谢你们！这次课讲得太好了，相信会有结果的，保持联系。"

万立群回到了办公室，坐在椅子上又翻了翻小册子，他主意已定，一定要做债务保值交易。

交易是有风险，但比起日元升值的风险就小得多了。但他要说服领导层中持反对意见的人，特别是总经理武志雄。他相信成功的概率非常非常大，但万一失手呢，要集体承担责任才行。于是他打电话请武志雄到他这儿来。

武志雄的办公室就在万立群的旁边，所以武志雄放下电话就来到了万立群的办公室。

万立群说："来，武总，咱们坐在沙发上说。"说着，两人同时坐在了沙发上。

万立群说："武总听完今天的课有什么想法？"

武志雄知道万立群叫他过来就是说这事，所以他脑子已经飞快地转了一圈。武志雄反对做保值交易有两个原因：一是做这个交易肯定有风险，万立群很快要退休了，如果不出意外，他会接任董事长。要万一出了问题，万立群反正退休了，那么这板子就只会打在自己身上，别说董事长自己怕是连总经理也做不成了。二是他真的不知道债务保值交易是怎么回事。但听了上午的课，他明白了保值交易的风险是可控的，不像想象中那么可怕。

于是他回答道："听了之后，大概了解保值交易了，但风险还是有的。"

万立群听出武志雄的态度有些转变，就加重语气说："今天许婧讲的案例太真实了，做，我们可能冒点风险，但要不做，出了问题，我们就成了千古罪人了！"

停顿了一下，万立群又用缓和的语气说，"其实我快退休了，我不管这事，以后怎么样跟我也没什么关系了。但这对你就不一样了，风险很小，成功的概率却非常之大，那时你可就是大功臣了。"话语中带着关心。

武志雄一边听着，一边思忖着，万立群讲的还是很有道理的，做了承担些小风险，也无大碍；要是不做，出了大麻烦，连公司都倒闭了，自己还上哪儿当什么总经理啊董事长啊。

想到这里，他立刻表态说："之前对保值交易不太了解，认为风险很大，出于对公司的安全负责，所以才不同意，现在明白了，不反对了。"

万立群听后笑着说："武总就是可贵的栋梁之材。"然后站起来说，"我这里有好茶叶，给你沏一杯。"

第二天，万立群召开了公司高管会议，会上顺利通过了做债务保值交易的议案。万立群指示方媚跟 TK 银行联络，要求他们尽快给公司提供交易方案。

方媚当天就给 Victor 打电话，通知他们准备交易方案，具体事宜跟财务部陈良联系。

Victor 马上召集销售部开会，他说，经过我们大家的努力，冀北电力终于同意做保值交易了，现在让我们尽快提供交易方案，可以说我们离拿下交易前进了一大步，但距离我们签署协议还很远，我们一定要不懈努力，最终拿下它。

Victor 让 Vivian 带着 Gloria 一起设计方案，待方案做出来之后再集体讨论。然后，让 Steve 跟香港联系交易额度和交易期限的问题。许婧暂时还继续负责金融机构客户的业务，但随时待命。

第六章

生活原本没有烦恼，当欲望之火被点燃后，烦恼就来敲你的心门。生活原本没有痛苦，当你开始计较得失，贪求更多时，痛苦便来缠身了。

1

Vivian 回到交易室，得意地对 Gloria 和 Steve 说："没有金刚钻就别揽瓷器活，怎么样，还不是得看我的。以后放乖一点，不是自己的就别往自己怀里揣，兴许我哪天一高兴，分你点什么的。"

许婧对 Victor 的安排本来没什么意见，还巴不得不跟 Vivian 搅在一起，但听 Vivian 这么一说，还真的不高兴了。

大家都知道自己那天讲案例的重要性，她也出力了，凭什么 Victor 用人朝前，不用人朝后，还让 Vivian 说风凉话。她心里说走着瞧，以后还不知道谁怎么样呢，懒得搭理你。

Vivian 虽然得意于许婧受冷落，但她知道现在只是万里长征的第一步，所以她不敢掉以轻心。见许婧没搭理她，便到一旁给陈良打电话去了。

电话里她要陈良尽快给她提供还款付息的现金流，并告诉陈良方媚要求她们尽快出方案。

Vivian 打完电话，想看看当天的市场行情。忽然手机响了，一看是一个不太熟悉的号码，本想直接挂掉，但电话铃声一直响个不停，于是就接了起来："喂，哪位？"

电话里传出似乎有点儿熟悉的声音："Vivian，你好！猜猜我是谁？"

Vivian 想不出来，便说："你不说你是谁，我就挂了。"

对方急忙说："别挂别挂，我是 Laurie。"

Vivian 一时还是没想起来，对方又接着说："我是 M 银行在上海工作的 Laurie 呀，想起来了吧。"

Vivian 离开 M 银行 3 年多了，跟原来的同事都没有联系过，到了北京之后又换了手机号码，所以不知道是谁。她连忙说："Laurie，你好！是来北京出差吗？"

Laurie 说："不是，我也来北京工作了，跟你一样也在国际大厦。好久没见了，挺想你的，我们到楼下咖啡厅坐坐吧。"

Vivian 想了一下暂时没什么事，就说："好吧，咖啡厅见。"

咖啡厅在负一层。

Vivian 一进咖啡厅，就看见坐在角落里的 Laurie，径直走了过去。Laurie 一见 Vivian 就站起来扑过去，来了一个大大的熊抱。

两人落座后相互打量了一下，Laurie 说："姐，几年没见，你还是那么年轻漂亮。"

Vivian 说："你也漂亮，不过看着比以前成熟了。"然后又问道，"你怎么也来北京了？"

Laurie 脸色沉了下来说："一言难尽啊！"

Laurie 告诉 Vivian，说 Vivian 辞职以后，她就跟着 Mark 做销

售，开始做得还算顺利。她问 Vivian 还记得那个费董事长吗，就是 Vivian 原来的重要客户，后来陆续给了她几单大的交易，说着还瞥了 Vivian 一眼。但是好景不长，费董事长因为受贿和严重作风问题被双规了，没过多久，Mark 也被炒了，原因是严重违反行规并且财务不清，Mark 就回澳洲了。又没多久，M 银行大换血，招募了新的团队，把原来的销售全都炒了。

Laurie 后来辗转了几家银行，都没有做长，就来到了北京，目前在 XYZ 银行做销售，职级是 VP，刚做了几个月。

Vivian 没想到才几年时间变化竟这么大。她关心地问起 Laurie 现在的状况，Laurie 说："一般般吧，北京这里也没有什么资源，只是拿一些小的交易单子，勉强混碗饭吃吧。"说到这儿，Laurie 迟疑了一下说，"姐，你在北京这么多年了，资源很多，帮帮我吧。"

Vivian 听到这儿，才知道 Laurie 找自己是来要客户的。按照外资银行的规定，是不可以把自己银行的客户介绍给竞争对手的，于是 Vivian 说："我也没有特别多的客户，另外银行也有规定，真的帮不上你。"

Laurie 诡异地说："那咱们可以合作呀。"

"怎么合作？违规的事我可不做。"

Laurie 贴近 Vivian 的脸小声说："你最近不是跟冀北电力在谈一笔大交易吗？拉上我，分我一点呗。"

Vivian 一下子心跳加速，忙说："你听谁说的？"

"这我不能告诉你，你就说能不能合作吧？"

Vivian 说："别道听途说。"

Laurie 说："才不是呢，冀北电力我有内线。"

Vivian 想，还真让 Victor 说对了，已经有外资银行闻到味儿了，但是她不可能跟 Laurie 合作。不光是有行规，况且凭什么跟她合作。

于是她站起来说："今天就聊到这里吧，我还有事情。"

Laurie 说："姐，你急什么！"然后贴着 Vivian 的耳朵说："你跟费董事长怎么回事我都知道，你就不怕我……"

Vivian 的脑袋嗡的一声，仿佛要炸了，她不知道自己是怎样回到办公室的，其他都忘了，只记得 Laurie 临走时说了一句："过几天我再找你。"

Vivian 把脑袋靠在椅子背上闭上眼，过了好一会儿才回过神来，脸色很难看。Vivian 对 Gloria 和 Steve 说："我突然有些不舒服，我先回家了。"

Gloria 说："是啊，看你脸色这么不好，兴许是太累了，回家好好休息吧。"

Vivian "嗯"了一声，简单收拾了一下东西，关上电脑，拎着包走出了办公室。

Vivian 回到家，觉得很累很累，一头栽到了床上，想睡一觉，可根本没有睡意。她脑子里满是 Laurie 说的话。

她想：这简直是讹诈，一个卑鄙、无耻、下流的小人！她想用所有肮脏的话来形容 Laurie，这样她的心情会好一点儿。

她坐了起来，点燃了一支烟，她是从不吸烟的，只是有点儿喜欢烟草的味道，所以偶尔买盒烟放在家里闻味儿。她吸了两口之后不停地咳了起来，于是又把烟掐灭。

她站起来，在房间里踱步，她脑子现在很乱，需要厘清头绪。

她又点燃一支烟，吸两口，又咳，又掐灭，如此反复了几回，她冷静了许多。

她开始想象 Laurie 乱讲之后的后果，北京外资银行圈子这么小，也许很快大家就都知道了，会在背后戳自己的脊梁骨，名声就被败坏了；如果 TK 银行知道了，可能会把自己炒掉，工作就丢了；如果冀北公司知道了，可能不跟 TK 银行做交易了，客户就丢了；如果 Victor 知道了，会瞧不起自己，追求的恋人没有了；如果舅舅知道了，不认自己了，亲情也没有了……她想出了很多个严重后果，每一个都很可怕。

天早已经黑了，但她不想吃东西，也没有睡意。最后她想，自己内心一定要强大，是祸躲不过，听天由命吧，大不了还可以鱼死网破。想到这儿，她的内心平静了很多，她觉得有些饿了，于是烧开水吃了一碗泡面，然后卸了妆，洗了个澡，上床睡觉了。

Vivian 催了两天，陈良才把现金流发了过来。Vivian 隐隐感觉最近陈良有些跟以前不一样了，但她忙于工作这种感觉也就一闪而过。

Vivian 和 Gloria 开始按照现金流设计方案。冀北电力这笔贷款是 500 多亿日元，约等于 5 亿美元，固定利率 0.75，期限是 20 年，每半年等额还本付息一次，也就是说贷款随着还款逐渐减少，通过货币掉期，期初本金不用交换，还款付息日再做交换，也就是说在还款付息日冀北电力付给 TK 银行美元，TK 银行付给冀北电力日元，冀北电力再将日元付给日本政府。

重要的是，美元和日元交换的汇率是多少，冀北电力支付美元时付的美元利率是多少，因为日元的利率是固定利率，而美元利率可以做成固定利率，也可以做成浮动利率。

方案做出来了，Vivian 把方案发给了 Victor。

Victor 又召集销售部开会讨论这个方案。首先，Gloria 把方案给大家介绍了一下。接着，Vivian 把几个重点的地方又着重讲了一下。Vivian 觉得方案设计得无懈可击，显出很得意的样子。

Victor 看过一遍，又听她们讲了一遍，也觉得差不多，但他还是觉得似乎哪里还有问题，不够完善，可他又说不出来。于是他转向许婧，问许婧有没有意见。

许婧参加这个会一开始完全抱着事不关己的态度，听一耳朵就行了，当她看着 Vivian 那副得意的样子，心里的火噌地一下子就冒了出来。正好 Victor 让她发表意见，她也就不推辞地说："这个方案看起来比较完整，但它实际上并不完整。"说着不屑地看了 Vivian 一眼，又看着 Victor 说，"我们应该设计几个不同的情景，在汇率和利率发生变化时，客户的损益会相应发生什么变化，风险程度会发生什么变化，这样客户看了才会一目了然，才会对我们的方案更加信服。"

Victor 听完，不禁拍了下手，说："说得太对了，太到位了！"许婧说的正是 Victor 想要补充的东西。

而 Vivian 此时像斗败了的公鸡脑袋低了下来，无话可说，因为她知道许婧说中了要害，她在心里愤愤地说：哼，这次让你露脸了，看下次怎么收拾你！

Victor 对 Vivian 说："你们就按照许婧说的修改补充吧，做完了先发给许婧看一下，然后再发给我。散会。"

Victor 对许婧真是刮目相看，先是解救危机，推介一键通扩大交易，然后又给冀北电力讲案例。他知道案例对于冀北电力决定做交易发挥了很重要的作用，到现在她又提出情景分析，每一件事都做得那么专业那么到位，而且表现得那么不紧不慢、不慌不忙、从容不迫。他想以后要更多地让许婧发挥作用。

2

Vivian 给陈良和陈良的主管各发了一封邮件，说选个时间双方讨论一下方案，并附上了最终方案，想了一下，又抄送了方媚。

Vivian 这几天忙于设计方案，几乎忘掉了 Laurie 的存在。方案发出后，她感到浑身轻松。她是个很敬业的人，为了工作，可以废寝忘食，可以放下一切，也比较会与人相处，和客户关系融洽，是个好销售，但她就是有点儿争强好胜，不服软。

接下来，应该有两天空闲时间，Victor 出差回香港了，她准备去香港一趟，再追一追 Victor。于是她请好假，买了机票，直飞香港。

Vivian 到了香港，入住了中环的万豪酒店。

香港的天气湿热，在外面待上一会儿就浑身汗津津的。Vivian 洗了个澡，吹干了头发，换上一件短上衣，特意露出傲人的腰线，搭一条黑色毛边牛仔短裤，脚上穿一双阿迪达斯白色运动鞋。这一身装扮让她显得青春活泼，跟办公室里穿职业套装的 Vivian 判若两人。

她事先查了 Victor 今天的工作日程，下午 5 点之后，他应该就没有什么公事了。现在 4 点过一点儿，她决定直接走到他办事的写字楼下面等他。

香港有一个非常人性化的设计，由于地理位置和气候的原因，夏季多台风和雨，晴天则会暴晒，因此，许多建筑物在设计的时候，都会考虑到人们通行的方便，有意将建筑物之间内部的互通作为一个重要考量。这样，许多楼与楼之间几乎是可以不用走到街面上就能够通达无阻了。

Vivian 正是利用了这一点，选择了一条既近又最大限度不用走出建筑物的路线，优哉游哉地来到了 Victor 结束公事后必经的一楼大厅。她找了一个侧面的沙发坐了下来，一边心不在焉地看手机，一边瞥向电梯口，等待 Victor 的到来。

大约 5 点 15 分，她看见 Victor 从走廊尽头的电梯走了出来。她赶忙理了一下头发，抓起包，快步迎了上去。

Victor 一抬眼，发现 Vivian 赫然出现在面前，有些猝不及防，脱口而出："嘿，你怎么来了？"

Vivian 一听他这口气，故作娇嗔地说："这还用问啊，想你了呗！那句话叫什么来着，'一日不见如隔三秋'。"她故意拖长了声音，有些妩媚，又有些娇羞。"再说，我都三天没见着你了。你想想，我要是不飞过来，是不是就熬不住了？"一边说着还一边用手捂着嘴偷笑。

平时 Vivian 在工作状态里是非常有章法的，严谨而干练。但是此时，在 Victor 面前她表现出了小女生可人的一面。其实，Victor 还是挺喜欢这时的她的。

Victor 笑了一下，说："言重了啊，大小姐。说吧，晚上有什么预谋？最近你工作确实也挺辛苦的，表现嘛，也不错。正好我今天正事儿忙完了，就依你的心愿，接下来的时间就交给你了。"

Vivian 一听 Victor 这么说，太高兴了。赶忙说："我都想好了，这门口不远处就有一家糖水店，超有名的，凉凉甜甜的正适合咱们。晚上呢，就去 IFC（国际金融中心）那家日式烧烤店，多亏我是会员，才险险订到位置，带你享受享受。怎么样？看出我用心了吧。之后呢，我约了一家法式精油 SPA（水疗），咱们这身体，也该好好休整一下了，汇报完毕。"说完，Vivian 对着 Victor 敬了个礼，然后哈哈大笑了起来。

最近单位的几项工作开展都比较顺利，Vivian 很用心、很努力，Victor 比较开心。况且，他也了解她的小心思。现在自己出差在外，Vivian 纯属个人旅行，如果驳了她的面子，的确不合适。Victor 觉得，不妨就作为自己近距离了解 Vivian 的一个机会吧。

糖水店，是女孩的天地，Victor 很少光顾。这么热的天，浑身冒着热气地走进来，凉爽的空调风的确让人感觉超级舒爽。店面不大，十几张小桌子，已经坐满了人，他们在角落找到一个二人位坐了下来。

Vivian 点了一份杧果冰，Victor 要了一个可乐冰激凌，其实就是一个香草冰激凌球儿飘在玻璃杯装着的可乐上。两个人一边吃一边闲聊起来。

Vivian 问："这次香港出差顺利吗？"

"该见的老板差不多都见到了，该谈的事情也谈得差不多了。"

Vivian 像突然想起了什么，说："你瞧我，现在是下班时间，不谈工作。"

Victor 笑了起来说："没事，随你谈什么。"

Vivian 假装严肃说："你觉得我这个人怎么样？"

Victor 说："挺好的，很能干，是一个 good sales（优秀销售员）。"

Vivian 说："我们不是不谈工作吗？我是问你工作以外的我。"

Victor 说："人很漂亮，气质也高雅，身材棒棒的，还有女人味。"

Vivian 听 Victor 夸赞自己，脸像一朵绽开的花，娇滴滴地说："那你觉得我和许婧哪一个好？"

对于手下这两个美女，Victor 都喜欢，Vivian 是上海女人，天生会发嗲，很性感，禁不住会让人心猿意马，想入非非；而许婧则天生丽质、端庄优雅，属于惹人喜欢但又不让人有非分之想的女人，两个人在他心里不分伯仲，各有千秋。

Vivian 这个问题真的让他不好回答，他只好说："你们两个都很好。但是你比她成熟一点点。"

Vivian 不高兴了，说："你是说我比她老吗？"

Victor 赶忙说："不是那个意思，而是说你身上的女人味比她多一点点。"说到这儿，Vivian 才算饶过了 Victor。

Vivian 露出很关心的样子说："你也老大不小的，怎么还不结婚呢？"

Victor 立刻反问道："还说我，你为什么还不结婚呢？"

"人家还小嘛，再说我也得先找到白马王子啊。"

"你家里没催你赶紧结婚吗？"

"还好，家里倒是没催我，但我知道他们心里肯定着急。"

"我父母也没催过我，不过香港的男人、女人普遍结婚晚。"

"为什么呢？"

"香港人事业心都比较重，怕太早结婚影响事业。"

"你都 40 岁了，还早啊。"

Victor 迟疑了一下说："我还是有点恐婚吧。"

"为什么？"

"我怕承担不起责任，对不起别人啊。"

其实，Victor 从美国回到中国香港工作之后，交过一个女朋友，两人感情很好，也到了谈婚论嫁的地步，在拜见她父母的时候，她父亲很严肃地对他说，他要娶他女儿就要保证让她女儿一生幸福，如果保证不了，那就不能娶。

他那时刚工作不久，没房没车积蓄也不多，又不知道未来会怎样，就没有提出结婚，后来两人慢慢就分手了。

Vivian 能感觉到 Victor 是个有故事的人，但也是一个负责任有担当的男人。这时，Victor 的电话响了，是莎莎问他回不回家吃晚饭，他看了看 Vivian 回答说："我在跟同事谈工作，不回家吃晚饭了，可能回去晚一点。"说完就挂了。

Vivian 听 Victor 说不回家吃晚饭，心里很是高兴，但同时又有深深的醋意，噘着嘴说："她不就是你女朋友吗，还没结婚呢，管得这么严。"

Victor 笑了笑没有说话。

Vivian 又说："我要是你女朋友，我才不管你那么多呢。你说，我做你女朋友怎么样？"

Victor 不置可否地笑了笑。

Vivian 仰着头说："你信不信，我肯定比她对你好。"

Victor 还是笑而不语。

这时 Vivian 看了看表，站起来说："哎哟，快到晚餐时间了，咱们得赶紧走，不然留的位子就没有了。"

出了糖水店，Vivian 挽着 Victor 的胳膊，头不时地依偎在他的肩上，与他一路说笑着。

莎莎给 Victor 打完电话，知道他不回来吃饭，也不想回家了，她想借此机会做个美容，于是收拾好东西离开办公室，朝自己经常去的那家美容店匆匆走去。

忽然，她看见前面走着的一男一女中那个男的好像是 Victor，她怕认错，于是紧走了几步，果然是 Victor，旁边那个女的紧紧挽着他的胳膊，脑袋还依偎在他的肩上，于是她大喊了一句："Victor！你给我站住！"

Victor 正在走着，猛然听到后面有人叫他的名字，立刻就站住转过身，一看是莎莎，这时 Vivian 也跟着站住，一回头傻了，手立刻放开了 Victor 的胳膊。

莎莎一看是 Victor 和 Vivian，立刻火冒三丈，但因为是在街上，她还是压住怒火，问 Victor："你不是在谈工作吗？怎么谈到大街上了？还勾肩搭背？"

Victor 刚要说话，莎莎不等他解释，又转向 Vivian："原来是你这个狐狸精啊，平时在北京骚扰 Victor，我眼不见为净，现在竟然追到香港来了，你也太胆大包天了吧！"

Vivian 最初见到莎莎有点儿不知所措，现在听到莎莎质问反而镇定了下来，她反驳说："你说谁是狐狸精，你才是狐狸精呢！"

莎莎一听 Vivian 竟然说自己是狐狸精，怒火压制不住了："你也太不要脸了，光天化日勾引别人的老公！"

Vivian 冷笑了一声说："你的老公，别逗了，你们还没结婚呢，他是自由人，谁都可以追求。"

莎莎气得七窍生烟，冲着 Vivian 吼道："你臭不要脸！"接着转过脸怒视着 Victor："你就这样对我吧，有你的好！"说着朝 Victor 拎着的文件包踢了一脚，转身大哭着跑了。

Victor 和 Vivian 见莎莎跑了，站在那里愣了一会儿，又继续向那家日式烧烤店走去。两人本来是想大吃一顿的，可现在没有了胃口，就随便点了几样东西。

Victor 觉得自己和 Vivian 什么事也没有，莎莎有点儿小题大做了，而且太不给自己面子了，转念又想，女人都是爱吃醋的动物，回去跟莎莎解释清楚了也就没事了。吃完饭，他跟 Vivian 说："你看，没想到会发生这样的事，我早一点回家了，就不陪你做SPA 了。"

Vivian 说："那好吧，我自己去。"

Victor 急急忙忙地回了家，一看莎莎没在家，就给她打电话，打了几次没人接，他索性就不打了，打开电视，拿着遥控器换来换去，也没发现什么好节目，就把电视关了。然后打开一瓶红酒，自斟自饮起来。

Vivian 静静地躺在按摩床上，闭着眼想刚才发生的事，起初她还很生气，自己跟 Victor 什么事都没有，这个女人也太能吃醋了，可转念一想，今天把这件事挑明了也好，反正 Victor 还没结婚，我就是要追他，而且以后还就光明正大地追，谁追到手算谁的。Vivian 真的喜欢 Victor，觉得他有才华，有良好的教育背景，还不缺钱，方方面面都符合自己的择偶条件，她不能错过他。想着想着她竟然睡着了。

莎莎跑了一段路，看见路旁有家酒吧，就走了进去。她要了一杯伏特加，也没加冰，接过来一股脑儿地喝了下去，然后又要了一杯。就这样三杯下肚，胃里像开了锅，她反而觉得这样好受多了，这时候眼泪簌簌地落下来，她觉得很委屈，自己对 Victor 这么好，可 Victor 竟这样对她！他们在香港都这样，在北京还不知道会发生什么呢。她越想越不敢想，一定不能让他们这样发展下去。

莎莎给表哥打了电话，让他立马过来。表哥急急忙忙地进了酒吧，看到莎莎喝了不少酒，还眼泪汪汪的，就急切地问她发生什么事情了。莎莎一边哭一边把刚才的事告诉了表哥。

表哥思忖了一下说："你也在银行销售这个圈子里，你应该知道，这些销售们个个都很有钱，人一有钱就难免有花花肠子，这也正常，不过他们也没干什么，你想的有点多了吧。另外我觉得 Victor 不是那种人，还挺稳重的，你就别再多想了。"

莎莎说："他现在周围的诱惑太多了，我怕他哪天把持不住自己。"她又想到了那个风骚的狐狸精。

表哥说："这样吧，我敲打敲打 Victor，让他再稳重点。"表哥劝了又劝，最后好不容易把莎莎劝得不哭了，就开车送莎莎回了家。

莎莎回到家已经是后半夜了。她醉醺醺地进了家门，一头栽到床上睡着了。Victor 也喝了一瓶红酒，倒在沙发上睡着了，半夜酒醒了，起来喝水时，他看见莎莎已经回来睡着了，怕她睡得不舒服，又怕她着凉，就帮她脱了衣服和鞋，又盖上了被子。

忽然 Victor 的手机响了，弹出一条短信，是莎莎表哥发来的，问 Victor 什么时候回北京，Victor 回短信说就是今天上午，表哥说他送 Victor 去机场。

在去机场的路上，表哥对 Victor 说："莎莎是我们家族最受宠的女孩，你可得对她好点，不然大家不会放过你。"

Victor 说："这我知道，我没有做过对不起她的事。"

表哥说："这就对了，不过你要保持稳重。"

Victor 说："那是一定的。"

3

许婧在"一键通"推广成功之后，老想着怎么谢谢肖剑锋，但是老请他吃饭也没什么新意。

这天，她无意间看到网上有一则售票信息，北京展览馆剧场要上演西班牙格拉纳达弗拉门戈舞团的名作《卡门》，于是她迅速在网上抢了两张票，座位是前排的正中间，最佳位置。于是她兴冲冲地给肖剑锋打电话，约他在北展剧场的小莫餐厅吃饭，饭后观赏《卡门》。

北京展览馆建成于 1954 年，是毛泽东主席亲笔题字、周恩来总理主持剪彩的北京第一座大型、综合性展览馆。主体建筑群气势恢宏，高大典雅，具有独特的建筑风格。馆内设有展览中心、莫斯科餐厅、北展剧场、北展宾馆等。

肖剑锋下班后开车顺路接上了许婧。虽然金融街距离北展不是很远，但正值下班高峰，车流拥堵，车走得很慢，肖剑锋不时地踩着刹车，他怕许婧着急，于是调侃地说："你看我一下一下踩刹车，像不像在跳弗拉门戈？"

许婧笑了笑："那此刻全城岂不是都在跳弗拉门戈。"

"你喜欢弗拉门戈？"

"当然，弗拉门戈是饱含着西班牙人喜怒哀乐的舞蹈，从它身上能看出西班牙人的性格。"

"我也喜欢，在英国的时候曾经看过一次，给我留下了深刻的印象。"

肖剑锋把车停在了莫斯科餐厅对面的停车位上，下了车走到车的另一面，很绅士地打开车门："请许小姐下车。"

许婧掩不住地笑着说："谢谢！活了三十年第一次享受这种待遇。"

肖剑锋和许婧一前一后走进了莫斯科餐厅的旋转门，进门左手是莫斯科餐厅，大家称为"老莫"，右手就是小莫餐厅了。

小莫餐厅有 18 米高的穹顶，灵动、通透及活力随阳光从穹顶撒下，充足的建筑空间拥有拉近彼此距离的魔力，使人们脱离烦琐的生活，感悟当下，品味幸福。四壁有美丽的壁画，最前端的舞台上还有俄罗斯琴师的现场演奏，充满异域风情。

许婧提前预约了座位，是沙发座椅，卡座式的，私密性较好。两人入座以后，相互商量着点了红菜汤、恺撒沙拉、七分熟的小莫牛排以及西班牙海鲜饭。

他们享用着美食，肖剑锋不无感慨地说："莫斯科餐厅是北京人最熟悉、最有情结的西餐厅之一，被人们亲切地称呼为'老莫'。在 20 世纪七八十年代，来'老莫'吃西餐是当时北京青年颇为荣耀的事情，仿佛来'老莫'不是一次简单的饭局，而是一种身份的象征和一种仪式。"

许婧也不无感慨地说："现在吃西餐已经不是少数人的生活方式了，西餐已经从一种仪式转换成为享受生活、追求品质的代名词了。"

"是的，西餐所讲究的天然健康、合理搭配，也成为人们追求的健康饮食理念了。"

"所以除了'老莫'，又有了'小莫'。"

两个人感慨着吃完了饭，站起身谢过服务员，走向北展剧场。

北展剧场厅堂典雅高大，直径 62 米的观演大厅内设有 2700 余个观众席，是北京现有客容量最大的专业演出剧院。剧场里圆形的场地及木制墙面的吸音装置，提供了较好的天然声场效果，粗犷的仿天然石砌墙面与天花板上似繁星闪烁的灯饰辉映，更突出气势轩昂、雄伟开阔的特点。这里差不多每天都有演出，芭蕾舞、歌（舞）剧、演唱会、交响乐轮番上演。

肖剑锋与许婧以前的关系是上下级的同事关系，还从来没有这么近距离地坐在一起，好像彼此的呼吸声都能听到，他们都有一种说不出来的异样感觉。好在灯光暗了下来，演出开始了。

弗拉门戈是西班牙的一种综合性艺术，它融舞蹈、歌唱、器乐于一体，已经成为西班牙的代表性艺术之一。它表现的是一种西班牙式的热情。表演者一般表情凶悍，舞步刚健，动作狂野，给人以一种目中无人、倨傲凛然的感觉。挑衅、恐吓、示威、逃避、反抗、挣扎是整个旋律的主题，意在表达舞者充满热情的灵魂以及民族精神。

在演出过程中，肖剑锋和许婧没有交流，但他们能感觉到彼此的呼吸随着剧情的跌宕起伏，一会儿急促一会儿舒缓，他们深深地进入了剧情当中。

当下士何塞用刀刺中卡门的时候，许婧的右手猛地一下子抓住了肖剑锋的左手，惊惧地"啊"了一声。肖剑锋也紧紧抓住了许婧的手。直到剧终，灯光大亮，演员谢幕，他们的手才分开。

走出剧院，肖剑锋开车送许婧回家，在路上一开始谁都没有说话，他们还沉浸在剧情之中。许婧打破了沉默："你喜欢卡门这个角色吗？"

肖剑锋回答说："这部剧是通过男女主人公的爱情纠葛，塑造出女性叛逆者卡门，她充满不能压抑的活力和强烈的独立性，自由奔放、敢作敢为，甚至有点儿邪恶和轻浮。这与文明社会中虚伪的道德形象形成鲜明的对比，《卡门》也因此具有了鲜明的时代意义。"

"我最喜欢卡门这个人的地方，就是她的敢作敢为和敢爱敢恨。我也希望我能像她一样。"

肖剑锋看了一眼许婧问："那你现在有目标了吗？"

许婧娇羞地说："可以说有目标了，但不知道他心里是怎么想的。"说完之后扭过头看着肖剑锋。

肖剑锋扭头与许婧对视了一下，看到许婧睁得大大的眼睛和期盼的神情，不由得心跳加快了许多。但他没有回应，生怕是自己自作多情。

许婧看肖剑锋没有回应，也逐渐平复了下来。心想现在还没到揭开谜底的时候，肖剑锋你等着。

Vivian 休假回来一上班就给陈良打电话问方案看得怎么样了，陈良说领导们还在看，没有提出什么。Vivian 说要不要大家坐下来讨论一下，陈良说等等吧。

Vivian 放下电话，觉得有点儿百无聊赖，不知干点儿什么好，这时手机响了起来，一看号码，竟然又是 Laurie。她拿起电话来到走廊，厉声地说："你究竟想要干什么？我是不会帮你的！"

Laurie "嘿嘿"笑了两声，说："别把话说得那么绝好不好，指不定谁帮谁呢，下来坐坐吧。"

Vivian 说："对不起，没时间。"

Laurie 说："那我去你办公室找你。"

Vivian 一听有点儿害怕，万一 Laurie 来了胡说八道怎么办？于是口气软了下来说："我下去。"

"那我在咖啡厅等你。"

Vivian 进了咖啡厅看见 Laurie 坐在一个角落里，就径直走过去坐在了她的对面。Vivian 满脸怒气地看着 Laurie 说："你究竟想要干什么，你以为我会怕你吗?"

Laurie 笑着说："别急，别急，我给你看点东西。"说着就打开手机拨弄了几下，递给 Vivian 说："你先看一看。"

Vivian 接过来一看，当时就傻眼了，竟然是 TK 银行发给冀北电力的交易方案。她急促地说："方案是机密的，怎么会在你这里?"

Laurie 拿回手机笑了笑："这你就别管了。"然后又接着说，"我们银行实力不如你们，所以才想让你们拿到交易分一杯羹给我们，你们吃肉我们喝汤，你们赚大钱，我们赚点小钱，妹妹我也有点业绩，咱们好歹姐妹一场，你就帮帮我怎么样?"

Vivian 仍是一脸怒气，说："这个忙我帮不了你，你好自为之吧。"说着站起来就要走。

Laurie 拦住她："姐，你怎么老沉不住气啊，正事我还没说呢。"

Vivian 说："你还有什么可说的?"

Laurie 一脸坏笑地说："你看这样行不行? 我把你们的方案给 F银行吧，他们也知道冀北电力这单交易，正愁着怎么打进去呢。他们在你们方案的基础上给出更好的条件，对他们岂不是件好事?"然后脸一沉，说，"你不帮我，我叫你也做不成。"

Vivian 肺都要气炸了，但转念一想，还得先稳住她，不然这么不要脸的人什么事都做得出来。于是说："咱们毕竟同事一场，互相帮个忙那算不了什么。不过你也知道，这个事我做不了主，还得老板同意才行，所以我得想一想怎么跟老板说这个事，你也想一想。"

Laurie 立刻眉开眼笑，说："我说姐啊，我就知道你会帮我的，事成之后我会好好谢你的。"

Vivian 虽然用缓兵之计暂时稳住了 Laurie，但她知道 Laurie 这件事她是想帮也帮不了的，再说自己拼死拼活拿下了交易凭什么让她坐收渔翁之利，当务之急，还是得先拿下交易。

于是，她毫不犹豫地拨通了方媚的电话："方总吗？我是薇薇，您现在方便吗？"

"薇薇呀，方便，有什么事你说。"

Vivian 直截了当地说："是这样，我们的方案不知您看了没有，有什么需要讨论的地方吗？"

方媚说："我让陈良给你打电话说说情况，他没跟你说吗？"

Vivian 说："还没打，估计还没腾出时间来吧。"

方媚说："这样啊，那我告诉你，你们的方案我们研究了几次，觉得确定的汇率差不多可以接受，但是日元换成美元后，美元的利率太高了，我们的成本提高了很多。现在有另外几家外资银行跟我们也接触了一下，领导的意见是也看看他们的方案比较一下。"

Vivian 放下电话，这么重要的信息陈良在上午的电话里竟然没告诉自己，太不像话了！她不知道 Laurie 是怎么拿到交易方案的，方案是保密的，知道的人应该没有几个，难道是陈良？可他们应该互相不认识的。

她拿起电话准备打给陈良，但是转念一想，打了电话又能说什么呢？毕竟以后还有用得着他的地方，以后自己加点小心就是了，于是又放下了电话。

第七章

没有释怀不了的往事和旧人，只有不愿放下的过程和回忆。学会释怀，一念之间，天地皆宽。

1

Vivian 急匆匆地走进 Victor 的办公室，Steve 坐在里面。Victor 刚放下电话，见她进来，说："来得好，我正要找你。"

"Steve 跟亚太总部联系交易额度和期限的问题，总部说冀北电力是一家国营和民营混合制的企业，虽然国营控股，但民营占很大一部分股份，所以内部评级不够，TK 银行不能直接与冀北电力进行交易。我刚才又跟威尔森通了电话，他也无能为力。因此，我们若做交易，就要找一家中资银行做过桥，也就是中资银行一边跟客户交易，一边同时跟我们交易。"

Vivian 一听脑袋大了，这边客户还没搞定，那边还要搞定一家中资银行，这难度太大了。她马上把冀北电力的情况告诉了 Victor。

Victor 说："10 分钟后在会议室开销售部会议。"

大家陆续走进会议室，Victor 先把情况向大家说明了一下，然后说："冀北电力的交易我们一定要拿下，这关乎我们今年业绩的完成，我相信你们，相信我们的团队，我们一定能成功。"停顿了一下，他接着说，"当然，拿到这单交易有很大难度，所以需要我们集思广益，需要我们的智慧。"

他冲着 Vivian 说："说说你的想法。"

Vivian 说："毕竟我们是第一个联系到冀北电力的，有先到者的优势，我们给他们讲了两次课，特别是跟领导层有过直接的接触，也正是因为我们的两次课才使他们下定决心做这单交易，虽然现在有几家外资银行也在公关，但我们不怕。关键是方案中的条件，我们有没有调整的余地，因为美元利率就是比日元利率高出很多，但我觉得其他外资银行的条件也会跟我们差不多，一轮比较过后，冀北电力最终交易的时候还是会选择我们。"

Victor 似乎不太满意 Vivian 的说法，于是他的目光又转向了许婧。

许婧说："我们一定能拿到这单交易，对此我也充满信心，但是成功不是等来的，我们要创造，要有创造性，譬如美元利率高的问题，这是客户关心的焦点，也就是说几家外资银行谁能解决这个问题，谁就能拿到交易，所以我们应该立刻着手解决这个问题。譬如是不是可以考虑一下结构性产品。"

她看了一眼 Victor，又接着说，"选择中资银行的问题，我考虑过了，这么大的金额和这么长的期限，不是哪个银行都可以做的，我觉得找京华银行比较合适，重要的原因之一是，京华银行是这笔贷款的转贷行。"许婧故意隐去不谈她与京华银行特别是与肖剑锋的关系。

Victor 听完大家的发言，说："Vivian 和 Gloria 一起研究产品的结构，开发出适合冀北电力的交易产品；有什么需要亚太区有关部门支持的，Steve 负责联系；许婧负责与京华银行联系。"

　　会后，Vivian 很不高兴，一是因为结构性产品刚刚出现，还没有太成熟的产品可以拿来用，客户是不是接受也是个问题；二是许婧又参与这个项目了，中资银行居于中间，是两头都要通吃的，这就意味着许婧既要联系银行，也要直接联系企业客户，而自己只是联系企业客户这一头的，许婧的作用就会显得比自己重要许多。

　　下了班，她不想回家，在大街上闲逛着，忽然看见不远处从一辆车里探出个头来，还在喊她，她仔细一看，乐了，是舅舅。

　　她连忙跑过去，拉开车门上了车。舅舅问她到哪里去，她说上了一天班头疼，出来溜达溜达。

　　舅舅看她郁闷的样子，说：“有什么不开心的事了吧？说给舅舅听听，兴许能帮上你。”

　　Vivian 就把自己为什么不开心的原因说了一遍。

　　舅舅听完沉吟了一下，说：“中资银行我也有不少朋友，比如华隆银行，那是四大行之一，他们金融市场部的张总跟我很熟啊。”

　　Vivian 一听，一扫颓态，恨不得蹦起来，忙说“太棒了”。但是转念一想，Victor 没让自己找银行，要是弄不好他又要怪罪自己，还是等许婧搞不定京华银行时自己再杀出，这叫意想不到，突如其来。想到这儿，她开心地笑了。她高兴地对舅舅说：“别回家了，我请你吃大餐。”

　　许婧开完会挺开心的，她又参与这个项目了，本来以为这么大的项目跟自己无缘了，没想到峰回路转，又撞到了自己的枪口上。她想，自己说出京华银行是冀北电力的转贷行这一点是很为自己和京华银行加分的，一定要让京华银行成为过桥银行。

　　第二天上午，许婧把自己过去的直接领导、京华银行金融市场部衍生产品交易处的处长苏琪约到了附近的咖啡厅。两人点了咖啡之后，许婧就开门见山地说："苏处长，我现在有点儿小麻烦，你可一定要帮我。"

苏琪原来一直很看重许婧，觉得她不光是长得漂亮，而且爱动脑子，喜欢钻研，懂得为人处世，和同事们的关系又很融洽。所以，他说："只要能帮上的，我一定帮。"

许婧就一五一十地把要找过桥银行的事说了一遍。

苏琪喝了一口咖啡说："这个忙我能帮，不过需要走两边的流程。一是我们要和客户签衍生产品交易协议、风险揭示书、交易委托书；二是与 TK 银行签国际间掉期交易协议，然后相互授信确定交易额度和期限。这些说起来简单，但每一个都要走流程，都要费时间。"苏琪停顿了一下又接着说，"当这些都做完了，就要看交易方案了，如果客户接受那就万事大吉了，如果客户不接受，还得费时间修改调整，最后交易时还要看当天市场汇率合不合适。"说完他摊开双手靠在沙发上。

许婧说："这些我都清楚，但能不能流程加快一点。我记得京华银行与 TK 银行签过国际间掉期交易协议的，但只是做过利率掉期，没做过货币掉期。"

"这个我可以回去查一下。"

"那就拜托你了，我们能不能今天就启动，需要我帮忙随时 call 我。"

苏琪说："我和处里商量一下看看从哪里开始。"

许婧一回到办公室，就马不停蹄地忙了起来。她先是上系统查协议的事，当她查到两年前两行就已经签了掉期协议后，欢欣鼓舞。最耗时的事情解决了，否则最少得半年才能签下来。她马上给苏琪打电话，苏琪说他们也查到了。接着，许婧就给亚太区交易授信部发了一封邮件，询问能给京华银行货币掉期多少交易额度和多长交易期限，并抄送了 Victor。

再说 Vivian，她一上班就跟 Gloria 简单商议了一下，然后发邮件给亚太区产品部，要求提供货币掉期结构性交易产品，并抄送 Victor。

很快 Vivian 就收到了回复邮件，说："抱歉，该类产品不多，只能提供几个。" Vivian 想有几个就算几个吧，先看看适用不适用。于是就和 Gloria 一起研究起来。

Vivian 研究了两天，也没从中找到合适的产品。这期间 Laurie 又给 Vivian 打过电话，Vivian 告诉她这笔交易要通过过桥银行来做了，如果她想分一杯羹，就找过桥银行吧。Laurie 一看 Vivian 真的帮不了她，就把 TK 银行的方案给了 F 银行。F 银行如获至宝，允诺拿到交易分给她一部分。F 银行通过 Laurie 的介绍，见了方媚并提供了他们的交易方案。他们的方案比 TK 银行优化了不少，但还是没解决美元利率高的问题，因此 F 银行也在紧锣密鼓地研究新的方案。

2

Vivian 抽空给方媚打了电话，告诉她 TK 银行正在为他们设计新的方案，并趁机询问其他外资银行的动向。

方媚告诉 Vivian 已经收到了几家外资银行的方案，但是都没有解决他们的问题，并表示谁的方案好就跟谁做这笔交易。

Vivian 放下电话既高兴又着急。高兴的是，跟她预计的是一样的，其他外资银行也没有什么新招。着急的是，还没设计出新的方案，时间不等人啊。

于是她去找 Victor 寻求帮助。Victor 在看邮件，看见 Vivian 就说："是来告诉我设计出新方案了吗？"

Vivian 垂头丧气地说："还没有呢。"

Victor 问道："难点在哪里呢？"

"找不到一个合适的结构放进去。"

Victor 明知故问："你没跟许婧讨论过吗？"

"没有，她也未必有好主意。"

"那咱们再开个会吧，集体讨论一下。"

会上，Vivian 给大家讲了她们研究的情况，说："现在的难点就是，要降低美元利率就要跟一个指标挂钩，但找不到一个适合挂钩的指标。"

许婧这几天忙自己负责的事的同时，也偶尔想过方案的问题，现在 Vivian 一说起挂钩指标，她忽然有了灵感。她说："我有个想法，但不知行不行。"

她走到会议室白板前面，一边写着一边说："我们可以加进去一个敲出（Knock Out）的结构。锁定日元汇率是为了规避日元大幅升值的风险。假设我们设定一个日元汇率的区间，比如 70～125，当日元汇率不超出这个区间，客户正常还本付息，客户可以节省成本。当日元汇率升值超过 70 的时候，客户则支付罚息，罚息的公式为（70－当日汇率）/70×100%，半年支付一次。同时我们加进去一个敲出结构，比如日元汇率触及 109 的时候，客户就敲出了。"

许婧扫了大家一眼，看大家都在认真听，就接着说："也就是说从这以后如果升值超过 70，客户在 15 年的交易存续期内也免除罚息。此外客户在掉期交易完成后，每期交换时，收取 0.75 的日元利息，而付出的美元利率为零。"

许婧讲完，大家仍在思索，一时沉默，都没有说话。Gloria 和 Steve 想：许婧也太牛了吧，这么复杂的方案都能设计出来，太了不起了。而 Vivian 心里则五味杂陈，心想：许婧又露脸了。

须臾，Victor 开口说道："马上把这个方案整理出来，报给亚太区全球市场部，问问这个交易方案我们会不会盈利。"

第二天下午，亚太区全球市场部回复说这个交易方案可行。Victor 高兴极了，他让 Vivian 马上发给冀北电力。

Vivian 想到上一次的方案不知是怎么泄露出去的，于是说："这个方案一定要安全送给方媚。现在几家外资银行都在争抢这单交易，千万不能泄露出去，不然我们就前功尽弃了。"

Victor 说："有道理，那就直接约方媚见面吧。"

Victor 带着 Vivian 和许婧，在冀北电力财务部的会议室与方媚讨论起这个方案。

听完介绍和讲解，方媚说："这个方案大大卸掉了我们支付高额美元利息的压力，但是日元升值超过 70 我们将支付大额罚息，你们认为日元汇率会到 70 吗？"

Victor 分析说："日元汇率历史上升值最高到过 79，而且还是一触就反弹了，据我们银行的预测，日元还会升值。但是到 70 的可能性很小。"

方媚说："可能性小，但还是说明有可能的。"

Victor 说："您还可以听听京华银行的看法。"因为他已经告诉方媚要由京华银行作为过桥银行来共同完成这笔交易，而且京华银行也已经跟她联系了。

在告辞的时候，Vivian 悄悄地跟方媚说："方总，这个方案是我们精心为冀北电力设计的，希望不要被泄露出去，因为据我所知我们上一次的方案就被其他外资银行知晓了，我们不怕竞争，但要公平竞争。"

方媚点了点头，说："我会控制在最小范围。"

许婧带着方案来到京华银行找苏琪，苏琪领她来到交易室的小会议室。许婧先把第一次给冀北电力的方案及冀北电力的需求说了一下，然后拿出了新的方案。苏琪认真地看了起来。

过了一会儿，苏琪抬起头说："我认为这个方案还是可行的，确实满足了客户的需求。但是日元汇率会不会到 70，现在市场上看法不一，还真得好好研究研究。要不咱们听听肖总的意见吧。"说着，就带着许婧出了交易室来到肖剑锋的办公室。

苏琪已经把京华银行作为过桥银行的事跟肖剑锋做了汇报，所以肖剑锋知道这单交易。许婧只是把两个方案的情况讲了一下。肖剑锋仔细看了两个方案，说："这两个方案其实都不错，只是第一个方案没有满足客户的需求，第二个方案是谁设计的？"

许婧说："是我设计的。"

肖剑锋赞许地说："很棒，很有创意。许婧又进步了。"然后接着说，"我们接受这个方案，但还要让客户接受才行。"他又问苏琪："明天与方媚的会安排好了吗？"

苏琪说："方媚明天先到我们银行转贷部谈事情，然后再到我们这里来，我已经安排好会议室了。"

肖剑锋又转向许婧说："监管部门不让中资银行和外资银行一起见客户，所以抱歉，你明天不能参加了，但我明天会好好地跟客户讨论这个方案的。"

许婧觉得今天来京华银行的目的已经达到了，于是说："谢谢肖总，我再到交易室转一转跟大家聊一聊。"

许婧走出肖剑锋的办公室，忍不住笑了起来。肖剑锋一副公事公办、一板一眼的样子很可爱。她与他一段时间以来都是两个人单独在一起，无论是谈工作还是做活动，还没有见到过他这个样子。

自从上次一起看过弗拉门戈演出之后，许婧还没再单独与他见过面，她想再约他一次。约他干什么呢？就约他打羽毛球吧。她知道肖剑锋喜欢运动，特别是羽毛球。于是她订了周六上午 10 点首都体育馆羽毛球馆的一个场地。

她想，明天是周五，明天下班再告诉他。

第二天下午，方媚带着财务部经理和主管来到了京华银行金融市场部的会议室。肖剑锋带着苏琪和一名高级交易员。

双方简短寒暄之后，方媚说："肖总，这次我们就是为了货币掉期交易的事而来。京华银行作为我们的掉期交易行，我们是很高兴的，因为你们是我们的贷款行，好多情况也了解，也便于沟通。"

肖剑锋顺着方媚的话说："是啊，我们是你们的贷款行，所以咱们的利益是一致的，我们不希望你们出任何风险，而是希望你们能按期偿还本息。"

方媚认同地点点头，说："所以才想请你们为我们把把关，看一看这个方案到底可不可行。"

肖剑锋说："我们也愿意与方总一起讨论这个方案。整体来看，这个方案确实规避了日元汇率风险，也满足了你们降低美元利率的需求，唯一值得商榷的是日元汇率的区间，也就是日元会不会触及

70 这个关口。"

见方媚点点头，肖剑锋接着说，"虽然日本经济向好，但远没好到能够使日元汇率升值到 70 的动力。日元的大幅升值主要还是因为美元的走低，因此日元升值到什么水平关键还是看美国经济的走势，根据美国最近公布的几个经济数据来看，美国经济衰落的趋势在减缓，美国政府也出台了许多提振经济的措施，美联储接下来也还会有一系列举措，所以美国经济崩溃的可能性是不存在的，因此我们认为美元汇率不会一泻千里，日元汇率也不会一冲到天的。"

方媚听得非常认真，生怕漏掉每一个字似的。在肖剑锋讲的过程中她频频点头，她说："肖总讲得太精辟了，让我们茅塞顿开。"

肖剑锋又补充道："我们不能只看日元汇率，要弄清楚日元升值的原因是什么，这样我们就比较容易作出判断了。"

方媚说："我回去后马上向领导们汇报。"

肖剑锋又不失时机地说："我们是贷款行，不需要对你们做授信，我们尽快签好我们之间的几个协议吧，签好之后等市场时机一到我们就可以做了。"方媚连连点头称是。

3

当天下午，估计肖剑锋和方媚谈完了，许婧给肖剑锋打了电话："肖总，谈完了吧，辛苦你了。明天没什么安排吧，请你打场羽毛球怎样？"

肖剑锋每次接到许婧的电话心里都是高兴的，所以他愉快地说："好啊，有两周没打了，筋都懒了，该抻抻筋了。"于是他们约好第二天球场见。

羽毛球馆在首都体育馆里面的北侧，场地不是很多，只有八九个，一般预订要提前一周，因为许婧是会员，所以她有优先预订权。

许婧9点半多一点儿就到了球场，在更衣室换好了衣服，就来到球场边上热身，她慢跑几步就停下来伸展一下双臂，扭扭腰、压压腿，眼睛却时不时看向出入口。

肖剑锋进来了，他穿了一身白色的运动装，那么英俊潇洒。

许婧迎过去："肖总，好帅啊！"

肖剑锋笑着说："你也很漂亮。"

他们先练了几个球，大力扣杀了几下。肖剑锋说："咱们怎么打，是三局两胜还是五局三胜？"

许婧乐呵呵地说："随你，但得请你手下留情啊。"

肖剑锋说："你先开球吧。"

"好，那我就不客气了。"

于是他们就你来我往地打了起来。肖剑锋打了一个后场球，然后又打过去一个近网球。本来以为许婧的步伐跟不上，救不起来这个球，没想到许婧来个90°弯腰，手臂向前轻轻一挑救起了这个球，就像芭蕾舞中的一个动作"掀身探海"，太优美了。

这么美的一幕，马上让肖剑锋想起了他中学的女体育老师。这个女体育老师原来是个体操运动员，身体非常柔软，喜欢打羽毛球。肖剑锋就是在一次比赛中看到了类似的一幕，才喜欢上羽毛球的。

他们打满了五局，肖剑锋赢了三局，许婧赢了两局。肖剑锋说："承让承让。"

许婧笑着说："是你承让了。"

他们洗完澡换好衣服出来，肖剑锋说："你请我打球了，我请你吃饭。"

"去哪里？"

"北边不远处有一家东北菜馆，粗粮细作，我认为是全北京东北菜做得最好最精细的一家，我跟老板很熟。"

肖剑锋开车不到 5 分钟就到了，停好车，肖剑锋领着许婧进了餐馆。餐馆老板一见肖剑锋，就满脸堆笑地迎了出来："肖总来了，又打球了吧。今儿几位？"看到肖剑锋身后的许婧，又打趣地说，"这是女朋友吧，可够漂亮的啊。"

肖剑锋笑了笑不予理会："我们坐在靠窗的位置吧。"

老板说："好了您哪，里边儿请。"

落座之后，老板亲自给他们上了茶水，斟好，拿着菜单问："今天想吃点儿什么？"

肖剑锋说："就把你们最不像东北菜的那几样东北菜都上来吧。"

"好嘞，一会儿就上。"老板说完便下去了。

许婧问肖剑锋："常来这儿吧？"

"如果在首都体育馆打球，会来这里吃饭。"

说话间，菜一道一道上来了，肖剑锋忙不迭地给许婧夹菜，让她尝尝这个，尝尝那个，还不停地说："打球消耗体力了，要补补。"

许婧被肖剑锋的殷勤弄得有点儿不好意思，但她又觉得很享受。她想，肖剑锋还是很会照顾人的，生活中跟工作中不太一样，他要真是自己的男朋友会是什么样？想到这儿，她的脸有点儿红。

他们吃完了，服务员把桌子收拾了，端上来两小盘水果，说是老板送的。

许婧问肖剑锋："你平时周末都怎么过?"

肖剑锋说："周末一个人也不愿做饭,就在外面随便吃一点儿,然后逛逛书店、看场电影,朋友大多都有家有孩子,也不方便约人。"

"那你女朋友不陪你吗?"

"我哪里有什么女朋友。"

"我上次在'那家小馆'见到的那个女的不是吗?"

"不是,她是英国来的一个朋友。"

"我看你们关系挺好的,还以为是你女朋友。"许婧没好意思说"很亲密",而是改成了"关系挺好"。

许婧的话让肖剑锋又想起了灵姗,想起了安妮。但他忽然感觉和许婧在一起很舒服很有意思,而且竟然觉得灵姗、安妮离他很远很远。

许婧看到肖剑锋好像在沉思,她没有继续说话,默默地端起茶杯喝起了茶。她细细地打量着坐在自己对面的这个男人,他五官端正,轮廓清晰,眉宇间透着一股英气,眼尾有些许皱纹,显露出岁月的沧桑。她知道肖剑锋是一个有故事的人,她渴望肖剑锋能与她分享。她放下茶杯,看到肖剑锋好像从沉思中出来了,于是她看着他的眼睛说:"愿意让我听听你的故事吗?"

"你真的愿意听吗?"

许婧目不转睛地看着肖剑锋:"我愿意。"

肖剑锋就像打开闸口一样,把他与灵姗凄美的故事一股脑儿地讲了出来,还讲了安妮此次来北京的经过。许婧是含着眼泪听完肖剑锋的故事的,她为他们的爱情所感动,为他们的无果而遗憾,甚至为安妮而惋惜。

肖剑锋说："这是我这么多年第一次把自己的故事讲出来，不想讲的原因是怕自己内心承受不了，但是今天对你讲出来觉得好受多了。"

许婧心痛地说："谢谢你把你的故事告诉我，你太不容易了，那么早就经历了撕心裂肺的痛苦。"

"我一直在试图忘掉这一切，试图减少压在心里的痛苦。"

许婧抓住肖剑锋放在桌子上的手说："不要拒绝我，让我和你一起重新开始生活吧。"

肖剑锋看着许婧，点了点头。

许婧来找 Victor，说与京华银行 5 亿美元交易额度和 15 年交易期限已经报给亚太区授信部，但好几天了，还没有回复。Victor 马上给威尔森写了一封邮件请他帮忙催办。

下午威尔森回复说额度和期限已经批下来了，但交易前两行需要签一个市值担保协议。根据协议，每个月确定一次市值，如果京华银行是正值，TK 银行是负值，TK 银行付给京华银行抵押品；如果 TK 银行是正值，京华银行是负值，京华银行则付给 TK 银行抵押品，而且抵押品只能是美元现金或美国国债。

许婧连忙给苏琪打电话，告诉他 TK 银行对京华银行的交易额度和期限已经批下来了，但交易前要签一个市值担保协议。

苏琪说以前也有一些外资银行提出签市值担保协议，但是肖总都没有同意，所以他要向肖总汇报。苏琪很快告诉许婧，肖剑锋不同意签这个协议。

许婧马上拨通了肖剑锋的电话。"肖总，忙着呢?"

"是啊，一会儿要开个会。"

"那我长话短说，就是想问你为什么不能签市值担保协议，这不是个很公平的协议吗？对双方都有保护啊。"

肖剑锋笑了笑说："这个协议从表面来看是很公平，但其实很不公平。"

"哪里不公平呢？"

"不公平就在于市值是谁确定的？是由 TK 银行确定的。而目前包括京华银行在内的中资银行还没有计算市值的模型，只能依据 TK 银行提供的市值来确定谁正谁负，你说公平吗？"

"那可以请第三方银行来确定市值啊。"

"第三方银行又是谁呢？还不是外资银行吗？所以这个协议我们是坚决不能签的，除非有一天我们自己有能力计算市值。"

许婧沮丧到了极点，本来挺顺利的事情又一波三折了。她连忙去找 Victor，顾不得 Vivian 也在 Victor 办公室，一股脑儿地把京华银行不签市值担保协议的事汇报给 Victor。Victor 陷入了沉思。

Vivian 一看机会来了，立刻献计道："我看我们不要在一棵树上吊死，京华银行不行，我们还可以试试其他银行。"

Victor 看了她一眼，问道："找哪家银行呢？"

Vivian 赶紧说："我可以问问华隆银行，我能找到金融市场部的张听涛总经理。"

Victor 的目光转向了许婧，但许婧没有说话，于是 Victor 对 Vivian 说："那就尽快联系华隆银行吧。"

Vivian 满脸高兴地走出了 Victor 的办公室，她心想，一直等待这一天呢，许婧不行了吧，还得看我的。

Vivian 给舅舅发了个信息。很快舅舅回复说已约好明天下午 3 点在张听涛办公室见。

4

许婧下班后拖着疲惫的身体走出了办公楼，正在想着是不是要回家的时候手机响了，一看是蓝华打来的。蓝华是许婧的大学同学和室友，更是闺密，俩人无话不谈，相互之间没有秘密，但因为忙好久没有见面了。

许婧接起了蓝华的电话："宝贝，是想我了吗？"

蓝华咯咯地笑了起来，"是啊，亲爱的，早就想你了，你也不给我打电话。"

许婧连忙说："罪过，罪过，最近忙得都不知道自己是谁了。你说吧，我们在哪儿见？"

蓝华说："我最近也有点累，咱们去做个足疗吧。"

"去哪里呀？"

"还是去上次那家吧，环境好，又卫生，技师技术也好。"

"好吧，我现在就过去，一会儿见。"

两个人一见面就亲密地拥抱了起来。蓝华用拳头敲打着许婧："臭丫头，也不跟我联系。"

许婧抓住蓝华的双拳，"怨我怨我，其实我一直想约你来着。"

说话间她们随服务员进了一间两个人的单间。服务员问她俩有没有熟悉的技师，许婧说还要上次那个男技师，蓝华说男技师手太重这次换个女技师。

不一会儿一男一女两个技师走了进来。其实，足疗的程序都是千篇一律，先是泡脚洗脚，然后就是足部按摩，最大的区别在于技师按摩的手法和力度。

她们半躺在按摩沙发上。许婧面朝着蓝华说道："看你今天兴致这么高，一定是有什么好消息告诉我吧。"

蓝华的脸立刻红了起来，一脸幸福地说："是啊，什么都瞒不过你，我又恋爱了。"

"你恋爱了算什么新闻啊，你都恋了八百回了。"

"这回是个靠谱的。"

"那什么时候结婚呢？"

"应该很快吧，现在刚开始装修房子。"

"你买房子了是吗？"

"是呀。"蓝华满满的幸福都写在了脸上。

"看来这回要玩儿真的了？"

"那当然。他对我可好了，我的房子他给我交的首付，名字是我自己的。"

"这个人怎么样？"

"上市国企的高管，一切都好，唯一美中不足的就是比我大十几岁。"

许婧半真半开玩笑地说："可别让人给骗了啊。"

蓝华认真地说："放心，不会的。"须臾，蓝华关切地问道："你的事怎么样了，最近是不是忙着谈恋爱呢？"

许婧长吁了一声说："我哪有你那么幸福啊。"于是把自己与肖剑锋感情的事情和肖剑锋不帮忙的事都说给了蓝华，但没告诉她肖剑锋讲的情感经历。

听许婧说完，蓝华思忖了一下说："我看肖剑锋是喜欢你的，不然他不会一次一次地帮你。你们一起吃饭、打球，特别是一起看演出，这就是男女的约会啊。"

"可至今他没有明确表示啊，我已经挺主动的了。"

"我觉得谁主动没有大碍，关键是要知道对方是否喜欢自己。"

"我觉得吧，他肯定是喜欢我的。但他就是不主动。"

"心急吃不了热豆腐，咱们不是钓过鱼吗？鱼咬钩了，可不意味着一定能钓上来，它还会挣扎会逃跑，你要拽着它，让它把钩死死咬住，最后一下把它甩出水面，你就成功了。"蓝华又说，"肖剑锋一定是个有故事的人，他一定经历过什么，或者有过创伤。你要抚慰他，体贴他，多给他温暖。"

蓝华的一席话深深地触动了许婧，她觉得豁然开朗了，就连肖剑锋坚决不签协议的事也想明白了，她不怪他了。

Vivian 提前 5 分钟到了华隆大厦的大堂，她给张听涛打电话说自己已在大堂，张听涛说马上派人下去接她。不一会儿一个瘦瘦的戴眼镜的小伙子走过来，问："您就是沈薇薇吧？"

Vivian 连忙说："我就是。"

"那您跟我上去吧，我们张总在等您。"

Vivian 就随着小伙子来到了张听涛的办公室。张听涛站起身很客气地请 Vivian 坐在沙发上，Vivian 今天特意穿了一身浅色西服套装，配上一双浅色高跟鞋，显得庄重典雅又不沉闷。

张听涛打量了一下 Vivian，然后用很轻松的口吻说："TK 银行出美女呀，个个都这么漂亮。"

Vivian 笑着说："看来 TK 银行的美女张总都见过了。"

张听涛"嘿嘿"笑了笑，说："都说美女经济，哪个地方美女多，说明哪个地方经济发达。银行也是一样，哪家银行美女多，说明哪家银行火啊。"然后他转入正题，"沈小姐，潘总是你舅舅是吧？潘总跟我说你们 TK 银行有一笔大的交易要和我们合作，你说说看，是什么交易？"

Vivian 不慌不忙地把冀北电力这笔交易的情况跟张听涛说了一遍。她说："这笔交易我们已经和冀北电力谈好，要找一家过桥银行，但这家过桥银行必须要和 TK 银行签一个市值担保协议。"

张听涛爽快地说："过桥银行的交易我们做过很多，这是可以做的。但市值担保协议我们没有签过，这要和我们风控部门负责人商量。"

Vivian 笑着说："张总，我理解，这是必须要走程序的，不过希望能快一点。"

张听涛一板一眼地说："我们先和风控部门通个气，如果风控部门说可以，我们再启动程序，这样的话会节省时间。"

听了这话，Vivian 站起来说："那我就先告辞了，等您的消息。"

张听涛把 Vivian 送走后马上给风控部总经理谌军打电话："谌总，我是张听涛，TK 银行找我们做一笔 5 亿美元的交易，现在这么大的交易可不好找，但他们要求签一个市值担保协议，你可得帮我这个忙，交易做成了，算你一份功劳。"

谌军哈哈笑了起来："我说张总，你可撞到我枪口上了，我不帮你，你能拿我怎么着？"

张听涛一听就急了，忙说："谌总，帮帮我吧，我明天请你吃饭还不成吗？"

谌军听张听涛这么说，更乐了，说："那你先请我吃饭，我再考虑帮不帮你吧。"

张听涛更急了，把电话换了个手说："谌总，不带这样的，如果不帮我，我就到你办公室坐着去，你不答应我可不走。"

谌军觉得玩笑开得差不多了，于是停止了笑，说："行，你小子也就这点'坐地泡'的本事，没多大出息。"然后一本正经地说，"最近收到了好几家外资银行的邮件，申请和我们签这个协议，我们风控部的意见是同意的，但要上一次行务会，估计会通过的。"

张听涛听到这里，心里一块石头才落了地，他千恩万谢地挂了电话。

Vivian 回到行里将跟华隆银行谈的情况向 Victor 做了汇报，Victor 说等华隆银行的消息吧。

许婧听说了华隆银行有可能签这个协议的消息后，很是着急，心想自己是负责金融机构客户的，如果让 Vivian 谈成了华隆银行，自己今后的作用就会大大降低，一定不能输给 Vivian。

她强迫自己冷静下来。

她想既然自己是负责金融机构客户的，就一定要从客户的角度和立场看问题，要真正理解客户是怎么想的，于是她又跟肖剑锋在电话里深入地沟通了一次，肖剑锋告诉她大多数中资银行是不会签这个协议的，因为这个协议保护的是外资银行而不是中资银行。于是许婧又走访了好几家中资银行，得到的信息和肖剑锋预判的结果是一样的。她认为华隆银行最终也不会签这个协议，但是怎么办呢？

思来想去，解铃还须系铃人，自己有必要跟亚太区总部相关部门沟通一下。她把这个想法跟 Victor 说了，Victor 也认为这个事情不解决今后会影响和众多中资银行的交易，于是他同意许婧的想法。

许婧认真地写了一份报告，报告中详细说明了中资银行客户的疑虑、担心和不签协议的明确态度，她最后写道，"TK 银行如果不放弃签署这个协议，将会成为中国市场上的孤家寡人，多年来开拓中国市场所花费的时间、人力和金钱将付诸东流。"她发送了这份邮件，并抄送了 Victor。

　　发送报告之后，许婧无比轻松，觉得好像亲手完成了一项伟大的工程，特别有自豪感。她站起身来准备活动活动腰腿，忽然手机响了，她拿起电话一看是爸爸打来的，她接起电话问："爸爸，有什么事吗？"只听得爸爸在电话那一头急促地说："许婧你快来医院，你妈妈不行了！"

　　许婧一听就急了，连忙拎着包冲出交易室。

第八章

染上风尘，染上世俗，便染上了"岁月"两个字。突然之间就有了沧桑感，有了练达，开始懂得。似乎在滚滚红尘中，那沧海一笑，那淡泊情怀，那释然开怀，便是经历过世事变迁后的深沉。

1

许婧赶到医院，看到爸爸在手术室外面焦虑地来回走着，她几步就冲了过去，大声地问道："爸爸，妈妈怎么了?"爸爸一看见许婧就迎了上去，眼泪哗哗往下掉："你妈妈正在手术室里抢救。"

许婧的妈妈一直患有高血压病，平时就靠吃降压药控制，为此许婧的爸爸除了每天督促她吃药，也不敢让她着急生气，就这样血压还时不时居高不下。这天中午他们正在吃午饭，许婧妈妈接了个电话，一个姐妹告诉她，她们买的那家P2P（Peer to Peer，点对点）理财的老板卷款跑路了。许婧妈妈一听，当时脑袋一歪就从椅子上滑下来躺到了地上。许婧爸爸连忙过去扶她，但见她已经不省人事，赶忙打了"120"。救护车很快赶到把她送到了医院急诊室。医生马上接诊，说是脑出血，立刻送进了手术室。

许婧说："我上次回家不是跟你们说P2P不靠谱，让你们赶紧退出来吗?"

许婧爸爸说："我跟你妈妈商量好了，下个月就到期，到期了就退出来，没承想提前出事了。"

他不无悔恨地说，"这件事怨我，当初我要是坚持不让她买就好了，可看她那么坚持，怕她生气，也就由着她了。"

停顿了一下，许婧爸爸又说："你30岁了，还没嫁人，这是我们的一块心病。这笔钱是你妈妈留给你做嫁妆用的，所以钱没了，你妈妈才会这么心痛。"

许婧没有说话，一直在听爸爸说，她知道此刻让爸爸说出来，他心里会好受点儿。可是听到爸爸说这笔钱是给自己的嫁妆钱，她不由得落下了眼泪。爸爸妈妈一辈子省吃俭用，就攒了这么点儿钱，还留着给自己做嫁妆，天底下的父母太无私了。而自己又为他们做了些什么呢？自己成天忙于工作，很少回家，很少陪他们，此刻她觉得太愧对他们了。她心里不断地祈祷，祈盼妈妈能够转危为安，今后一定要多陪陪他们。

就在这时，许婧的手机响了，是肖剑锋打过来的，她问："肖总，有事儿？"

肖剑锋说："你给亚太区总部的报告写好了吗？"

许婧这才想起来，在此之前把给亚太区总部写报告的事告诉了肖剑锋，并说发出去后告诉他，这一忙就忘了，于是她强忍着悲痛说："已经发出去了，但不知道什么时候会收到回复。"

肖剑锋听许婧说话的声音带有哭腔，就关切地问道："许婧，你有点儿不对劲，是不是出什么事了？"

许婧实在忍不住了，"哇"的一声哭了出来，说："我妈妈脑出血了，正在做开颅手术。"

肖剑锋忙说："别着急，我马上赶过去。"

手术持续了6个小时。

手术室的门开了，几个护士推着床走了出来，许婧和爸爸立刻扑了过去，许婧急切地问道："医生，我妈妈怎么样了？"许婧爸爸说："老伴儿，你要挺住！"

护士急忙拦住了他们，继续往前推车。后面出来的医生叫住他们："手术是做完了，但病人没脱离危险，还需要继续抢救，现在送入ICU。"许婧和爸爸同时说："医生，谢谢你们，你们千万要把她救过来呀！"医生说："我们一定会竭尽全力，但病人很危险，你们要做好最坏的打算。"

这时候肖剑锋跑了过来，气喘吁吁地问许婧："你妈妈怎么样了？"

许婧一看见肖剑锋就不由自主地扑进他的怀里，哭着说："还没脱离危险。"

肖剑锋抱着许婧，抚摸着她的后背说："别哭别哭，阿姨一定会没事的。"

许婧在肖剑锋的怀里哭了一会儿，忽然想起爸爸还在旁边，就立刻从肖剑锋的怀里挣脱出来，脸上有了红晕，她跟爸爸介绍说："这是肖剑锋。"

肖剑锋也觉得不好意思起来，连忙说："叔叔您好！我刚知道就赶了过来。"

许婧爸爸说："谢谢你过来。"肖剑锋问起了许婧妈妈的病情，他们说了好一会儿，肖剑锋看了看手表："已经快10点钟了，你们还没吃晚饭吧？许婧，要不我在这儿守着，你先陪叔叔出去吃点儿东西。"

许婧爸爸摇了摇头说："不想去，现在什么也吃不下去。"

"那怎么行，您也要保重身体。"肖剑锋又转过脸对许婧说："要不我出去打包点儿吃的回来？"

许婧看了看爸爸说："您可要保重身体，如果您再出点儿什么状况，我可就没法活了。"说着眼泪又流了出来。

许婧爸爸说："那好吧，剑锋就辛苦你买点吃的回来吧，我不想离开。"

肖剑锋说了声"好"，看了一眼许婧就出去了。

许婧爸爸看着肖剑锋的背影，对许婧说："这个小伙子看着不错，他是谁呀？"

许婧羞涩地说："他算是我的男朋友吧。"

许婧爸爸疑惑不解地说："是就是，不是就不是，怎么还算是你的男朋友呢，这是怎么回事？"

许婧就把她和肖剑锋的一切告诉了爸爸。

许婧爸爸说："这个小伙子有情有义，是个好男人。那你们俩怎么着啊？"

"顺其自然吧。是我的跑不了，不是我的也强求不来。"

正说着，肖剑锋拎着吃的回来了，他买了皮蛋瘦肉粥、萝卜丝饼和马拉糕。他一边从袋子里往外拿这些东西递给许婧爸爸和许婧，一边抱歉地说："让你们等急了吧，跑了很远才买到。"说着又把勺子和筷子递给他们。

许婧爸爸接过来说："剑锋，你也饿了吧，一起吃吧。"肖剑锋说："好，一起吃吧。"许婧爸爸和许婧谈了好半天她和肖剑锋的事情，心情也平复了许多，于是吃了起来。吃完之后，许婧爸爸对肖剑锋说："剑锋啊，你也忙活了半天，时间不早了，你先回去吧，明天还要上班。"

肖剑锋说："叔叔，您年龄大了，这医院也没有休息的地方，可别累着，您先回家吧，我和许婧在这里。"

"我放心不下，回去也睡不着，我就在这儿了。"

许婧说："剑锋，那你就回去吧，我送送你。"说着就站了起来。

肖剑锋也站了起来，说："叔叔，那我就先走了，您保重，有事让许婧给我打电话，我随时可以过来。"

许婧把肖剑锋送到了楼下，搂着肖剑锋的腰，轻声地说道："谢谢你！回去开车小心点儿。"

肖剑锋也紧紧地拥抱了一下许婧，说："你也别累着，我走了。"

华隆银行几天后召开的行务会上讨论了签署市值担保协议的事项，大多数人反对签署这个协议，认为它实质上是不平等协议，华隆银行的利益没有得到有力的保障。但是风控部和分管风控部的副行长却一再坚持，认为如果不签协议，就会失去很多外资银行交易对手，特别是立刻就会失去5亿美元的大交易。

最后会议决定，如果要签协议，就要先修改协议，要在外资银行第一次出现负值并且向华隆银行缴纳保证金之后方能生效，同时要以第三方银行的估值为准。

Vivian从华隆银行获得消息之后，喜忧参半，喜的是华隆银行没有拒绝签署协议，忧的是TK银行会接受华隆银行的修改意见吗？看来没有那么容易。

Vivian向Victor汇报了华隆银行的决定。Victor也一筹莫展，他认为TK银行是不会接受这样的修改意见的。

许婧陪着爸爸在 ICU 外面守候了好几天，妈妈始终没有苏醒。但是现在正是冀北电力交易最关键的时候，许婧每天靠电话和邮件跟各方联络，她一方面揪心着妈妈，一方面又揪心着这笔交易，心力交瘁。这天她正靠在椅子上打盹儿，手机"嘟"了一声，她醒了一看是邮件提醒，便随手打开，顿时她高兴得差点儿从椅子上跳起来。她急忙跟爸爸说有急事要去公司一趟，很快就回来。然后就跑出了医院。

就在 Victor 和 Vivian 束手无策的时候，许婧兴冲冲地跑了进来，她冲着 Victor 打出一个"V"形的手势说："亚太区总部回复了，他们说暂停与中资银行签署这个协议。"

Victor 脸上的阴霾一扫而空，瞬间晴空万里，他激动地也打出"V"形手势，喊了一句"耶"。

Vivian 垂头丧气地也说了声"好"。她知道许婧又赢了。

许婧简单地跟 Victor 说了妈妈的病情，她还要去医院守候。Victor 说有什么需要帮助的就给他打电话。许婧急匆匆地又赶往医院，在路上她给苏琪打电话告诉他 TK 银行不要求京华银行签市值担保协议了，可以走程序了。苏琪写了一份签报申请与 TK 银行的交易额度和期限。

肖剑锋看到签报后，写了"拟同意，请严总核报。"他刚要让秘书把签报送给严敏慧，突然想起上次的教训，觉得还是亲自去跟她说吧，于是他拿着签报来到严敏慧的办公室。

严敏慧看到肖剑锋，说："肖总啊，请坐，有什么事？"

肖剑锋把这单交易的情况讲了一下，然后把签报递给严敏慧，说要报审批部申请额度和期限。

严敏慧一看又是 TK 银行，就说："怎么又是 TK 银行，我们有那么多外资银行交易对手，不能换一家吗？"

"这单交易是 TK 银行带给我们的，他们对客户做了大量的工作，我们还让他们试报过价格，价格也不错。"

"那咱们价比三家的规定你可要严格执行。"

肖剑锋说："这你尽管放心，我已经跟他们讲过了，我们会把 TK 银行放进三家报价银行范围之内，但如果价格不是最优，也不能跟他们做交易。"

严敏慧听肖剑锋说完，也没有其他理由再说什么，于是写了"同意"。

方媚跟肖剑锋谈完之后，写了一份"关于叙做日元债务保值交易的请示"，写了对汇率走势的分析判断、对方案的解释、选京华银行作为掉期交易行的决定及原因，并附上了方案。

Laurie 终于拿到了 TK 银行新的交易方案，她如获至宝，兴冲冲地找到 F 银行，被 F 银行拒绝了，理由是已经不需要了。Laurie 气急败坏，但也无计可施。想来想去就此放手也太可惜了，于是她很快给席文青打了求援电话。

许婧还在 ICU 外面守候，妈妈还是没有醒来。忽然电话又响了起来，是席文青，许婧说："你有事吗？"

席文青说："想今天请你吃个饭，方便吗？"

许婧不耐烦地说："没空，我正忙着呢。"

席文青不死心地问："那出来喝杯咖啡好吗？"

"你到底有什么事非要见我？"

"有一件特别重要的事想请你帮忙，恳求你务必出来见一面。"

许婧见他不顾自己的一再拒绝，坚持要见面，只好无奈地说自己正在医院。

过了一会儿，席文青拎着几袋子东西来到医院 ICU 病房外，身边还跟着一个女人。席文青说："不知道阿姨病了，匆匆忙忙带了点补品给阿姨，希望她早日康复。"

许婧说："有话就直说，别啰里啰唆的。"

席文青把身后的女人拉了过来说："这是我女朋友 Laurie，她在 XYZ 银行做销售，知道 TK 银行准备跟冀北电力做一笔交易，希望你帮个忙，能否将交易分一块给 Laurie 做，如果做不了，Laurie 就过不了试用期，就得被炒，你也知道现在工作很难找。"说完，眼巴巴地看着许婧。

许婧认出这个叫 Laurie 的就是那天在咖啡厅见过的女人。她说："这个忙我恐怕帮不了，因为中间有过桥银行。"

席文青说："过桥银行不就是京华银行吗？你在那里工作了好几年，你跟他们绝对熟悉，你就帮忙说一说嘛，算我求你了。"

正在说着，肖剑锋来到了 ICU 病房前，他跟许婧打完招呼，看了一眼旁边的两个人，便问："你们在谈工作吗？"

许婧觉得有点儿尴尬，不知道说什么是好，不置可否地点了点头。这时一直没有开口的 Laurie 走上前来，微笑着说："这不就是京华银行的肖总吗？您在业界鼎鼎大名、如雷贯耳，能认识您是我的荣幸。"

肖剑锋丈二和尚摸不着头脑，不知是咋回事，怎么还跟自己有关系。于是他问许婧："这两位是谁呀，这是怎么一回事？"

许婧一想既然撞见了也就不怕了，索性说个明白。于是她把他们的来意告诉了肖剑锋。

肖剑锋刚见到 Laurie 的时候，就觉得有些面熟，好像在哪儿见过，当许婧说起冀北电力的交易他便很快想了起来，这就是自己半夜吃麦当劳时遇见的那个女人。他心想这个世界真是太小了，转了一圈转到自己这儿来了。

肖剑锋不无讽刺地说："你就是 XYZ 银行的 Laurie 是吧，你不是早就策划好拿下 TK 银行的 Vivian 进而拿到这笔交易吗？找我干什么？"许婧此时有点儿丈二和尚摸不着头脑了，肖剑锋与 Laurie 原来认识啊。

Laurie 的脸一下子红了，但她很快镇定了下来，她想这是最后的机会了，于是她保持着微笑说："肖总，人算不如天算，早知道这样我就直接找您了。"然后又装出要哭的样子说，"肖总，您就可怜可怜我这个小女子吧，您帮帮我。"

肖剑锋不屑地看了 Laurie 一眼，说："人在职场中要遵守职业道德，不能为了赚钱不择手段。"他停顿了一下继续说道，"我也帮不了你，因为风险问题，我们与 XYZ 银行停止交易已经一年多了。"

Laurie 听完，眼泪忍不住流了下来，她恳切地说："那就与XYZ 银行恢复交易吧，我一定会记住您的大恩大德。"

肖剑锋说："那你就找我们的风控部门吧。"说完就跟许婧说，"可以送客了吧？"

许婧对着他们说道："对不起，我们这里有病人，此处不是谈工作的地方，两位请便吧，对了，你们买的东西我们不需要，请带回。"

席文青和 Laurie 拎着东西狼狈地走了。

许婧不解地问肖剑锋怎么会知道 Laurie 的事，肖剑锋就把那天在麦当劳听到的一切告诉了许婧。许婧讨厌 Laurie，也瞧不起 Vivian。

签报送到审批部好几天了还没批下来，肖剑锋让苏琪去审批部问问怎么回事，苏琪回来说，有几个审批委员会的委员，要么出差要么休假，票数不够，所以审批会开不了。

肖剑锋一听就急了，这几天市场机会很好，一旦错过了时机不知要等到什么时候，于是他急忙忙地来找审批部总经理白勇。

白勇正在打电话，示意肖剑锋在沙发上坐下来。白勇挂了电话，不急不慢地说："看肖总急急忙忙的，有什么事？"

肖剑锋喘了一口气说："我是来问问白总，我们的签报什么时候能批下来？"

白勇喝了一口茶水慢悠悠地说："我让他们准备上会审批材料，准备好了就开会。"

"还得等几天？"肖剑锋追问。

"现在有的委员不在行里，人数不够，想开会也开不起来。"

"现在的市场机会很好，一旦错过就得等很长时间，我们实在是等不及。"

白勇还是慢条斯理地说："不光你们急，好几个部门的审批签报也在等着批呢。"说着拿起桌上的几份材料朝肖剑锋挥了挥。

肖剑锋很无奈地走了出来。京华银行的程序就是这样，一环接一环，烦琐冗长。虽然白勇最后答应开会时把他们的签报放在第一个，但哪天开会还不知道。肖剑锋让苏琪每天问一次审批部，一有消息就及时告诉自己。

2

肖剑锋每天下班后都去医院跟许婧一起陪她妈妈。

这天早上，他起床后照常洗脸刷牙，但忽然觉得心里有一丝不安，心想这是怎么了，莫非许婧妈妈有什么状况？于是他穿戴整齐后没有去单位而是往医院赶去。到了医院，许婧把他拉到旁边问他怎么没上班，他说："我今天早上没重要的事，所以就过来看看，阿姨怎么样？"

许婧苦笑着说："没什么变化，你还是去上班吧，有事我叫你。"

"我待一会儿吧。"肖剑锋又劝慰地说，"你要有耐心和信心，阿姨会醒过来的。"

说完他们又回到ICU外面。肖剑锋坐在了许婧爸爸身边，他想多陪陪也是对许婧爸爸的安慰和支持。他关切地问许婧爸爸吃早饭了没有，许婧爸爸说刚吃了面包喝了牛奶。肖剑锋看着许婧爸爸一脸憔悴，说："您好像瘦了，您也得保重身体。"

许婧爸爸说："我倒是没什么，只要她妈妈能挺过来就一切都好了。"

这时医生从ICU走出来说："病人醒过来了，你们可以进去看一下，但不要说太久，就两分钟啊。"

许婧和爸爸立刻冲了进去，肖剑锋紧随其后。许婧激动地拉着妈妈的手说："妈妈，你终于醒过来了，我们都急死了。"许婧爸爸也激动地说："老伴儿，你真把我们急死了。"

许婧妈妈看了看许婧，又看了看老伴儿，说："我是不是睡了好多天，让你们着急了。"

许婧爸爸说："可不是，都要急上房了。"

许婧妈妈看到了肖剑锋。许婧看妈妈的眼神有点儿疑惑，就把肖剑锋拉过来："妈妈，这是肖剑锋，是我的男朋友。"肖剑锋亲切地说："阿姨，您好！"许婧爸爸说："剑锋是个好孩子，他每天都来守着你。"

许婧妈妈脸上露出了笑容："许婧有男朋友了，这我就放心了。"

这时肖剑锋的电话响了，是苏琪告诉他审批委员会一会儿要开会审批他们的签报。肖剑锋对许婧说审批会很重要，他要赶回行里。许婧跟肖剑锋说："剑锋，谢谢你这么多天的陪伴和付出，今天妈妈醒了，没大事了，你回行里吧，我和爸爸陪妈妈。"

肖剑锋搂了搂许婧的肩膀叮嘱说："你和叔叔太累了，都要好好休息，我走了。"然后跟许婧妈妈说："我工作上有点儿事情，您好好养病，回头再来看您。"

许婧妈妈冲肖剑锋摆摆手："你忙你的去吧。"

肖剑锋回到银行，审批会已经开始了，第一个项目就是肖剑锋他们的交易项目。肖剑锋焦急地等待着最后的结果。

审批会开了整整 3 个小时。会议一结束，肖剑锋就给审批部打电话询问结果，得到的消息是这次没有进行表决，因为有委员提出交易金额巨大，且期限过长，需要金融市场部补充 TK 银行的资料，留待下次会议再议。

肖剑锋很是沮丧，他认为审批委员简直是太谨慎了，这么好的一个交易对手是没有什么问题的，但是他无可奈何。他给许婧打电话说了此事，问她能不能提供 TK 银行最新的资料。许婧说她写封邮件问问亚太区。她把情况汇报给了 Victor，Victor 同意后，她飞快地写了询问邮件并加注了"紧急"字样。

第二天亚太区就回复了：鉴于 TK 银行是一家国际化大银行，它的国际信用评级始终高于主权评级，前不久主权评级被调高了一级，所以 TK 银行的评级按照惯例很快也要上调一级到 AA，这已经得到穆迪评级机构的确认。

许婧立刻告诉了 Victor，也告诉了肖剑锋。肖剑锋知悉后，立刻让苏琪把这个消息写成文字加进审批材料里，并打电话告诉了白勇。白勇说这倒是个好消息，看委员们如何看待吧。

第二次审批委员会会议。委员们看到了补充材料，特别是看到了这一条消息，都没有了疑虑，一致通过了这个项目，给予授信额度 5 亿美元，交易期限 15 年。

京华银行内部的额度和期限批下来之后，肖剑锋让苏琪与冀北电力联系签署掉期协议。本来以为马上就可以签，不料冀北电力提出协议看不懂，要研究研究再签。肖剑锋马上拨通了方媚的电话，"方总，你好！我是肖剑锋，听说你们对掉期协议还有不明白的地方，这是我们的工作没有做好，没有解释清楚。"

方媚说："肖总，不怪你们，是我们的专业知识太少了，惭愧惭愧。"

肖剑锋说："要不我们去你们公司再给你们解释解释。"

"那敢情好，不过又要辛苦你们了。"

"那就明天上午 10 点？"

"好嘞，明天恭候你们大驾。"

第二天，肖剑锋带着苏琪和一位交易员准时来到了冀北电力，方媚引着他们进了会议室。

简单地寒暄了几句，肖剑锋直奔主题："方总，您看协议中哪些地方还不清楚？"

方媚翻开协议说："交易后的市值怎么计算？谁来计算？"

肖剑锋有点儿不好意思地回答："这件事说来惭愧，市值的计算是有模型的，但迄今为止包括京华银行在内所有的中资银行还都没有这个计算模型，所以要靠 TK 银行提供市值。"

"那 TK 银行提供的市值我们能够相信吗？毕竟他们也是交易方啊。"

"我们可以找另外的外资银行帮忙计算市值，来验证 TK 银行计算的是否准确。再有，我们还可以根据市场价格来分析判断它的准确性，误差会很小很小，可以忽略不计。"

方媚点点头说："那我们就放心了。"随后她又接着说，"还有一个问题，什么叫平盘？"

肖剑锋解释说："平盘是我们交易中的一个术语，意思就是做了交易之后，如果市场发生了不利于我们的变化，我们就反向再做一次，就等于说我们退出这笔交易了，交易不存在了。"

"那平盘会不会有损失？"

"平盘的结果有两种：一种是市场不利于我们，而且从趋势上来看会越来越不利于我们，为了止损，我们选择平盘，这可能会有一些损失；另一种是做完交易后，市场一直朝着有利于我们的方向变化，我们赚钱了，为了锁定收益，防止市场朝反向发展，我们选择平盘，待以后市场有合适的机会再重新做一笔交易。当然后一种属于动态的债务管理，也可以说是投机性的。"

"止损平盘是强制性的吗？"

"交易完成之后，京华银行会每天给你们发送市场价格信息，并且定期或市场有大的变动时给你们提供市值报告以供参考，我们还会不时地根据市场变化情况为你们提出专业的参考建议，最终平盘不平盘你们自主决定。"

方媚不住地点头，连声说："太好了，太好了，都听明白了，掉期协议马上安排签，签好之后给你们送过去。"

方媚在送肖剑锋一行人的时候不无感触地说："肖总，这个专业不专业就是不一样，你们都是优秀的专家，可惜冀北电力没有这样的专业人才啊。"

肖剑锋在握别时真挚地说："方总，我们银行就是为客户服务的，会始终站在客户的角度，为客户的利益着想，您以后有什么需要我们做的，我们随叫随到。"

方媚满意地点点头说："太谢谢你们了！"

第二天冀北电力就送来了签好的掉期协议书，同时也提交了交易委托书，一切准备就绪，马上可以进入交易状态。

也许是上帝的眷顾，也许是看到女儿有了男朋友，许婧的妈妈奇迹般地迅速恢复了并健康出院了。许婧把妈妈的情况告诉了肖剑锋并请他晚上到家里去。肖剑锋觉得第一次上门要正式些，于是拎着一堆保养品和好几种水果如约来到许婧家。

肖剑锋一进门，许婧爸爸就迎上前来，说："这孩子，来就来吧，还拎这么多东西，看把你累的。"说着就让肖剑锋放下东西，赶紧坐在沙发上。

肖剑锋问："阿姨呢？"

许婧爸爸说："在屋里躺着呢。"

"我去看看阿姨吧。"肖剑锋说罢，便起身走进屋里，看到许婧妈妈说了声"阿姨好!"

"剑锋来了。"许婧妈妈说着就要坐起来,肖剑锋马上过去扶她起来靠在床头。

肖剑锋关切地问:"阿姨,您身体好啦?"

"好啦,这段时间把你也累坏了吧?"

"我倒没什么,主要是叔叔和许婧辛苦。您身体好了,大家就都放心了。"

"是啊,我也是没想到怎么就脑出血了呢,看来是不能着急生气啊。这下好了,有你和许婧在一起,往后我就光剩下高兴的事了。剑锋啊,我跟你说,许婧把你俩的事都跟我说了,我和他爸是百分百地为你们高兴。不过,我们许婧从小就好强,有点任性,你可要多担待着点。"

这时许婧端着茶水和削好的水果进来: "这是谁在说我坏话呢?"

许婧妈妈笑着说:"我夸你还来不及呢,妈妈是希望你们俩在一起好好的,我和你爸就放心了。"

肖剑锋忙说:"阿姨,您放心,您说的我都记住了。"

许婧妈妈笑眯眯地看着他们俩说:"你们俩出去说话吧,我说累了,休息一会儿。"

肖剑锋扶着许婧妈妈躺下,然后跟许婧进了她的房间。肖剑锋告诉许婧交易的准备工作都完成了,明天就可以交易了。许婧高兴地说:"太好了,终于要完成交易了!等交易完成后我想去旅游,我想去北欧四国。"

肖剑锋说:"要不要我和你一起去?"

许婧故意绷着脸说:"不可以。"

肖剑锋一把就把许婧搂在怀里，说："我就要和你一起去！"

许婧双手搂住肖剑锋的脖子，看着他的眼睛，说："我要你永远和我在一起。"

肖剑锋搂着许婧的腰，郑重地说："会的，我会的。"

早晨一上班，严敏慧就来到肖剑锋的办公室，说："交易准备好了吗？"

肖剑锋说："准备好了，今天就可以询价做了。"

严敏慧说："报价银行确定了吗？"

"确定了，就是你知道的那三家银行，有什么问题吗？"

严敏慧吞吞吐吐地说："能不能把其中的一家换了，把 F 银行加进去？"

"为什么？"看到严敏慧欲言又止，肖剑锋说，"那就不换了吧。"

严敏慧急忙说："要换要换。"她好像下定了决心似的，继续道："我实话跟你说了吧，冯志孝的女儿在 F 银行做销售，不但要求 F 银行报价，而且一定要跟 F 银行做。"

肖剑锋听完，思考了一下说："让 F 银行报价没问题，但他们报的价格要最好才可以，这一点要说明。"

严敏慧松了口气说："那是那是，我会跟 F 银行说的。"

询价开始了，有效时间为半个小时，在有效时间内报价行可以更改报价。很快第一轮报价出来了，TK 银行报价最好，F 银行最差，与 TK 银行竟差了 50bp（50 个基点）。肖剑锋赶紧告诉了严敏慧。不一会儿肖剑锋的电话响了，他接起来说："喂，您好！您是哪里？"电话里传出一个女人傲慢的声音："肖总吧，我是 F 银行大中华区总经理，收到我们的报价了吧？"

肖剑锋说："收到了，可是你们的报价比最好的差了 50bp，现在调整价格还来得及。"

对方蛮横地说："我们是不会调整价格的，而且你必须跟我们成交，原因你是知道的。"

本来肖剑锋虽然心里不愿意，但冯志孝是分管金融市场部的副行长，是自己领导的领导，他是万万不敢得罪的，他劝自己，交易跟谁做都是做，跟自己没有半毛钱关系，只要符合规定，就睁一眼闭一眼吧。没想到这个女人如此蛮横无理，这简直在侮辱自己，他坚定地回答："如果你们不调整报价，我们是不会跟你们做的。"说完，"啪"的一声放下了电话。

半小时到了，F 银行果然没重新报价，肖剑锋果断地下令："跟 TK 银行成交。"

交易完成后，TK 银行北京交易室里一派欢腾，大家互相祝贺，互相拥抱，就连 Vivian 也主动跟许婧拥抱了起来。

Victor 兴奋得脸都涨红了，他说："今晚我请大家吃饭唱歌。"大家一起高呼"成功万岁！"

许婧拿着手机来到了走廊上，她拨通了肖剑锋的电话，激动地说："亲爱的，辛苦了，谢谢你！"

肖剑锋说："亲爱的，不用谢，我们也挣钱了，我们今年的盈利指标也完成得差不多了，这叫三赢，皆大欢喜。"

许婧感慨地说："是啊，冀北电力恐怕也在庆贺呢。"

肖剑锋说："今天交易前还出了一段不和谐的插曲。"

许婧连忙问："怎么了？"

肖剑锋就把交易前发生的事告诉了许婧。许婧一听就急了，说："如果 F 银行调整了报价,那 TK 银行岂不是竹篮打水一场空了。"

肖剑锋哈哈笑了起来,说："一切尽在掌握之中。首先我料到 F 银行自恃有冯志孝撑腰,他们不会调整价格;其次我把 TK 银行的价格告诉了他们,并且说只要价格跟 TK 银行一样就跟他们成交,如果这种情况真的发生,我会给 F 银行和 TK 银行一家一半,TK 银行也不会落空,F 银行也无法挑我毛病,我对哪一方都能交代过去。"

许婧听完,有些后怕地说："太惊险了。"然后又关切地问,"冯志孝会不会对你怎么样?"

肖剑锋说："价比三家是行里的明确规定,我是严格按照规定执行,我何罪之有呢?"

许婧还是不放心地说："你以后还是要小心,千万不能出什么差错。"

肖剑锋"嘿嘿"地笑了几声说："你放心,我心里有数。"然后又说,"交易做完了,指标也完成了,该考虑实现我们的伟大计划了。"

许婧一时没转过弯儿来:"我们的什么伟大计划?"

肖剑锋略带调侃地说："贵人多忘事啊,你不是喜欢北欧四国吗? 现在这个季节不冷不热,正合适。"

许婧恍然大悟说："对,对,我怎么给忘了呢。"

许婧打完电话往交易室走,Victor 叫住了她:"许婧,你来一下。"

许婧说："好。"就随着 Victor 进了办公室。

Victor 笑眯眯地说："拿下这笔大单你功不可没,为了奖励你,我准备晋升你为 Director，同时给你加薪，我已经报给了我的老板，估计很快就会批下来，你觉得怎么样？"说完看着许婧。

许婧心里像绽开了花，但嘴上谦虚地说："我虽然尽了全力，但还是老板领导有方，运筹帷幄。"

Victor 咧开了嘴："你还是蛮谦虚的啊。"

许婧想肖剑锋起到了关键作用，不能被埋没，于是她把京华银行交易前发生的事讲给了 Victor。Victor 听完之后，搓着手在屋里来回走了几圈，站定了说："没有肖总关键时刻力挺，我们还就危险了。你说咱们怎么表达一下谢意？当然也是为今后考虑。"

许婧说："听你的安排。"

Victor 想了想说："要不咱们周末请肖总和他的交易员们搞个野外烧烤吧，就当是个郊游，一来表示感谢，二来大家联络联络感情。"

"这真是个好主意！"

"那你就负责约肖总他们吧。"

许婧点头说："好。"

许婧又来到走廊上给肖剑锋打电话。肖剑锋一接电话就说："亲爱的，这么快又想我了。"说完甜甜地笑了起来。

许婧也笑了起来说："你别臭美，我是有公事找你。"

肖剑锋继续笑着说："公事，好，咱们只谈公事。"

许婧就把 Victor 想周末请肖剑锋和交易员郊游的事告诉了他。肖剑锋故意不高兴地说："周末可不行，那是咱们俩约会的时间，不能占用。"

许婧一听就假装哀求地说："求求你了，就算为了我。"她把 Victor 给她升职加薪的事告诉了他。

肖剑锋说："这还差不多，还有点儿人情味儿。那我就准了吧。"许婧嘱咐肖剑锋把苏琪他们处里的交易员都一起带来。

人心情好，天气也跟着好，周六是个大晴天。

Victor 让秘书租了一辆面包车，在集合地点接上了大家，朝郊外驶去。一路上大家兴趣盎然，欢声笑语，歌声不断。每天从早到晚都关在都市"水泥森林"里的人，一旦来到这鸟语花香的大自然之中，仿佛置身于世外仙境，他们贪婪地呼吸着清新的空气，尽情地嗅着花香，惬意地漫步在茂密的森林和绿茵的草地上，什么工作压力，什么业绩指标全部抛在了九霄云外。

他们选了靠近水边的一块平地，支起了烧烤架子，点着了火，Victor 和肖剑锋开始为大家烤起肉来。Victor 对肖剑锋说："肖总，真得好好谢谢你，许婧都跟我说了，没有肖总的大力相助，我们今年的盈利指标是完不成的。"

肖剑锋笑了笑说："不用谢我，没有这单交易恐怕我们今年的盈利指标也难以完成。所以咱们彼此彼此。"

Victor 也笑了笑说："不过还是肖总对我们的帮助大，肖总就别自谦了。"

肖剑锋说："你们的销售团队挺强的，能从众多竞争者中抢到这单交易，还是很令人佩服的。"

"多亏了我们的两员女将，许婧自不用说，那是肖总带出来的优秀人才，还有专门负责企业客户的 Vivian，是她首先发现了这个项目。"

这时 Vivian 正好走过来，Victor 又说："Vivian，你过来，我正跟肖总介绍你呢。"

Vivian 紧走几步到了他们跟前，说："今天两位老总亲自给我们烧烤，我们太有口福了。"

Victor 给肖剑锋介绍说："肖总，这就是我刚说的企业销售 Vivian。"

Vivian 说了声："肖总，您好！"接着又俏皮地说，"肖总的大名如雷贯耳，今天得以相见，真是三生有幸。"说完夸张地两手一合，弯腰行了个屈膝礼。

肖剑锋也幽默地回了一句："免礼免礼，幸会幸会。"说完他打量了一下 Vivian，觉得她挺漂亮的，也有气质，说话一点儿不俗，不过可惜没走正路。

许婧一直在陪苏琪聊天，但是眼睛时不时地看向肖剑锋和 Victor，当她看见 Vivian 走了过去，就跟苏琪说："失陪一会儿啊。"她也朝他们走去。

Victor 看许婧和 Vivian 都在身边，就说："正好你们两个都在，我跟你们打声招呼，亚太区总部现在就让我们预报明年的盈利计划和潜在交易，你们得准备一下。"说完对着肖剑锋说，"肖总，不怕你笑话，外资银行就这样，永远拿鞭子抽着你，让你一刻都不能停下来。"

肖剑锋不无揶揄地说："中资银行也快差不多了。"

Victor 对许婧和 Vivian 又说："亚太区总部还通知说要我派两个人去伦敦培训中心参加结构性衍生产品的培训，时间一个月，我想把你们两个都派去。"然后又对肖剑锋说，"看来结构性衍生产品要火了。"

肖剑锋说："看来的确如此。"

Victor 看烧烤得差不多了，便大声招呼大家："快来吃吧，都烤好了！"

大家聚拢了过来。烤的东西还真多，有羊肉串、鸡翅、牛板筋、鱼、虾，还有韭菜、土豆、白薯和馒头片，外加一盆蔬菜沙拉。

Victor 举起杯说："为了我们的交易成功，为了两行今后更密切的合作，干杯!"大家不约而同地举起了杯，大声说："干杯!"

几天后，肖剑锋开车送许婧去机场。许婧遗憾地说："计划总是赶不上变化，我们的旅游计划泡汤了。"

肖剑锋说："没关系，只要我们有时间，随时可以去。"

"是这么说，但是我们什么时候能有时间呢? 你看吧，等我培训回来又要迎接新的风云大战了。"

肖剑锋不无感慨地说："是啊，一战接一战，哪有完呢。"

3

许婧和 Vivian 一下飞机，顾不得欣赏伦敦的景色，匆匆赶往坐落在市郊的 TK 银行高级海外行员培训中心。培训班的学员来自 TK 银行全球各地的分行，基本上都是高级交易员和职级为 Director 以上的销售人员，因为她们俩在完成冀北电力的交易之后都被晋升为 Director，所以获得了参加此次培训的资格。

这些学员来自不同的国家，肤色不同，说着各种口音的英语，好像走进了"英语联合国"。老师则来自 TK 银行总部的产品研发部门、衍生产品交易部门，还有英国剑桥大学的经济学教授。

课程安排是，第一周讲全球金融市场、汇率、利率，讲完之后学员要写一个自己所在国家的金融市场情况介绍;第二周讲衍生产品的原理、结构并介绍不同的产品，讲完之后学员要写出对产品的理解;第三周讲衍生产品的交易及其价格计算并进行上机模拟操作；第四周讲衍生产品的推广及其应用，要求学员结合所在国情况提出自己的销售方式，并现场模拟销售；最后还有一个综合测验，测验通过后才能获得总部颁发的结业证书。

学员们吃住都在培训中心，平日不准离开，只有周末可以出去。许婧安顿好了之后给肖剑锋打电话，告诉了他自己未来一个月的学习安排，她有些遗憾地说："这是我第一次来英国，本来以为可以借机好好玩一玩，没承想培训安排得这么紧张。"

肖剑锋说："不是还有周末吗？在伦敦转一转还是有时间的。"

许婧说："其实我最想去的地方是剑桥，因为你在那里待了好几年，发生了那么多故事。"说着猛然间闪过一个念头，于是她接着说，"最后一个周末你来伦敦吧，你带我去剑桥，然后我们一起回北京。"许婧为自己的这一闪念而颇为自得。

肖剑锋没有答应，他说："不知道我能不能走得开。"

许婧撒娇地说："你来嘛，人家让你来嘛。"

"让我想一想再定吧。"

这时有同学招呼许婧去吃饭，许婧说："我去吃饭了，先不跟你说了，你可一定要来啊，我等你。"说着挂了电话。

电话挂了，肖剑锋的心里却像开了锅似的上下翻腾。说实话，他爱上了许婧，在他眼里，许婧的一颦一笑都是那么美丽那么美好，特别是她撒娇的样子是那么可爱，他不能不去，也不该不去，但是剑桥是他的伤心之地，他不敢碰，甚至不敢想，简直就是他的禁区。

许婧吃过饭回到房间，拿起明天上课的资料准备预习，但是看了几行看不下去了。她知道伦敦特别是剑桥是肖剑锋的情感失地，是他的死穴，是他这么多年来心中过不去的坎儿。他之所以拒绝安妮，其中一个重要原因，是因为安妮是灵姗的闺密，她了解灵姗的一切，他看到安妮，灵姗就又在他心中复活了。但是如果灵姗不能成为肖剑锋的过去，这一页不能从他心中翻过去，那么自己和肖剑锋在一起无论如何都不会幸福。她想这次是个千载难逢的好时机，一定要让肖剑锋过来，一定要让肖剑锋战胜自己。

Vivian一知道自己要来伦敦，就第一时间给她在伦敦的同学写了邮件，说自己什么时候到，什么时候离开，希望跟她们聚聚。此刻她正与同学佳莹通电话："我本来以为这次来伦敦能够好好玩一玩，谁知道培训安排得这么忙，还住在郊外不准外出。"

佳莹笑了笑说："你以为外资银行老板真那么大方，免费让你到伦敦游玩一个月？别做梦了吧。"

"是啊，当然知道，培训回去之后得更加玩命。"Vivian停顿了一下又说，"还好，幸亏还有几个周末，不然亏死了。"

"在伦敦待久了，觉得也就那么几个地方值得转一转，不过伦敦可是时尚之都，逛街爽死了。"

女生对逛街天生没有免疫力，Vivian一听到逛街，就来了精神，兴奋地说："对，早就知道有哈罗德，有牛津街，我都要去。"

"好，好，好，都带你去，让你把伦敦逛个够。"佳莹大笑了起来。

Vivian这天没有早早出去，因为她知道伦敦的商场都开门晚，她和佳莹约好了先一起吃午饭，然后逛街，晚上再和几个同学聚餐。她起来后不急不忙地化起了妆，和同学几年不见了，要以最佳状态出现在她们面前。

Vivian和佳莹一见面就互相打量了起来，佳莹几年不见没有太大变化，只是脸上隐隐约约有一些雀斑，佳莹觉得 Vivian 也没什么大变化，就是比以前更职业范儿了。她们边吃边聊了一会儿，Vivian 有意聊起了化妆品，说有一种面霜用于遮盖脸上的雀斑，效果非常好，不料佳莹竟笑了起来，说她好不容易脸上才有了几个雀斑，为什么要遮盖呢。她告诉 Vivian，英国人以脸上有雀斑为美，前王妃戴安娜脸上都是雀斑。英国阳光少，英国人度假都去阳光多的地方，你脸上雀斑越多越说明你有钱，因为你可以出国晒太阳。Vivian 这才恍然大悟，她自嘲地说自己是穷人了。

她俩吃完饭直奔哈罗德，一层楼一层楼地逛，尤其服装和鞋一家店都不放过，但是 Vivian 没买什么，因为她还要去其他地方比比价格，然后回国前的那个周末再出手。她们最后去了婚纱馆，Vivian 看中了一款白色抹胸拖地婚纱，她对着镜子试穿了一下，太美了，连佳莹都赞不绝口，她想，如果在婚礼上穿这件婚纱一定会惊艳四座、艳压群芳。可是自己至今连男朋友还没有呢，想到这儿，Vivian 一脸黯然，于是她换下婚纱和佳莹一起离开了哈罗德。

晚上聚会是在唐人街的一家中餐厅，因为西餐厅都比较安静，而在中餐厅可以无拘无束开怀畅聊。聚会一共五个人，除了 Vivian 和佳莹，还有一个男生和两个女生，大家一见面就热闹了起来，男生告诉 Vivian，他们虽然都在伦敦，但是很难聚到一起，今天相聚都是因为 Vivian 的到来。Vivian 有些感动，举起杯说："感谢大家的光临。"

这五个人中，佳莹和另外两个女生都已结婚生子，那个男生还是单身，当然 Vivian 也是单身。女生都问起 Vivian 为什么还不结婚，Vivian 强装笑脸地回答还没到时候，其实心里一阵酸楚。

第一周的课好不容易结束了，终于盼来了周末。一早大家都三三两两搭伴乘地铁出游了。许婧和一个新加坡分行的学员结伴而行，她们先后去了伦敦塔桥、大本钟、威斯敏斯特大教堂、白金汉宫，吃了 Fish&Chips（炸鱼薯条），晚上满意地回到了培训中心。许婧一进门，脱了鞋就靠坐在沙发上，一看表是北京时间后半夜了，本想给肖剑锋打电话，可是太晚了，于是打算先洗个澡，然后收拾收拾，再过几个小时北京就是早晨了，肖剑锋周末不睡懒觉，到时候再给他打电话，于是许婧进了卫生间。

许婧洗完澡又洗了衣服，磨磨蹭蹭到了很晚，再一看表，已经是北京的清晨了，于是她拨通了肖剑锋的电话，说："你已经起床了吗？"

肖剑锋说："刚起来，正刷牙洗脸呢。我开了免提，能听你说话。"

许婧兴奋地把一天游玩的经历说了一遍。

肖剑锋说："你很有收获，伦敦的景点有很多还是很好看的。"

许婧嘟着嘴说："再好，也没有剑桥好，你可一定要来哦。"

这一周肖剑锋很忙，没有时间好好思考去不去伦敦的事，但昨天是周五，晚上他回到家吃过饭，坐在沙发上冥思苦想到底去不去伦敦。他首先问自己爱不爱许婧，而且是不是深爱，答案是"Yes"。他又问自己有没有勇气翻过灵姗这一页，答案是"It should be"。他其实明白，如果过不了灵姗这一关，他和许婧就是结婚在一起了，还是不会幸福，这对许婧也不公平。他想了很久，不断地鼓励自己，最后下定决心去伦敦。于是他回答说："我已经决定去伦敦，一会儿就订飞机票。"

许婧一听高兴坏了，大声说："剑锋，我爱你！"

Victor 周末回了香港，这是上次与莎莎闹得不愉快之后他第一次回香港。

Victor 仔细地想过了，这两个女人他都喜欢。莎莎是香港人，家世很好，对自己不错，但就是大小姐的脾气太大，一不高兴说翻脸就翻脸，他总是忍让多一些，他们在一起好几年了，说没感情也不尽然，但要说感情多深厚也谈不上。

再说 Vivian，典型的上海女孩子，时尚、喜欢发嗲、有女人味儿，她一直明里暗里追求自己，虽然自己从来未对她的追求回应过什么，但心里是明白的，作为一个成功男人，身边有女孩子追，这是件十分荣耀的事。

要说真正喜欢，他还是喜欢许婧那样的女孩儿，单纯、美丽、大方、性格温柔、通情达理，但他只是把喜欢藏在心底，他感觉她不属于自己，特别是这次郊游他发觉肖剑锋和许婧互看的眼神中有一种甜蜜感，隐隐约约觉得他们一定是有故事了。

莎莎几次谈到结婚的事，但 Victor 还没想好，因为他觉得感情还没到那一步。他的父母恩爱了一辈子，这对他影响很大，他认为如果结婚了就要像父母那样白头到老，他想跟莎莎好好沟通一次。

晚上吃完饭，Victor 搂着莎莎坐在客厅的沙发上，他吻了吻她的额头说：“上次没机会跟你解释，其实我跟 Vivian 什么事都没有，你也知道女下属为了取悦老板，特别是取悦男老板都喜欢搞得暧昧一点，因为她们想的是升职和奖金，Vivian 也是这样，而我，你也了解，没有那么多花花肠子，我是零绯闻的人。”

莎莎抬起头说：“那为什么 Vivian 说谁都可以追求你？她是不是就想追求你啊？”

Victor 说：“那天你们不是吵得很凶吗，人急了的时候还不是怎么伤人就怎么说。"

莎莎直起身子看着 Victor 说："那咱们结婚吧，结了婚就没人说乱七八糟的话了，我也就理直气壮了。"

"现在还不是时候，一来我在北京至少还要干两三年，很少回香港，就是回来一次也是公务繁忙，在家待不了多长时间，我觉得既然结婚了就要天天在一起，要是结了婚还分居，那为什么要结婚呢？二来我现在还没在香港买房子，每次回来都要住你这里，我可不想结了婚还住在你们家的房子里，那样我会抬不起头的。所以，你要真的爱我，你也站在我的角度想一想。"

莎莎觉得 Victor 的话还是有道理的，但转念一想，自己等他两三年没问题，反正自己就跟定他了，但 Victor 会不会发生变化，这可说不准，如果他变心了，到时候自己人老珠黄，再找他这么好条件的人可就难了。于是她说："我可以等你几年，但你如何保证你不变心呢？"

Victor 知道她会问这个问题，便回答说："找个时间，我们去加拿大见我父母，把咱俩的事确定下来。"

莎莎知道 Victor 是个孝子，对父母的话言听计从，于是开心地笑了起来，她钻进 Victor 的怀里，双手搂着他的脖子，喃喃地说："这还差不多。"

肖剑锋在飞往伦敦的飞机上，心情是忐忑的，想到就要见到朝思暮想的许婧，不禁心花怒放，但想到要面对灵姗了，心情又沉重起来，毕竟他和灵姗曾经是那么相爱，那么刻骨铭心，如果灵姗不是出意外离开了他，他还不至于这么放不下她，因为灵姗给他留下的都是美好的回忆。

他想得太多了，脑袋渐渐发沉，他睡了过去。飞机降落在跑道上撞击地面的巨大声响让他一下子惊醒，他揉了揉眼睛，阔别了快二十年的伦敦到了。

他在国王十字火车站附近预订了一家酒店，跟许婧约好在这里会面。他见天色还早，估计许婧一时半会儿还到不了，于是他冲了个澡，刮了胡子，换了身衣服，乘机十多个小时的疲惫一扫而光。

培训课程昨天下午结束了，许婧跟大家一样也拿到了结业证书，她很开心。但是令她更开心的是明天就能见到分别整整一个月的肖剑锋了，她很激动，晚上愉快地收拾着行李，甚至唱起了歌。第二天一早许婧就退了房，拉着行李箱坐上了早班地铁，他知道肖剑锋是半夜到的，可能现在还在睡觉，所以她没给肖剑锋打电话，另外也想给他一个惊喜。

由于今天是周六，人们不用乘地铁上班，再加上时间比较早，车厢里空荡荡的。许婧坐了几站后，感觉有点儿不对劲，自己是不是坐错车了？她是第一次乘这个路线的车，她使劲儿地盯着车厢里贴着的地铁线路图，发现这条地铁线不经过国王十字火车站。正在这时地铁到站停下，上来一对老年夫妇，许婧连忙走过去，很有礼貌地问道："对不起，打扰了，我要去国王十字火车站，是不是乘错车了？"

两位老人笑了笑说："姑娘，你是坐错车了。"

许婧忙问："那我应该到哪里换车呢？"

老妇人和蔼地说："姑娘，别着急，我们就在前面下车，你跟我们走，那里有车去国王十字火车站。"然后又问道，"你是中国人吗？来英国旅游吧？"

许婧连忙回答："我是中国人，来英国短期学习的。"

老妇人说："中国人好，中国人现在富裕了，过去碰到的一问都是日本人。"

她们聊着，地铁到站了，老妇人招呼着许婧一起下了车，指给许婧换哪趟车。许婧连忙说："你们太友善了，谢谢你们！"

老妇人说："现在有些人说我们英国人冷漠、高傲，不愿意帮助人，但我要说我们英国人好客、热情，愿意助人为乐。"

许婧真挚地说："说得对，的确如此，再次谢谢你们！"

肖剑锋正等得焦急，忽然听到有人敲门，打开门，原来是送早餐的服务员，服务员把餐车推进来，说声"慢用"就退了出去，他关上门，门又被推开了，往外一看，门外站着的是许婧。他高兴得要跳起来，情不自禁地喊了出来："许婧，是你！"

许婧进了房间，扔掉箱子，一下子搂住了肖剑锋的脖子："亲爱的，想'死'你啦！"

肖剑锋抱住许婧原地转了几个圈说："我也想'死'你啦！"说完就要吻许婧。

许婧用手指挡住肖剑锋的嘴唇说："说说，怎么想'死'我了？"

肖剑锋忙说："我到了酒店一分钟也没睡，就等你了。"

许婧用手刮了一下肖剑锋的鼻子说："那还差不多。"接着她深吸了一口气，扭过头说，"闻见早饭的香味了，今天起得早，没来得及吃。"

肖剑锋放开了许婧，把她拉到餐车旁坐下，说："我就担心你起得早没吃早饭，你看，这是正宗的英式早餐，就是为你准备的。"

肖剑锋的细心，让许婧很感动，心想他还是会疼人的。于是拿起刀叉说："本宫就不客气了。"说着吃了起来。许婧看肖剑锋站在一旁看着自己，疑惑地问："咦，你怎么不吃？看着我干吗？"

肖剑锋调皮地说："秀色可餐呀。"

"你真的不饿？"

肖剑锋拍了拍肚子说："飞机上供应了好几次餐，我到现在还不饿呢，我就喝杯牛奶吧。"说着端起了牛奶杯。

不一会儿许婧就吃完了，她用餐巾擦擦嘴，站起来说："本宫用膳完毕，咱们出发吧。"

肖剑锋也贫了起来："得了，您哪。"

国王十字火车站坐落在市中心，是一个中央火车站，通往四面八方，还跟几条地铁相通，是一个重要的交通枢纽。前往剑桥的火车很多，每半小时一趟，肖剑锋带着许婧上了最近的一趟。火车开了，窗外的景色宜人，肖剑锋一一介绍。许婧一边听着介绍，一边不停地拍照，忽然发现肖剑锋不讲话了，神色也黯淡了下来，她知道剑桥快到了，她理解肖剑锋此时的心情，于是收起了相机，依偎在他的怀里。

下了火车，肖剑锋首先带着许婧来到了灵姗的墓前，墓碑上的中文字还依然清晰，"我的爱人灵姗之墓"。站在墓前，肖剑锋好像回到了十年前，他和灵姗经历的场景一幕幕又出现在眼前，最后定格在那场意外，他的眼泪顿时像断了线的珠子止不住地往下流，他跪在墓碑前声嘶力竭地喊着："灵姗，灵姗，都怨我！是我害了你！"接着他开始号啕大哭。

许婧看到这个场景，也在默默流泪，她知道肖剑锋需要宣泄，需要把压抑在心底十多年的自责和痛苦都彻底宣泄出来，这样他才可以告别过去，开始新的生活。

　　过了好长时间，许婧看到肖剑锋仍然跪在地上低着头，但哭声渐渐小了下来，她走上前把肖剑锋扶了起来，轻轻地说："剑锋，快二十年了，今天好不容易回来了，就把憋在心里的话跟灵姗姐说说吧。"

　　肖剑锋流着泪说："灵姗，你能听得到吗？别怪我，这么多年了我才来看你，因为我实在是不敢来，不敢面对你，我怕自己受不了，你在天堂还好吧，你一个人一定要照顾好自己，别让我担心。"

　　许婧也流着泪说："灵姗姐，你好！今天我陪剑锋来看你，你就放心把剑锋交给我吧，我一定会好好爱他，好好照顾他，你永远是我的好姐姐，你不会孤单，我们会时常来看你。"许婧说完，朝着墓碑鞠了三个躬。

　　肖剑锋此时心情平静了下来，他也给灵姗鞠了三个躬，说："灵姗，我走了，我还会来看你。"然后依依不舍地离开了墓地。

　　许婧挽着肖剑锋的胳膊，还能感觉到肖剑锋的悸动，她轻声地说："剑锋，灵姗姐那么爱你，虽然她不在了，但她一定会希望你好好活下去，希望有人爱你、疼你，如果你活得不好，她会伤心的。"

　　"我懂，谢谢你陪我来见灵姗。"

　　"那么你带我看一下你当年学习和生活的地方吧。"

　　肖剑锋说"好"，然后牵着许婧的手，在剑桥走了一大圈，把当年自己租住的房子、上课的教室、开会的会议室一一指给她看，最后来到了康河。

　　他们走得有些累了，就在河边的草地上坐了下来，许婧躺在肖剑锋的腿上，深情地看着肖剑锋说："剑锋，你真是个有情有义的人，我好爱你。"

　　肖剑锋也深情地看着许婧说："你是那么善解人意，你真好，我也爱你。"说着低下头去吻许婧，许婧的嘴也迎了上去，两个人热烈地吻在了一起。

　　Vivian 在飞机即将关闭舱门的时候才拎着几个大袋子上了飞机，当她看见肖剑锋和许婧手拉手、脸贴着脸地坐在一起，心里是既羡慕又嫉妒，羡慕的是他们成双成对、甜蜜至极，嫉妒的是自己至今孑然一身，爱情没有着落，而他们在公开场合下公然秀恩爱，毫不避讳。

第九章

每个人都背负着各种各样的责任和义务在艰难前行，也许是我们的生活，也许是我们的工作，也许是我们的感情。但是，正是这些责任和义务，构成了我们在这个世界上存在的理由和价值。

1

周一上午一上班，Victor 就召集销售部开会，他首先问许婧和 Vivian 在伦敦的学习情况，她们说收获很大，学习到了许多衍生产品知识。

Victor 说："学习有收获就达到目的了，不虚此行。"接着他介绍了这一个多月的市场情况，他说："现在越来越多的中资企业认识到了做债务风险管理的重要性，所以开发客户已经不是很难的事了。摆在我们面前的是越来越激烈的竞争，外资银行发现中国的衍生产品交易市场是块肥肉，蜂拥而至，已经发生了好几起四五家外资银行抢一单交易的情况，形势不容乐观。"

他扫视了一下几位部下，又接着说："亚太区总部又调高了我们今年的盈利指标，并要求我们再做一两单大的交易，当然，你们放心，如果完成了，奖金会比以往多得多。现在大家讨论一下，我们能不能从上报亚太区明年的潜在交易客户中选出一到两家。"

　　许婧想了想说："我觉得东海化工值得考虑，他们一直在谈收购德国一家化工企业的案子，除了一部分自有资金，还准备从中资银行贷款 20 亿美元，我想十之八九京华银行是贷款行，因为京华银行是支持中国企业走出去的主办行，我可以确认一下。"

　　Vivian 心想这次可不能再输给许婧了，她脑子飞快地转了起来，说："我建议选择南湖集团，他们也有一个很大的日元转贷款项目，我们已经做了一笔这样的交易了，有经验了，应该是轻车熟路，十拿九稳。"

　　Victor 想了想，觉得她们说的都有道理，于是就说："我看这样吧，这两个案子我们都跟一跟，许婧尽快和京华银行联系，Vivian 联系南湖集团，如果两个案子都能做那最好，不行的话我们至少要保一个。"他停顿了一下又说，"这次我们兵分两路，Vivian 带着 Gloria，我刚又招了一个销售，很快就来上班，让她跟着许婧，Steve 还是做后援。"Victor 这样分工也是煞费苦心，他知道她们两人互相不服气，特别是 Vivian 老想拔尖，冀北电力的交易被许婧抢了风头，Vivian 自是不甘心，让她们竞争一下也挺好，更有动力完成指标，另外她们俩这次都提了级，也有资格带团队。

　　出了会议室，许婧回到交易室，坐在椅子上想，跟 Vivian 分开各管一摊儿，各干各的，挺好的，省得 Vivian 老以为自己要和她抢客户似的，谁稀罕跟她抢客户，才不愿意搭理她呢。然后她又想了想东海化工的案子，东海化工应该是京华银行的客户，问问肖剑锋吧，于是她拨通了他的电话："剑锋，在行里吧？"

　　肖剑锋故意装作不满地说："在啊，大半天也不给我打电话，还以为你怎么着了。"

　　许婧忙说："别贫，我跟你说正事。"

肖剑锋一听是正事，立马正经了起来："好好好，说正事。"

"你帮我确认一下东海化工是不是从京华银行贷了 20 亿美元收购德国化工企业。"

"问这干吗？"

"做笔交易呗。"

"哦，这个问题简单，一会儿给你打回去。"

一会儿工夫，肖剑锋便打了回来："是的，东海化工上周提的款。"

"谢谢了亲爱的，我现在赶紧去汇报，晚上跟你细说。"许婧说完，就站起来朝 Victor 办公室走去。

开完会，Vivian 随着 Victor 进了他的办公室。对于分工，Vivian 拍手叫好，她就是不想跟许婧搅和到一起，冀北电力本来是自己的客户，许婧一掺和进来，好像都成了她的功劳了，幸亏 Victor 比较公正，也提拔了自己，这下好了，明确分工，各是各的。她认为今天自己捡了个便宜，冀北电力的案子刚做完，南湖集团的案子与冀北电力相仿，做起来简单容易，而东海化工的案子虽然金额大，但没有类似案例，就让许婧折腾去吧，老板看的可不是过程，而是赚没赚到钱。她心里很得意，但还是装着很平常的样子对 Victor 说："分工挺合理，我没意见。"

Victor 其实很了解 Vivian 此刻的想法，但他不说破，他说："你们虽然各有分工，但我们人手少，遇到困难还是要互相支持，分工不分家。"

Vivian 嘴上说着"那是应该的"，心里想的却是：许婧，有你好看的。

Vivian 出了门，许婧就进来了，她跟 Victor 说："刚才跟京华银行确认过了，东海化工确实从京华银行贷了 20 亿美元，上周已经提款了。"

Victor 说："好，那我们就攻这个案子，你先说说想怎么做。"

许婧已经考虑过了，所以不假思索地说："还是要先找东海化工做工作，让他们接受我们的交易方案，然后再找过桥银行，京华银行是贷款行，当然比较适合做过桥银行，而且他们对客户有很大的话语权。"

Victor 想了想说："就按你想的做吧，我帮你了解一下有没有其他外资银行参与这个案子。"说完，他看了许婧一眼，关心地说："这种跟海外投资有关的交易我们没有做过，难度可能比想象中要大，你要做好思想准备，有事随时向我汇报。"

晚上许婧和肖剑锋一起吃饭，许婧是一个遇到事情就想很快处理的人，从不拖泥带水，因此她虽然吃着饭，想的却是东海化工的案子，肖剑锋在一旁说："吃饭的时候好好吃饭，就别想其他事了。"

许婧放下筷子说："不想怎么行！我得尽快想出东海化工的营销方案。"

肖剑锋说："这外资银行还真是，拿鞭子抽得人都不想吃饭了。你刚培训回来，还没歇歇呢，又忙起来了，你的老板用人够狠的啊。"

许婧无可奈何地说："本来今年的盈利指标已经完成了，没想到大老板把指标又调高了，Victor 不想干也没辙啊。"

肖剑锋同情地说："Victor 这个 MD 当得也够不容易的。"

"他今天把我和 Vivian 分成了两组，各带一个团队，Gloria 跟 Vivian，一个新来的女孩跟我，Victor 为了搞平衡也是煞费苦心。"

"这是让你们俩公开竞争，人在竞争状态下就会亢奋，就会出业绩，而 Victor 稳坐钓鱼台，渔翁得利。"

"不管怎样，我觉得分开还是挺好的，我真的是不愿意跟 Vivian 搅在一起。

不过我今天得早点儿回家，回去查查东海化工的资料，你也早点儿回去吧，对了，明天别忘了去公司帮我问一下东海化工财务总监的名字和电话。"

肖剑锋说："我送你吧。"

许婧说："不用了，你也挺累的，回去早点儿歇息。"

Vivian 在舅舅家吃饭，她问舅舅认不认识南湖集团的人，舅舅想了一下说有个同学在那儿，但是好久没联系了，明天上班给他打个电话。舅妈一边收拾碗筷，一边关心地问："我说薇薇，有男朋友了吗?"

Vivian 不好意思地说："还没有呢，要是有早就领来让你们见了。"

舅妈继续关心地说："你都三十多岁了，得抓紧啊，我告诉你女孩子就要早一点结婚，不然年龄大了就不好要孩子了。"

Vivian 有些不耐烦地说："我知道，但我现在太忙了，没有时间啊。"

舅妈说："知道就好，抓紧啊。"说着端着餐具进了厨房。

舅舅说："别烦你舅妈，你是得找个男朋友了，你妈一来电话就问这事，她是不敢催你，可是老催我们。"

"舅舅，我真是太忙了，要不这样，等我忙完了这单交易，你们就给我安排相亲。"

舅妈从厨房里探出头来说："这还差不多。"

Victor 两周没回香港了，其间也很少给莎莎打电话，今晚应酬饭局之后回到家里，刚拿起电话，莎莎就打了过来："几天不给我打电话，你忙什么呢？"

"刚要给你打，你的电话就过来了。我现在忙得焦头烂额，老板又给加任务了。"

莎莎关心地说："再忙也要注意身体，我也很忙，也没时间去北京。"

Victor 忙说："我知道，你放心吧。"

"你知道什么呀，少喝点酒，喝酒最伤身体了。"

Victor 无奈地说："我知道应该少喝酒，但是请客户哪能不喝呢。"

"那你就尽量少喝。哎，对了，最近香港房价又涨了，你什么时候买房啊？"

"再等等吧，现在脱不开身，容我抽空回香港看一看。"

"你尽快吧，不然房价就飞上天了。"

Victor 变得不耐烦起来，连说："好好好，尽快尽快。没别的事了吧？我累了，不跟你说了。"说完就挂了电话。

Victor 最近很烦，明明超额完成了盈利指标，想着可以松口气了，可以放松放松，谁料到老板又给加任务，真是不让人活了。这个莎莎也是越忙越添乱，又是结婚吧，又是买房吧，一刻也不消停。女人啊女人，只是围着自己那点事想，一点都不为男人想，要

女人有何用？

第二天，肖剑锋专门去了趟公司部，问了问东海化工贷款的事，公司部说这是一笔银团贷款，总金额是 50 亿美元，其中京华银行 20 亿美元，华隆银行 20 亿美元，德国本地银行等值于 10 亿美元的欧元，贷款利率美元 Libor + 300bp，期限 8 年。

肖剑锋告诉许婧，东海化工的财务总监名字叫孔曼丽，40 多岁，山东人，思想比较传统，风格稳健，不轻易拍板，并且把其座机和手机号码都告诉了她。

许婧想，这个人可能是个好打交道又不好打交道的人，一旦认可了你，那就一切顺利，如果不认可你，那就费尽心机也枉然。所以首先要给她留一个好印象，慢慢取得她的信任，然后就会是一片坦途了。许婧想还是先给她打个电话自我介绍了一下，然后再谈拜访的事，但是打电话先要打座机，不然一开始就打手机，她看到陌生电话，有可能不接，抑或是在开会，就更不可能接了。

许婧拨通了电话，嘟嘟响了两声，有人接起了电话，许婧微笑着说："您好，请问您是东海化工的孔曼丽孔总吗？"

对方说："我是，你是哪位？"

许婧接着说："孔总您好，我是 TK 银行北京分行的许婧。"

孔曼丽说："你好。"

"孔总，我先自我介绍一下，我原来是京华银行金融市场部的交易员，专职做衍生产品交易，帮助过几家企业做过债务风险管理，今年才加入 TK 银行，也是专门负责帮助企业做债务风险管理。"许婧有意停顿了一下，接着说，"我知道东海化工从京华银行贷了 20 亿美元，所以想看看在债务风险管理方面有没有我能帮忙的地方。"

孔曼丽一听许婧原来在京华银行工作过，就有了一丝好感，又听到她说专门负责做债务风险管理，而且还有案例，就更有兴趣听下去，于是说："我们正在研究怎么做债务风险管理的问题，你有做过的经验，这很好，你可以给我们介绍一下。"

许婧说："没问题，很高兴您能给我这个机会。"然后紧接着又说，"您看什么时候方便我去您公司？"

孔曼丽想了想说："那就周四上午 10 点吧。"

"没问题，我会准时到您公司，您方便留一下我的手机号码吗？我现在给您打过去，139 开头的，您不用接。"许婧马上用手机拨通了孔曼丽的手机，响了两声后挂断。

许婧首战成功，很是开心，她欢快地进了 Victor 的办公室，跟他汇报了打电话的情况。Victor 一听也很开心，他鼓励许婧加油，如果有需要，他随时提供帮助。

Vivian 一直在等舅舅的电话，她看见许婧欢快的样子皱了皱眉头，心想这离成功还十万八千里呢，有什么臭美的。中午吃饭的时候，舅舅才打来电话说联系上了，对方上午一直在开会，刚打通电话，那个人叫林桓，是集团的总会计师，让 Vivian 直接跟他联系。

下午一上班，Vivian 就给林桓打了电话，林桓接起电话问："喂，哪位？"

Vivian 忙说："是林桓林叔叔吧，我是薇薇，我舅舅让我给你打电话的。"

林桓说："是薇薇呀，你好，有啥事儿吗？"

Vivian 有点儿发嗲地说："林叔叔，听说你们有笔转贷款，要不要做债务保值呀，我们 TK 银行可是蛮有经验的哦。"

林桓听到 Vivian 发嗲的声音，不由得颤了一下，说："是有这么回事，不过我们还在研究阶段，现在有好几家外资银行找过我们，我们也不知道哪家靠谱。"

Vivian 一听有点儿紧张，她赶忙说："林叔叔，我们 TK 银行最靠谱，我们刚帮助一家转贷企业做了债务保值交易，企业很满意。"然后不等林桓回答，紧接着说，"林叔叔，你哪天有空呀，我过去给你介绍介绍情况呗。"

林桓与 Vivian 的舅舅是大学同班同学，不好意思不给面子，于是说："这两天都有会，日程排得满满的，要不你周五下午来吧，我可能有空。"

Vivian 连忙答应："好的好的，我周五下午到，咱们到时候见，林叔叔。"

Vivian 放下电话，觉得额头有点儿湿乎乎的，一摸是由于刚才紧张浸出来的汗，她拿了一张面巾纸轻轻地沾了沾，心想未来可别是一场恶战。她装作很轻松的样子来到 Victor 的办公室，尽量用轻松的口吻向他汇报了刚才电话里说的情况，但是 Victor 还是听出了不轻松，他告诫她不要掉以轻心，还是小心应对为好。

不管结果怎样，现在两个案子都搭上线了，总归是一个好的开头，Victor 这样想。

许婧知道第一次见孔曼丽很重要，为了万无一失，她又联系了京华银行东海市分行信贷处处长李欢，李欢曾在总行金融市场部学习过三个月，许婧跟他很熟，但她还是让肖剑锋事先给李欢打了个电话。

周三上午许婧带着助手邓婕飞往东海市，邓婕就是新来的销售，职级是 AVP。中午时分她们到了东海市，先去酒店办理了入住手续，简单吃了午饭，然后打车前往京华银行东海市分行。

东海市分行的办公地点在临海的一栋大厦里面，大厦很气派，大堂也装修得富丽堂皇，现在很多银行的分行的办公地点比总行还要华丽。

许婧在大堂给李欢打电话说已经到了，李欢很快下来迎接她们，一见着许婧他就情不自禁地说："哇，一点没变，还是这么年轻漂亮。"许婧笑着说："彼此彼此，你还是那么帅。"然后介绍说："这是李处长，这是我的同事邓婕。"李欢打量了一下邓婕说："这也是一位大美女啊，我今天可大饱眼福了。"

一进李欢的办公室，许婧就赞叹起来，从落地的玻璃窗向外望去，不远处就是蔚蓝的大海，安静下来的时候，甚至可以听到浪花拍击岸边礁石的声音。许婧说："在这样的环境下工作，简直太舒服了！"

李欢连忙说："过奖了，这里哪有总行的大楼气派，金融街大厦林立，高耸入云。"李欢招呼她们坐在沙发上，然后给她们沏好茶，说："许婧，说说吧，要我怎么帮你。"

许婧笑了笑说："好，现在咱们言归正传，我们这次来就是为了东海化工 20 亿美元的债务风险管理的案子，还请李处先给我们介绍介绍情况。"

李欢挺直身子说："这个案子东海化工领导层非常重视，为此还成立了一个领导小组，董事长亲自挂帅担任组长，成员有总裁、分管融资的副总裁，还有明天要见面的孔曼丽，孔曼丽主要负责方案的拟订。"他站起来从办公桌上拿起杯子喝了一口水，然后放到茶几上，接着说，"孔曼丽这个人很多人说她不好相处，但我觉得她挺好相处的，这笔贷款我代表分行一直参与，我们经常见面，跟她还是比较熟的。"

许婧觉得找李欢帮忙看来是对的，而且看样子他也愿意帮忙，于是说："明天能不能劳你大驾跟我们一起见见孔曼丽。"

李欢看了一下记事本说："正好明天上午的会改到下午了，上午我可以去。"然后又不失时机地调侃了一句，"为两位美女保驾是我的荣幸。"

许婧也调侃说："我们也愿意为帅哥当把绿叶。"说完三个人哈哈大笑起来。然后许婧站起来说："不好意思，耽误了你这么久，影响你工作了吧，要不我们先走，晚上我在附近订了个餐馆，一起吃个饭？"

"本来应该我请你们的，但今晚要在家看孩子，咱们来日方长，有的是机会。"

许婧说："那就下次，明天见。"

东海市是座美丽的海滨城市，许婧念大学期间曾经和同学来过一次，那次就给她留下了美好的印象，但这次没有时间再游览了，她需要回酒店再做一下明天的功课。她问邓婕来过东海市吗，邓婕说是第一次，于是许婧对她说："晚饭后给你两个小时逛一逛，这个城市还是值得看一看的。"

邓婕觉得许婧很通情达理、善解人意，于是说："要不我不和你一起吃晚饭了，我在街上随便吃点就行了。"

许婧点点头说："好吧，记得早点儿回来，别忘了明天上午有重要的会。"

邓婕挥挥手说："好的。"

第二天上午不到 10 点，许婧、邓婕、李欢齐刷刷地来到了东海化工大厦，许婧和邓婕穿的都是西服套裙和高跟鞋，李欢穿的是西服套装，还打了一条领带。还差 5 分钟，许婧拿出手机给孔曼丽打电话，孔曼丽说："你们到了，好，请你们在前台办一下访客手续，然后坐电梯到十层，有人接你们。"

她们走出电梯，有一个女生走过来问她们是不是孔总的客人，得到肯定的答复后带着她们来到了孔曼丽的办公室，孔曼丽走过来说："欢迎欢迎！"

许婧微笑着说："孔总，您好！我是许婧。"说着把自己的名片双手递给孔曼丽。

孔曼丽接过名片，抱歉地说："对不起，我的名片用完了，还没印出来。"

许婧忙说："没关系，我已经有您的电话了。"然后把身后的邓婕让过来说，"这是我的同事邓婕。"邓婕也双手递过名片。

李欢过来说："孔总，我就不用介绍了哈。"孔曼丽光顾着和许婧她们打招呼，听到后面有人说话，一看是李欢，咧开嘴笑了："李处，你怎么也来了？"

李欢也笑着说："总行领导给我打电话要我过来拜访孔总啊。"

孔曼丽招呼大家在沙发上坐下，自己坐在了对面，这时刚才接她们的那个女生进来给每人倒了一杯茶。

孔曼丽说："你们真守时，我就愿意和守时的人打交道。"

许婧连忙说道："我也喜欢守时，一般都提前到一会儿，这是对他人的尊重和礼貌。"

孔曼丽点点头："你说得对，其实严格地说，守时也是一种契约精神的体现。"看到许婧和邓婕都穿的是西服套裙，脚下穿的是高跟鞋，李欢穿的也是西服套装，孔曼丽又说："你们看起来都很职业范儿，我喜欢。"

孔曼丽自己穿的也是西服套装，里面是白色衬衫，脚下也是高跟鞋，许婧忙说："孔总的职业范儿比我们足多了。"

孔曼丽笑着说："我们就不再互相吹捧了，还是说正事吧。"

"那么我就给孔总介绍几个案例吧。"许婧把简单掉期的案例和结构性掉期的案例，通通给孔曼丽讲了一遍。

孔曼丽听得非常认真，许婧讲完后，她思考了一下，问道："简单掉期和结构性掉期有什么不同?"

"简单掉期就是不同的利率互换一下，比如固定利率换成浮动利率，或者货币互换一下，比如美元换成日元，但是企业的需求很多情况下是简单掉期解决不了的，比如我们刚刚跟一家企业做了结构性货币掉期交易，那是因为企业的债务货币简单地换了之后，利率降不下来，所以我们给他们加了结构，最后交易完成了，企业非常满意。"

孔曼丽又问："加了结构之后，风险变大了还是变小了?"

许婧说："这个问题您问得好，风险大了或小了都是有条件的，比如现在流行的一些与长短期利率挂钩的产品，其中有的交易挂钩美国国债长期利率和短期利率，正常情况下由于期限的长短不一样，长期利率高于短期利率，在这种情况下企业是收钱的；如果发生非正常的事情，那么短期利率可能会高于长期利率，出现这种情况，企业是付钱的。那您可能会问，既然如此企业为什么还要选择这个产品呢? 这是因为企业知道长期利率高于短期利率是常态，是大概率，而短期利率高于长期利率是极小的概率，另外美元利率有过完整的周期，因此比较好分析。"

孔曼丽点点头说："我懂了。"她又看了一眼许婧，心想这个丫头看着还不到三十岁，懂得真多，讲得头头是道，是个人才，看来TK银行水平高。想到这里，她问许婧："这些东西你是怎么学来的？"

许婧还没来得及回话，李欢就说上了："许婧是金融硕士，在京华银行做了五年衍生产品交易员，经验丰富，她离开京华银行，真是京华银行的一大损失。"

孔曼丽说："是啊，京华银行是一家很好的银行，你为什么要离开呢？"

许婧不好意思地说："有几方面原因吧，但主要还是自己的原因。"

孔曼丽高兴地说："今天你们来给我上了一堂普及金融知识的课，我获益匪浅，感谢你们，特别是感谢许婧。"

许婧连忙说："谈不上讲课，为企业服务是我们的宗旨，如果需要，我们随时可以来。"

"能把你今天讲的整理成文字给我吗？"

"没问题，我尽快。"

许婧觉得第一次会面是成功的，孔曼丽明确表示今后还要继续联系，这就算直接搭上线了。但她知道这仅仅是个开始，后面还有很多工作要做。

2

南湖集团总部在南湖市，Vivian和Gloria周四下午飞往南湖市，虽然与林桓约的是周五下午，但Vivian还是想早一点到比较从容，现在飞机晚点成了家常便饭，要是因为飞机晚点而错过了这次会面那就白费力气了。

黄昏时分，Vivian 和 Gloria 到了南湖市，她们住在南湖边上的一家五星级酒店，吃完晚饭天色还早，她们就来到南湖岸边走一走，南湖的夜景自是美不胜收，Vivian 心想如果现在是跟自己的爱人在这南湖边上挽手散步，那会是多么惬意呀！唉，可惜现在自己形单影只。她转过脸问 Gloria：“你交男朋友了吗？”

Gloria 说：“还没有。”

Vivian “哦”了一声，一时低头不语。Gloria 却问了 Vivian 一句：“你说，为什么外资银行的女销售都没有男朋友？”

Vivian 刚要说“是的”，猛然想起许婧和肖剑锋，话到嘴边又咽了回去，换了一句话说：“内外因都有吧。”

Gloria 追问道：“怎么讲？”

“这内因是这些女销售智商高、情商高、收入高，自然也就眼光高，一般的男人入不了法眼，而外因是身边优秀的男人太少，不成比例。”

Gloria 若有所思地点点头说：“看来是这样。”

Vivian 好像是过来人似的，又说：“所以遇到合适的千万不要松手，一定要争取。”她此时想到了 Victor，与其是说给 Gloria 听不如是说给自己听。她想起 Victor 在香港和莎莎吵了一架，不知道现在他们俩的关系怎么样了。最近看到 Victor 总是闷闷不乐的，莫非他们之间出现了裂痕？如果是这样，那自己便有机可乘了，回去找时间跟他聊聊。想到这儿她恨不得马上飞回北京，但她马上又想到了南湖集团这个案子，没办法，还得先啃这块硬骨头。

Vivian 提议道：“时间不早了，咱们回去吧，明天还得见客户。”

Gloria 说:"好吧。"两人溜溜达达回了酒店。

林桓第一眼看到 Vivian 就觉得眼前一亮,心想外资银行女销售里还有这么性感这么漂亮的,相比之下,之前其他银行来的女销售都可谓是"歪瓜裂枣"了,他本能地想表现出喜欢的样子,可是一想,她是老同学的外甥女,她管自己叫叔叔,所以还得表现得稳重一点儿。

Vivian 第一眼看到林桓的时候,不由得惊诧了一下,五十来岁的人看起来像四十来岁,比自己的舅舅年轻多了,他是怎么保养的?南湖市真是个好地方,地灵人杰,一方水土养一方人啊。他穿的是商务休闲装,看起来很有品位,Vivian 心里油然而生出好感。

Vivian 微笑着说了一声:"林叔叔好!"

林桓听到这一声甜蜜的问好,心好像酥了,但他还是控制住自己的情绪,中规中矩地回应说:"薇薇好!"然后请她们入座。

林桓给她们沏了两杯茶,说:"龙井茶虽然不是南湖市的特产,但南湖离杭州很近,我这茶是龙井茶中的极品,请品尝。"

Vivian 端起了茶杯,用嘴轻轻吹开浮在水面的茶叶,喝进去一小口,含了几秒钟,慢慢咽下,然后竖起拇指赞叹地说:"好茶,真是好茶!"

"你现在喝的是头遍茶,其实龙井茶最好喝的是二遍茶和三遍茶,等会儿你就知道了。"林桓有些得意地说。

"南湖市人民太幸福了,能喝到这么好喝的茶。"

林桓笑了笑:"其实现在哪里都能喝到龙井茶,但要喝到最正宗的除了杭州就是南湖的。"

Vivian 连声附和说:"那是,那是。"

林桓说:"茶你们慢慢喝着,咱们再聊聊正事。"

"我们此次来南湖市,主要是想认识一下林叔叔,我还给林叔叔带了一点我们银行的小礼品,略表心意。"说着把一个有 TK 银行 Logo 的纸袋递给了林桓。林桓客气地推辞了一下,然后接过来放到了办公桌下。

Vivian 接着说:"我们知道南湖集团有一笔日元转贷款,想了解一下是否有做债务保值的需求,然后看看 TK 银行能帮助做些什么。"

林桓略加思索后说:"我们的确有做债务保值的想法,听说有几家日元转贷企业已经做了,但我们对债务保值交易比较陌生,目前还停留在了解的阶段。"

Vivian 紧跟着说:"TK 银行对债务保值交易有丰富的经验,也有比较成熟的产品,希望能有机会给您介绍一下。"

林桓有些不以为然地说:"已经来过几家外资银行了,他们都信心满满,可他们介绍的产品不但没有让我们降低风险反而增加了风险。"

"林叔叔,您看这样好不好,您把这笔日元转贷款的具体情况和现金流告诉我们,我们为你们设计一下最适合的产品然后再来给你们介绍。"

几家外资银行都是托政府的关系来的,谁也不好明着拒绝,所以董事长让林桓来应对处理。说实话林桓今天见 Vivian 完全是看在老同学的面子上,原先只是想见个面聊一聊就算了,但是林桓见到了 Vivian 之后,对她产生了莫名的好感,还有了想再见到她的想法,于是破天荒地把财务部的小刘叫了过来。林桓把 Vivian 的要求告诉了小刘,Vivian 让小刘直接跟 Gloria 对接。

Vivian 看天色不早了，就起身告辞说："林叔叔，本来是应该请您吃个饭的，但是不巧我要去上海看看父母，我很久没回去了，下次过来我一定请您吃饭，您可不能拒绝哟。"

林桓说："好，答应你，回了北京代问你舅舅好。"

Vivian 和 Gloria 一起打车去了机场，Vivian 飞往上海，Gloria 飞回北京。

Vivian 出了虹桥机场，排了半天队才打上出租车，路上又遇上堵车，所以回到家已经晚上 9 点多了，父母知道她今天晚上回家，一直在等她。她一进家门，父母就迎了过来，父亲接过她的拉杆箱，母亲抱了抱她，然后说她肯定还没吃饭，就一头进了厨房，她赶紧对着厨房里的母亲说："妈，我不太饿，要是有的话，给我煮碗馄饨就行了。"

母亲说："好好好，有的，有的。"不一会儿，母亲就端出一碗馄饨放在餐桌上，说："馄饨好了，赶紧来吃吧。"

Vivian 在餐桌旁坐下，拿起勺子往嘴里送了一个馄饨，感叹道："还是上海的小馄饨好吃。"

"知道你爱吃馄饨，这是今天给你现包的。"

"还是妈妈好。"

母亲慈祥地看着她："多吃点，厨房里还有。"

Vivian 一个人在外打拼，辛苦点儿，累点儿，都不怕，但是身边没有人温暖她，她觉得好孤独，现在回到家里，父母的暖暖爱意让她感到家的温暖，她对自己说：回家真好。Vivian 吃完饭，陪父母聊了一会儿，便对他们说："你们起得早，就早些歇息吧，我也有点累了，想睡觉了。"

母亲说："好的，咱们都早点睡吧。"

Vivian 走进自己的房间，发现一切还是以前的样子，什么都没改变，仿佛她从未离开过，她的眼睛湿润了。

第二天一大早父亲就出去买早点了，还顺路去了菜市场买了几样 Vivian 爱吃的菜，但是草头还没有，晚一些才会有。

一家三口坐在一起吃早饭，这是一年也没有几回的场景，所以母亲总是关切地让 Vivian 多吃点儿，Vivian 说吃那么多就会变成小肥猪了。早饭吃完了，母亲收拾好碗筷，就开始为午饭做准备，她一边择菜，一边关心地问起 Vivian 的情况。

Vivian 说："工作挺忙的，但是还都能应付，对了妈妈，我有个客户在南湖市，我可能会经常去南湖市了，要是赶上周末我就回来看你们。"

"南湖市倒是离上海不远，但还是在上海最好，爸爸妈妈能随时照顾你，你要不还是回上海吧。"

"我已经不是小孩子了，能照顾自己。"

"你能照顾什么呀，到现在还没有男朋友，要是在上海我们早就能帮你物色了。"见 Vivian 不说话，母亲继续说，"你那几个同学都已经结婚了，还有咱们邻居家的女儿，她的孩子都满地跑了。我和你爸从来没有催过你，怕你嫌烦，但这次我们不能不催你了，你都 32 岁了，得抓紧了。"

Vivian 说："不是我不着急，只是没有合适的。"

"你舅舅没给你张罗张罗？"

"张罗了，但是不合适。"

"别再挑了，差不多就行了，你越等越不好找了。"

Vivian 又沉默了。这时父亲突然说："现在草头可能来了，我得过去看看，薇薇要不要跟爸爸一起去？"

Vivian 立刻放下手中的菜，说："好，我跟你去。"她挽着父亲的胳膊朝菜市场走去。

父亲说："知道你嫌你妈唠叨，但她也是为你好，你这么大了，还单身一人，我们不放心啊！我不要求你为结婚而结婚，还是要找个合适的，婚姻不能将就，否则也过不好日子。"

Vivian 把头靠在父亲肩上，说："爸爸，你可真好！"

许婧回到北京给肖剑锋打了个电话说自己回来了，肖剑锋说："宝贝辛苦了。"

许婧撒娇地说："就是辛苦了，你怎么犒劳我？"

"怎么犒劳你，老是吃饭也没意思，给你点儿精神食粮吧，周日去看画展怎么样？"

"好啊，我喜欢，谁的画展？"

"你猜猜。"

"那么多画家呢，我猜不出来。"

"哈哈，那我就告诉你吧，是莫奈的画展。"

"太好了，我喜欢莫奈的作品。"

"那就说定了，我去接你。"

"没问题。"

周日那天，天气格外晴朗，肖剑锋开车带着许婧来到了世纪坛。看到来看画展的人很多，许婧感叹道："看来莫奈的粉丝还挺多的。"

"那是，世界级的大师作品当然很多人喜欢了。"肖剑锋指着《日出·印象》这幅画说："这是莫奈1872年从伦敦回到法国后在勒阿弗尔港口创作的一幅油画。它标志着印象派的产生，莫奈也成为印象派的开山鼻祖和西方绘画史上最伟大的风景画家之一。印象派是一种在户外和自然光线下用浓厚的油彩作画的创新绘画艺术，有人赞誉莫奈是'时代的米开朗琪罗'，一点儿也不为过。"

许婧赞叹地说："你怎么知道那么多，你真棒!"

肖剑锋谦虚地说："我也是一知半解，主要是以前看过两次，一次在伦敦，另一次在巴黎。"

他们随后又来到《绿衣女子》这幅画前，肖剑锋又介绍说："这是莫奈在艺术沙龙获奖的一幅作品，是以他的妻子卡米尔为模特创作的。1865 年莫奈与卡米尔相识，两人迅速坠入爱河，这以后卡米尔如冬日暖阳般的爱和陪伴给予莫奈源源不断的绘画灵感，很可惜卡米尔生完第二个孩子就病逝了，莫奈强忍悲痛创作了《奄奄一息的卡米尔》，这幅画也成为名作。后来，莫奈逝世后根据他的遗嘱把他埋葬在了卡米尔身边。"许婧为他们的爱情感动，也为他们的命运多舛唏嘘不已。

从画展出来，许婧一直没有说话，肖剑锋问她怎么了，许婧不无遗憾地说："你说，这世上怎么就没有完美的爱情呢? 莫奈和卡米尔那么相爱，可卡米尔却早早地去世了。"

肖剑锋也无限感慨地说："是呀，真令人痛惜。所以呀，两个人如果相爱，就要珍惜在一起的每一天，好好相爱每一天。每当听到邻居夫妻吵架，我就想不能有话好好说嘛，干吗非要吵架呢。"

许婧问："你不喜欢吵架是吗?"

"当然，我最不喜欢吵架了，吵架其实是伤感情的，而且我最不喜欢动不动就说分手，说分手是最伤人的，除非你真的要分手，否则就不要说。"

"如果咱俩吵架，我要说分手你会怎样?"

"那我就真的以为你要分手了。"

"那然后呢？"

"没有然后了，就分了呗。"

"你不会再找我？"

"不会，因为我认为你说分手就一定是想好了的，找你也没用。"

许婧故意噘着嘴说："那我现在就说分手，我要说100遍。"

肖剑锋笑着说："你要说分手得说100万遍才行。"

许婧扑哧一声笑了："我傻啊，我才舍不得和你分手呢。"

肖剑锋说："我也舍不得，我爱你，宝贝。"

"亲爱的，我也爱你。"

周一到了，忙碌的一周又开始了。

许婧跟 Victor 汇报完拜访东海化工的情况，就回到交易室和邓婕一起商量如何写材料，她说了几个要点之后，告诉邓婕写完了先给自己看一眼再发，因为她知道这份材料很重要，孔曼丽很可能会给其他领导们看。

Vivian 向 Victor 汇报完南湖集团的情况后，发现 Victor 情绪不是很高涨，只对她说了句"继续努力"就没话了。于是她关心地问 Victor 是不是身体不舒服，Victor 说没事。Vivian 又说好久没和 Victor 一起吃饭了，约他下班后一起吃晚饭，Victor 想了想答应了。

Vivian 在南湖边上的时候就想和 Victor 好好聊聊，再加上父母的催促，她下定决心跟他敞开心扉地聊一聊，为自己的幸福做出努力，于是她提前订了一个小包间。她提前到了之后，点了几样 Victor 爱吃的菜，还让服务员打开一瓶红酒醒上。没一会儿 Victor 进来了，他一看桌上有好几个菜，还有红酒，就说："咦，整得这么隆重。"

Vivian 笑着说："老板情绪不高，给老板压压惊。"待 Victor 坐下后，Vivian 先给 Victor 和自己斟上了酒，然后说："说吧，你最近怎么了？"

Victor 没有说话，端起酒杯和 Vivian 碰了一下一口就干了。Vivian 又斟上酒，继续看着 Victor。Victor 连干了三杯酒，还是没说话。

Vivian 等不及了，说："你不说，那我说了。首先，我先给你道个歉，我那天不应该跟莎莎吵架，但是这不怨我，谁让她骂我是狐狸精呢。"她看了 Victor 一眼，接着说，"她是不是回去跟你吵架了？"

Victor 不置可否地看了 Vivian 一眼。Vivian 继续说："当局者迷，旁观者清。我觉得莎莎不适合你。"

Victor 终于说话了："你觉得怎么不适合？"

Vivian 开始数落起来："你看，你一个人在北京，压力这么大，工作这么辛苦，她应该很体贴你才对，可她很长时间也不过来一次，你这个女朋友有跟没有一样，就算好不容易来一回，还不让你高兴。再说她会照顾人吗？她会家务会做饭吗？"

"就算你说得对，那我应该怎样呢？"

Vivian 一听有戏，赶紧说："那就换一个适合的呗。"

Victor 摇摇头说："说换就换，哪有那么容易。"

Vivian 迫不及待地说："怎么不容易，合适的人就在你眼前。"

Victor 最近几天想了许多，他知道 Vivian 对自己的心思，他也喜欢她，甚至有过心动，但他觉得她做个情人也许会更合适，要说作为结婚对象就不合适了，自己一直在海外长大，许多理念、文化，甚至生活习惯都跟她不相同，一起生活肯定会有很多的矛盾，而莎莎在香港出生在香港长大，在美国受过高等教育，许多方面跟自己相似，今后生活在一起矛盾会少得多。另外，Victor 在职场上也混了这么多年，经验告诉他，男老板与女下属之间有点儿暧昧关系对工作不无裨益，但要有度，千万不能发生什么实质性的关系，如果那样可就糟糕了，更不能成为男女朋友，除非你真的爱她，要把她娶回家。

Victor 想今天要和 Vivian 说清楚，于是很诚恳地说："谢谢你的毛遂自荐，也谢谢你一直以来的关心。我最近和莎莎是有些不愉快，但主要是我们俩之间的事，和你没有太大关系，当然莎莎那天和你吵架也有她的问题，女人嘛，都是爱吃醋的，事情过去了就过去了，你也不要再计较。"

Victor 看 Vivian 在认真听，又继续说道，"对于你，我一直把你当作好同事、好搭档，甚至好妹妹，没有想过其他，如果我让你产生了什么误解的话，还请你原谅，我希望我们今后还是好同事、好朋友，不要影响工作。"

Vivian 听了 Victor 说的一番话，觉得他还是挺诚恳的，其实一直以来是自己在追他，是自己一厢情愿，他也的确对自己没表示过什么，但他刚刚说了他和莎莎有矛盾了，有多大的矛盾？两人会不会分手？自己还会不会有机会？好不容易遇到了一个心仪的对象，不想轻易放弃，于是她说："我不会再掺和你和莎莎的事，但我真的觉得你们俩不合适，如果万一哪天你们俩没走到一起，还请你考虑一下我，希望你给我也同时给你自己一个机会。"

Victor 看到自己都已经讲清楚了，Vivian 还在坚持，那她再怎么想是她的事了，眼下也只能是这样了，于是没理会她的话，说："咱们赶紧吃吧，菜都凉了。"说着夹了一大口菜放到嘴里。

Vivian 看他没有回应，但也没拒绝，心想就当你默许了，也跟着一起吃起来。

许婧正在交易室思考方案，电话响了，一看是席文青，就有点儿不耐烦地接起来说："什么事？没事别给我乱打电话，我这儿忙着呢。"

席文青很正经地说："我真的有事找你，出来咱们见个面吧。"

"又让我帮什么 Laurie 的忙吧，告诉你我帮不了。"

席文青急了，说："不是的，你要不出来我就上去找你。"

许婧被席文青缠得没办法，只好说在金融街的咖啡厅见面。因为现在大家都知道她的男朋友是肖剑锋，所以她不愿意让同事看到她和其他男人在一起，所以就没约在大厦下面的咖啡厅。

许婧一进金融街咖啡厅，看见席文青坐在靠窗的位置上，就径直走了过去，急急地说："你有什么事找我，快点说，我忙着呢。"

"那么忙啊，你坐下来我跟你说。"

许婧无奈地坐了下来。

席文青点了两杯咖啡，看了看许婧说："我就是太郁闷了，想跟你聊一聊。"

"我跟你没什么可聊的。"许婧不屑地说。

席文青不在意许婧的态度，自顾自地说："我跟 Laurie 分手了，她被 XYZ 银行炒了，因为有人告发她违反银行规定搞不正当竞争，损害了银行的声誉。"紧接着他低下头把脸靠近许婧，低声说，"有人告诉我，她为了拿到交易和客户上床。"

许婧听不见他的话，不由得把脸靠近了他。

这时候肖剑锋从一家银行出来正经过咖啡厅的窗户，他下意识地往里看了一眼，居然看见许婧和席文青头挨着头在说话，不由得心里咯噔了一下，这是什么情况，难道许婧跟席文青还有什么瓜葛吗？他没进咖啡厅，直接回了银行。

许婧听完席文青的话说："那你就跟她分手啦？"

"那当然，我肯定要分手的啊。"

"你和她分不分手跟我可没什么关系。"

席文青惭愧地说："我真是瞎了眼了，怎么会跟她在一起。"然后又对着许婧愧疚地说，"当初我真不该和你分手。"

许婧又一脸不屑地说："你现在跟我说这些有用吗？"

席文青赔着笑脸说："你现在过得好吗？咱们能不能破镜重圆重新开始？"说着捂了一下肚子。

许婧坚决地说："这是不可能的，我现在有男朋友，你又不是不知道。"

"你和肖剑锋才谈了几天，咱俩青梅竹马谈了多少年。"

许婧突然站起来，说："我再跟你说一遍，咱们俩是不可能的，希望你以后不要再来打扰我！"

这时席文青捂着肚子，大声说："我肚子疼得厉害。"瞬间豆大的汗珠流了下来。

许婧见状忙问："怎么了你？"

席文青疼得从椅子上滑下来倒在地上，许婧一看他病得不轻，得去医院，于是马上拨了"120"。救护车及时赶到，医护人员把席文青抬到担架上推进车里，风驰电掣地赶往医院，许婧也跟着一起到了医院。急诊室医生一诊断就说是急性阑尾炎，要马上手术，因为跟来的人只有许婧,所以许婧签了字。

肖剑锋回到办公室后,怎么想怎么不舒服,许婧和席文青头挨着头的画面怎么也挥之不去,但他忍着没给许婧打电话。好不容易挨到了下班,肖剑锋实在忍不住了,就给许婧打电话,可是电话传出的声音是"您拨打的电话已关机。"

肖剑锋心里发毛,不知道是怎么回事,过了一会儿又拨,还是关机。肖剑锋坐不住了,在屋子里来回踱步,忽然想她是不是回家了,于是就给许婧爸爸打电话问许婧是否在家,得到的答案是"没有"。肖剑锋犯嘀咕了,想去找许婧,可上哪儿去找呢。

手术做了两个小时,席文青被推了出来,许婧上前一看,席文青眼珠子在动,她想没问题了,这时医生过来说幸亏送过来及时,不然再晚半小时就穿孔了。

许婧陪着进了病房,医生说麻醉药效还没过去,先不要给他喝水吃东西。许婧想,谢天谢地,席文青终于没事了。这时她才想起给肖剑锋打个电话,发现手机没电了,心想算了明天再打吧。

席文青的爸爸妈妈来了,看到席文青没事了就放心了,他们一再感谢许婧,说许婧救了他们儿子的命,许婧说不要客气,无论谁碰上都会帮忙的。

许婧一看没自己什么事了,就道别回家了。

肖剑锋等到很晚许婧也没来电话,于是就洗洗睡了,但翻来覆去也睡不着。

第二天一上班,肖剑锋就给许婧打电话问她昨天下午和晚上干什么去了,而且一直关机。许婧说昨天有事出去,手机没电了,她怕肖剑锋知道他和席文青在一起会不高兴,就没提席文青的事,肖剑锋听完没说话就挂了。

一连几天肖剑锋都没有主动给许婧打电话，许婧给他打，他总是没说几句就挂了。许婧不知道肖剑锋为什么忽然对自己冷淡了，自己也没对他不好啊，问他，他也不说。晚上她给蓝华打电话，把这几天的事情告诉了蓝华，蓝华帮她分析说："肖剑锋对你冷淡，一定是觉察到了什么，或者想到了什么。"

许婧疑惑地说："我就是那天碰巧手机没电了，没接到他电话，别的也没什么呀。"

蓝华想了想："你还是应该把那天的事明明白白地告诉肖剑锋，我跟你说，男人表面看起来比女人大度，其实他们的心眼比女人还小，比女人还能吃醋，你现在不说，等以后他知道了，你就更不好解释了。"

许婧觉得蓝华的话有道理，便说："谢谢亲爱的，我知道怎么处理了。"

3

次日，许婧一上班就给肖剑锋打电话说下班一起去看个病人，肖剑锋委婉推辞了，许婧说你必须跟我去，肖剑锋只好无奈地答应了。

下班后肖剑锋很不情愿地跟着许婧来到了医院，一进病房，看到席文青躺在病床上，很是诧异，就问席文青怎么了。席文青说那天突然发病，要不是许婧自己可能就没命了。席文青的父母在旁边也说幸亏那天有许婧帮助，不然就见不到儿子了，说着就眼泪汪汪的。

在回来的路上，许婧就把席文青那天找她聊天的事情讲给肖剑锋听，她真挚地说："剑锋，请你相信，我爱的就是你，不可能是其他什么人。"

肖剑锋明白了事情的缘由，心里的疙瘩解开了，他也向许婧敞开了心扉："两个人在一起，最重要的就是相互信任，这也是感情的基础，没有了信任，两个人的关系也就完了。"

许婧点头称是，她有点儿内疚地说："虽然我坚决地拒绝了他，但还是怕你知道他来找我会不高兴，所以就没敢告诉你。"

肖剑锋忽然笑了起来："我有那么可怕，那么小心眼吗？"

许婧扮了一个鬼脸笑着说："你是个醋坛子，大醋坛子。"然后说，"我饿了，还没吃饭呢，你要请我吃好吃的。"

肖剑锋笑着说："好嘞，咱们走着。"说完开着车一转弯向一家餐馆驶去。

Gloria 告诉 Vivian 收到了南湖集团发来的材料，并汇报说："通过材料来看，南湖集团日元转贷款的结构和冀北电力的很相似，现金流也差不多，都是摊还本金逐期减少，但是没提出他们具体的需求。"

Vivian 想了想说："看来我们还得再去一趟，但得让他们提前准备一下，你给小刘回个邮件说我们很快会再去南湖市。"

Gloria 说声"好的"，就回到了自己的座位上。

Vivian 心想：客户不在北京沟通起来就是有点不方便，不像冀北电力说声"去"抬腿就到了，唉，辛苦就辛苦点吧，只要把交易做成了，能拿到奖金，也就没白忙活。Vivian 让 Gloria 订好了机票，就打电话告诉了林桓，林桓这次表现得很热情，说："你们来吧，我在南湖市恭候。"

自从上次见过 Vivian 之后，林桓还真有些期待，有想再见 Vivian 的念头，两个人年龄差距这么大，而且论起来还差着辈儿，是不是念头有些荒唐？他不禁照着镜子对自己苦笑了一下。

当 Vivian 坐在自己面前的时候，林桓却又表现出一副长辈的样子，跷着二郎腿，拿着劲儿，问道："回北京见到你舅舅了吧？很久没见了，他身体还好吗？"

Vivian 微笑地回答："见到了，他问您好。他身体还挺好的，就是前些日子体检查出来有甲状腺结节。"

林桓不以为然地说："甲状腺结节不算什么大毛病，很多人都有，平时不用管它，如果长大了，有妨碍了，就做手术把它切掉。你看我就做过一次手术，一点痕迹都没有。"说完又补充一句，"甲状腺结节癌变也没关系，它不扩散，切干净了就好。"

Vivian 说："那就好，我回去告诉他别担心了。"然后又好奇地问道，"林叔叔，上次就想问您，您怎么保养得这么好，看起来也就四十来岁，我舅舅看着可比您老多了。"

林桓得意地哈哈笑了两声说："我也没有什么秘诀，一方水土养一方人，南湖市这地方养人啊。"

Vivian 附和着："是啊，看来还真是。"

Vivian 看聊得差不多了，就转移了话题，说："林叔叔，我们这次来就是想了解南湖集团对做债务保值有什么具体要求或目标，您跟我们说说好吗？"

林桓清了清嗓子说："我们主要担心的还是日元升值的问题，所以我们要把还款货币从日元换成美元，但是美元的利率又很高，这样也不划算，因此有没有一个两全的办法帮我们解决问题？"

Vivian 和 Gloria 互相看了一眼，Vivian 说："你们的需求跟我们前不久做过的那家企业的需求基本一样，这样，我们回去后把你们的现金流放进那个结构里测算一下，然后做出一个方案。"

林桓说："可以的。"

Vivian 看了一下表，说："林叔叔，聊了这么久，都到下班时间了，我们一起吃个饭吧，上次说好的。"

林桓摇摇头说："很不巧，我还有点事，这次又不能和你们一起吃饭了，下次来我请你们。"

"那真是不凑巧，下次来还是我们请您。"

许婧问邓婕材料发过去有回音吗，邓婕说还没有。许婧想已经过去好几天了，材料对方应该是看过了，还是打个电话问问吧，于是她打了孔曼丽的手机，响了一声就被挂了，但立刻收到一条短信说现在不方便接听，稍后回复。许婧明白孔曼丽可能在开会。许婧一直等到下班孔曼丽也没回电话，她想孔曼丽许是开会还没有结束，明天再说吧。

第二天一上班许婧就给孔曼丽打电话，电话仍旧响了一声就被挂断了，然后又是一条短信，"现在不方便接听，稍后回复"。咦，孔曼丽这么早又开会了吗？许婧疑惑地想。

等了一上午，孔曼丽一直没回复。许婧耐不住性子了，下午一上班就给李欢打电话，问他知不知道孔曼丽怎么了，李欢说帮她问一问。过了一会儿，李欢回复说，孔曼丽在公司，至于为什么不回复他也不知道，但是他透露就在许婧她们离开之后，孔曼丽又见了F银行的人，结果如何就不得而知了。

许婧回忆上次和孔曼丽谈话的情景，还是比较融洽的，也没给孔曼丽留下不好的印象，她想孔曼丽不接也不回电话，八成是跟F银行有关。想到这儿，许婧急忙找到 Victor 向他汇报了情况，并提出要再去东海化工，不然就前功尽弃了。Victor 问什么时候去，许婧说今晚就飞过去，明天一早就到东海化工。Victor 说："那就辛苦你了，有什么情况及时沟通。"

许婧和邓婕乘坐最晚一班飞机到达东海市已经午夜 12 点了，她们预订的是离东海化工最近的一家酒店，办完入住已经凌晨 1 点了。许婧跟邓婕说马上睡觉，明天上午 9 点以前到东海化工。

第二天早上，许婧和邓婕早早就来到东海化工大门口等候孔曼丽，但是等到 10 点，孔曼丽也没出现，打她办公室电话没人接，打她手机不在服务区。许婧想难道孔曼丽出差了？昨天问过李欢了说她最近不会出差，只好再确认一下，于是又给李欢打了通电话，李欢问过之后说孔曼丽看牙去了，不知道什么时候来上班。

许婧和邓婕昨晚没睡几个小时，此时开始犯困了，于是许婧让邓婕出去买了两杯特浓咖啡，两人一边喝一边继续等待。一直等到快中午 12 点，她们才看见孔曼丽捂着嘴走进大堂，许婧连忙迎过去说："孔总，您来了，我们一直在等您。"

孔曼丽很惊诧地说："啊，一直在等我，你们几点来的？"

"我们 8 点半就来了。"

孔曼丽有点儿愧疚地说："真不好意思，让你们等了这么久，快跟我上去吧。"

在电梯里，孔曼丽说："我的牙龈肿了，正好今天上午没有会，就去看牙了，没想到医院里看牙的人那么多，等了半天才看上。"

许婧问道："您看得怎样？"

"去了先让我消肿，然后拔牙，我才不想拔牙呢，可开的消炎药以前吃过也不管用，唉。"

说话间她们就进了孔曼丽的办公室，许婧一坐下就说："孔总，我的牙也经常出问题，所以我出门老备着药，今天我正好带着呢，要不您试试？"

孔曼丽忙问："你那是什么药，吃着管用吗？"

许婧打开包拿出一盒药递给孔曼丽说："人工牛黄甲硝唑胶囊，我吃着挺管用的。"

孔曼丽接过药看了看说明书："我就吃两粒试试。"说着把药放进嘴里，又喝了一大口水咽了下去。

许婧看孔曼丽吃了药，就说："药效半小时就会起作用。"

"谢谢你啊。我最近工作的事情特别多，忙得焦头烂额，我一着急上火就容易牙龈肿、闹牙疼，真没办法。"

"孔总身体不舒服，我们还来打扰孔总，真是不好意思。"

"没关系，你说吧。"

"上次您让我们整理的材料不知您看了没有？"

"我看了，写得挺清楚的，但还没来得及给其他几位领导看，不知他们看了会有什么意见。"

"那就是一些案例和产品的介绍，也许不一定适合东海化工，您看能不能把 20 亿美元贷款的现金流告诉我们，我们为你们设计量身定制的产品。"

孔曼丽刚才一直捂着嘴说话，但是聊着聊着手就放下来了，许婧估摸着药效发挥作用了，就问道："孔总，现在是不是好一点儿了？"

孔曼丽这才想起来，说："还真是好多了，这个药有作用，太谢谢你了。"

"下次我过来，给您多带几盒备着。"

孔曼丽想，许婧帮自己治好了牙疼，还真得谢谢她，不妨就把现金流告诉她，让她设计产品，当然最后和 TK 银行做不做交易那就是另外一回事了。她又想起上周接待 F 银行大中华区总经理的情形，她也是为 20 亿美元交易而来，出手阔绰，一上来就送自己一个 LV 经典款的包，虽然自己极力拒绝，但最后她还是把纸袋留在了办公室。当然她的要求是这单交易要给 F 银行做，不过自己没有承诺，因为最终还得看产品。TK 银行也是一家有实力的大银行，看看他们的产品也无妨。

想到这儿，孔曼丽说：“你刚才说要我们的现金流是吧，可以给你们，不过你们要尽快把产品设计出来，下周三下班以前吧。”

许婧一听，忙说：“没问题，我们一定会以最快的速度提供给你们。”

许婧和邓婕当天就飞回了北京。许婧下了飞机打开手机，一条短信跳了出来，是爸爸发的：“速来医院，你妈妈又突发脑出血。”

许婧的眼泪唰地就下来了，她让邓婕先回行里，自己打车赶往医院。

路上，许婧忍住泪水给 Victor 打电话汇报了东海化工的情况，告诉他下周三下班之前要提交方案。之后，带着哭腔说，“我妈妈又突发脑出血了，下飞机才看到我爸的短信，我现在得马上去医院。”

Victor 急忙安慰许婧：“你别太着急，赶快去吧。祝阿姨早日康复！”接着又说，“邓婕回公司准备方案，我让 Steve 协助她。你这边有需要随时告诉我。”

许婧赶到医院，看见爸爸和肖剑锋都在 ICU 门口，她立刻跑了过去，急促地大声问道：“我妈妈怎么样了？”

爸爸眼中闪着泪花说：“手术做完了，现在在 ICU，还没醒过来。"

许婧眼泪又流了下来，说："我妈妈这次是怎么了?"

爸爸说："她坐在沙发上看电视，说有点儿累，要到床上躺一会儿，谁知道一站起来就摔倒了不省人事。"

许婧听到这里又哭了起来。这时肖剑锋走上前来抱住许婧说："别哭了，阿姨会好的。"许婧脑袋靠在肖剑锋的肩上大哭了起来。

好一会儿医生才从 ICU 里走出来，许婧擦了一把眼泪走上前去问："医生，我妈妈现在怎么样了?"

医生说："现在还很难说，生命体征明显，但是能不能醒来就不知道了，家属要做好各种准备。"

许婧焦急地说："医生，求你们用最好的药、最好的设备，一定把我妈妈救过来。"

"家属放心，我们一定会尽最大努力的，这是我们的职责。"

肖剑锋看了一下表，时间很晚了，便说："叔叔，这么晚了，您还没吃饭呢，先吃点儿东西吧。"

"我现在吃不下，你和许婧先去吃吧。"

"那也好，我们一会儿给您带点儿吃的回来。"肖剑锋和许婧一同走了出去。

许婧爸爸一个人坐在椅子上，在想上一次许婧妈妈已经躲过了一劫，这次恐怕是凶多吉少了，如果老伴真的走了，自己可怎么受得了呢，风风雨雨几十年，虽有磕磕绊绊，但两人一直相互扶持相互陪伴到现在，虽然没有大富大贵，但小日子也恩恩爱爱、甜甜蜜蜜，老伴啊，你千万不能撒手就走啊! 想到这里许婧爸爸老泪纵横。

正在这时，Victor 带着邓婕和 Steve 捧着一簇鲜花走了过来，看见许婧爸爸就问："对不起，您是许婧的爸爸吧?"

许婧爸爸擦了擦眼泪，说："我就是。"

Victor 握住许婧爸爸的手说："我们是许婧的同事，听说许婧妈妈生病住院了，特意赶过来看看。"

许婧爸爸忙说："这么晚了，你们还过来，真是太麻烦你们了。"

"不麻烦，应该的。但不知阿姨现在情况怎样?"

许婧爸爸忍着泪水说："医生说情况不太好。"

Victor 说："您不要伤心，阿姨一定会好起来的。"

这时许婧和肖剑锋带着饭回来了，许婧看到 Victor 眼泪就流下来了，说："Victor，我妈妈她……"然后哽咽地说不下去了。

Victor 连忙说："别难过，一定会好的。"同时他也看见了肖剑锋，忙说："肖总，你也过来了。"

肖剑锋说："是，过来陪陪叔叔和许婧。"说着就把饭递到许婧爸爸的手里，说，"叔叔，您一定饿了，趁热吃点儿吧。"

许婧爸爸见来了好多人，自己也插不上话，就接过饭走到旁边的椅子上坐了下来。

许婧平复了一下说："Victor，谢谢你们几个来看我妈，我妈病得很突然，一下子就很严重了。"

Victor 说："人有旦夕祸福，指不定什么时候有病，病是不会提前通知的。"

许婧歉疚地说："正在东海化工项目的节骨眼儿上，我妈病了。"

"是，不巧，但照顾你妈妈也很重要，今天邓婕和 Steve 讨论了好长时间，还是遇到些问题，你这会儿如果方便就跟他们讨论一下，真的有些对不住你，在这个时候还和你讲工作。"

许婧忙说："没关系，反正我也是在这儿等着，我这就跟他们讨论。"说着就把邓婕和 Steve 叫到了一边。

Victor 对肖剑锋说："肖总，许婧正在攻东海化工的项目，希望肖总在可能的情况下助一臂之力，这个项目我们还是选择京华银行作为过桥银行。"

肖剑锋笑了一下，说："这个项目我们是贷款行之一，我们是最佳的过桥银行。"

Victor 也笑了起来："当然，肖总所言极是。"

Victor 见许婧她们讨论完了，就跟许婧说："辛苦你了，你也知道，今天是周五，现在已经是晚上了，我们最迟一定要在周日晚上把方案做出来，周一一早发给亚太区审核，然后你们周二带着方案飞过去，周三提交给东海化工，时间非常紧，一会儿邓婕和 Steve 还要回行里加班，我也陪着他们。"

许婧说："那就辛苦你们了，如果有问题随时来找我，我送送你们。"

"你就不用送了，照顾你父亲吧。"然后又跟许婧爸爸道了声"保重"。

许婧让肖剑锋去打壶水，然后等他离开了，跟爸爸说："爸爸，现在是我最忙的时候，妈病了，也不知要住多久 ICU，ICU 每天的费用一万多块钱，我既要照顾我妈，也要挣钱，因此现在这个项目我一定要拿下，拿下了项目我就可以有一大笔奖金。"

许婧爸爸说："我也想了，只要能治好你妈的病，倾家荡产我也认了，上一次你妈生病，家里的钱花得差不多了，这一次不行我们就把房子卖了，等你妈病好了我们就回老家去住。"

"爸，事情还没到那一步，我这儿还有些钱先花着，如果不够我再想办法，你可别跟肖剑锋说啊。"

许婧爸爸说："知道，你们还没结婚，怎么能花他的钱呢。"

肖剑锋打水回来，看见许婧和爸爸低着头好像在商量着什么，等他走过来，他们又不说话了，于是说："你们是商量陪伴的事吧，我可以最近不安排出差，每天下班后都过来，周六周日也没问题。"

许婧接茬儿说："爸爸，你年龄大了经不住折腾，我看你就白天过来，晚上回家睡觉，我和剑锋晚上守着，万一有事再叫你。"

"如果只有几天这样可以，长了就不行了，你们白天上班晚上守护太累了。"

肖剑锋说："没关系，我和许婧轮流睡，明天我弄一个折叠床来就行了。"

许婧爸爸想了想说："这几天先这样，如果你妈过几天还出不了 ICU，咱们再想别的办法。"

许婧和肖剑锋点了点头。

4

Vivian 和 Gloria 准备从行里出发去机场，Gloria 突然喊了一声肚子疼，就捂着肚子弯下了腰，脸瞬间变得惨白，汗也跟着流下来了。Gloria 说了声"不好"，便强忍着疼痛去了卫生间。过了好一会儿，她捂着肚子出来了，抱歉地跟 Vivian 说："我来大姨妈了，疼死我了。"

Vivian 一看她疼成这个样子，说："要不这次你别去了，我自己去吧，你好好休息一下。"

Gloria 抱歉地说："那好吧，只好辛苦你了。"

Vivian 见到林桓，就把方案交给了他，然后给他讲解了一遍，最后说："这个方案完全是根据你们的需求设计的，不知我讲明白了没有。"

林桓说："我听明白了，但还得给其他领导看一看，听听他们的意见。"

"好，如果有什么意见，还请林叔叔及时反馈给我。"

"我会的。"林桓站起来说，"你看你前两次来，都没跟你吃饭，今天我提前把时间安排好了，走，咱们吃饭去。"

Vivian 一听很高兴，说："林叔叔，好呀，咱们走。"

他们打车来到了南湖边上的一家淮扬菜馆，因为来得早，还有一间小包间，入座之后，Vivian 把菜单递给林桓说："林叔叔，您想吃什么就点，千万不要客气。"

林桓摆摆手说："我不会点菜，还是你点吧，不过只有咱们两个人，不要点多了。"

Vivian 点了两个凉菜，四个热菜，一个汤，然后说："无酒不成席，您看来瓶红酒怎么样?"

"好，红酒养生。"

一会儿工夫，酒菜就上齐了。Vivian 给林桓和自己斟上了酒，举起酒杯说："林叔叔，感谢您的帮助，我先敬您一杯。"说着跟林桓的酒杯碰了一下，一口喝了下去，林桓也干了。

Vivian 一边给林桓夹菜一边说："林叔叔，吃点菜。"

林桓客气地说："我自己夹就可以了，你也吃。"

"林叔叔，来了几次，没听您提起过阿姨啊，请她一起来吃饭就好了。"

没想到，林桓一听 Vivian 问起妻子，脸部表情立刻变得痛苦起来，他说："别提了，她前年患了癌症，硬撑了一年，去年走了。"说着一杯酒喝了下去。

Vivian 忙说："对不起林叔叔，我不知道，让您伤心了。"

林桓说："没关系，事情过去一年了，我也想开些了。"说完又干了一杯。

Vivian 关心地问："那您现在跟孩子在一起生活呢？"

"没有，儿子在美国念大学呢，家里就我一个人。"说着又干了一杯。

"那现在谁照顾您呢？"

"谁照顾我，自己照顾自己呗，你不知道一个人孤独的滋味啊。"他几乎是说一句话就干一杯酒，不知不觉喝了两瓶。

Vivian 一看不能再喝了，就劝林桓说："林叔叔，不能再喝了，不然就要醉了。"

林桓的脸和脖子都红了，但他还要再喝，Vivian 没办法又要了一瓶，林桓一边喝着一边说"好孤独"，喝着喝着不说话了，脑袋一歪趴在餐桌上睡着了。Vivian 陪着也喝了不少，站起来脑袋有点儿晕，服务生进来说要打烊了，希望他们快点儿结账离店。Vivian 结完账，请服务生叫了一辆出租车，并帮忙把林桓弄到了车里，但是去哪儿呢？林桓的家不认识，想来想去，还是回自己的酒店吧。

到了酒店，她想，去自己的房间好像不妥，就在隔壁又开了间房，请服务生帮忙把林桓抬了进去放在床上，然后她帮林桓脱了上衣和鞋，盖上被子，林桓此时睡得很死，浑然不知。Vivian 给林桓床边放了瓶水，留了张纸条，打开夜灯，关上门，回到了自己的房间。她累了一天，又喝了好多酒，一阵睡意涌了上来，但是她想自己不能睡着，万一林桓有什么事呢。

　　她觉得林桓也挺可怜的，妻子没了，儿子不在身边，自己一个人的确挺孤独的，平时还好说，万一身体有个不舒服，连一个帮着倒杯水的人都没有，男人不像女人，女人是可以照顾好自己的，但是男人离不开女人。

　　她又想到自己，三十多岁了，至今没有男朋友，追 Victor 也没个结果，自己也挺可怜的，她想放弃 Victor，但其他好男人都在哪儿呢，自己怎么总是遇不上？她忽然想到，如果遇上一个像林桓这样的人自己会不会爱上——妻子不在了，孩子在国外，有房有车，又有地位，挣钱也不少。但这个想法立刻就被她否定了，自己简直是胡思乱想。想着想着困意越来越浓，最后终于抵挡不住靠在沙发上睡着了。

　　等她睡醒了，天已经大亮。她赶紧起来，出了房间，来到隔壁，耳朵贴在门上听了一会儿，里面没有动静，估计林桓还没醒来。她匆匆收拾好行李，打了车往机场赶去。路上她给林桓发了个短信，告诉他酒店费用已付，自己有事赶回北京，希望他多多保重。

　　林桓一觉睡到了中午，他起来后很惊讶，自己怎么在酒店的房间里，一回头看见床头柜上有张纸条：林叔叔，您喝酒喝多了，我给您开了个房间，如果起来后有事就叫我，我就在您隔壁。他这才想起来昨晚跟 Vivian 吃饭喝酒了，一定是喝醉了，她把自己送到了酒店。他又打开手机，看到 Vivian 的短信，知道她回北京了。

　　林桓觉得面子丢大了，跟一个女孩子吃饭还喝大了，也不知醉了之后自己说了些什么。他心想，Vivian 还是一个挺细心挺温柔的人，把自己安排得很好，他对她的好感又加深了一层。

这两天，许婧人虽在医院里，但一直跟邓婕反复通过电话讨论方案的事。周日下午，邓婕拿着方案的草稿来医院找许婧做最后的修改，许婧最后又提了两条意见，说："我觉得差不多了，明天上午可以发给亚太区了。"

邓婕不好意思地说："这几天一直在烦你，让你在医院也不能安心。"

"你们也一样，连续加班也很辛苦，只要我们的付出有成果，一切努力都是值得的。"

"我回去做最后的整理，你休息一下吧。"

邓婕走了之后，许婧又给 Victor 打了电话："我又最后修改了一遍，方案确定了，明天一早可以发给亚太区，但还得请你盯住了，让亚太区及时回复我们。"

Victor 说："这你放心，我会的。但你要得空休息休息，周二还要出差，别累垮了。"

许婧说："我知道，谢谢。"

周一席文青来到医院做复查，医生说他恢复得很好，也不用再服什么药了，只是短期内不要做剧烈运动，他高兴地出了诊室，一抬头看见许婧从前面走了过去，他想许婧到医院干什么来了？急忙追过去喊了一声："许婧，是你吗？"

许婧刚从医生办公室出来，听到后面有人喊她，就站住了，回过头一看是席文青，就说："是你呀，怎么了，又病了？"

席文青说："我是出院后来复查的。"他看许婧一脸疲惫，无精打采的样子，问道："你怎么来医院了，哪不舒服？"

"是我妈生病住院了。"说着眼圈就红了。

席文青忙问："是吗，阿姨得什么病了？"

"脑出血，现在 ICU 呢。"

"啊，这么严重，我得去看看。"说着就跟着许婧来到了 ICU 外面。透过玻璃，他看到许婧妈妈躺在病床上，闭着眼睛一动不动，脸上罩着氧气面罩，浑身上下插满了管子，医生和护士在很多仪器前忙来忙去，他想许婧妈妈这下遭罪了。他把许婧拉到一边问："阿姨住 ICU 几天了？"

"好几天了，还没醒来。"

"我知道 ICU 的费用很高，不知道你的钱够不够用，我这里有20 万，你先拿去用，不够我再给你。"说着拿出一张卡递给许婧。

许婧忙说："我还有钱，谢谢你了。"说着把他的手挡了回去。

席文青坚持说："你千万不要跟我客气，咱俩青梅竹马，况且你还救了我一命，于情于理你都得收下。"说着把卡硬塞到了许婧手里。

许婧想，妈妈治病可能真的需要很多钱，要不就先拿着，如果用不着再还他。于是说："算你借我的，我以后肯定还你。"

"好吧，随你。那我就先走了，得空我再来看阿姨。"

"我送送你。"两人一边说着一边朝外走去。

肖剑锋今天来得早，到了 ICU 外面发现许婧和许婧爸爸都没在，刚坐下来，一个护士拿着一张单子走过来问："你是病人家属吧，ICU 的押金不够了，请你去交一下费。"

肖剑锋说"好"，就接过了单子，他知道 ICU 的费用很高，也不知道许婧她们缺不缺钱，几次想问，但他知道许婧的性格，她一定不会接受自己的钱，所以就没有开口，正好这会儿交费单给了自己，于是他就去把押金交了。

交了押金出来，肖剑锋看见许婧和席文青在道别，他就没有过去，而是直接去了 ICU 外面等许婧。一会儿许婧回来了，看着她心情难得不错，便问："你刚才出去了，遇到什么高兴的事了？"

许婧说："就是刚才席文青来了，他来医院复查正好碰上。"

"你好几天都一直愁眉苦脸的，难得看见你高兴。"

"席文青说他爸爸认识医院的院长，让他爸给院长打电话关照一下。"许婧没把卡的事告诉肖剑锋。

肖剑锋说："那是好事。"他也没告诉许婧交押金的事。

时间已经是周二上午了，许婧妈妈还没醒来，亚太区也没有回复，许婧焦灼万分，她给 Victor 打电话怎么也打不通，于是又给邓婕打电话，邓婕告诉她亚太区的那个同事休假了，不知哪天回来，Victor 这两天疯了似的给亚太区打电话，甚至打到了欧洲总部。许婧进了外资银行才知道，外资银行休假比天大，如果某人事先提出某天休假，即便天塌下来这假也得休，而且可以电话不接，邮件不回复，所以毫无办法。

Victor 终于来电话了："许婧，亚太区那个同事明天上午回来上班，我已经跟他的老板协调好了，一上班第一件事就是处理我们的案子，你和邓婕今天晚上先飞过去，明天我得到回复就给你电邮过去，你放心，我会一直盯着的，只是辛苦你了。"

许婧说："好吧，我一会儿就去机场。"

许婧不放心离开妈妈，可这个差又不能不出，肖剑锋安慰她说："这里有我和叔叔，你就放心去吧，只是你要注意休息，千万别累病了。"

许婧点点头，泪水涌了出来。

许婧本来想在飞机上睡一觉，可是上了飞机怎么也睡不着，她担心妈妈会出意外，而自己又不在她身边，但是为了给妈妈治病她又需要拼命挣钱，真是难死了，想到这里眼泪止不住流了下来。

飞机正点到达东海，一下飞机，许婧就迫不及待地给肖剑锋打电话问妈妈的情况，肖剑锋说："还是老样子，叔叔已经回家了，我在医院守着。"

"剑锋，这些日子辛苦你了，等我妈妈病好了，我一定好好陪陪你。"

"只要阿姨能治好病，我就是辛苦点儿也是值得的。"

许婧动情地说："剑锋，幸亏有你，不然我都不知道这些日子要怎么熬过来。亲爱的，我爱你。"

"宝贝，我也爱你。到了酒店洗个澡就睡吧，你太缺觉了。"

"我会照顾好自己的，你放心吧。"

许婧挂了电话，手机提示音响了一下，一看是席文青的短信留言："许婧，你好！打你电话关机了，我爸爸已和院长说好了，明天几个专家给阿姨会诊。"许婧感到又多了一份希望，祈盼妈妈会战胜病魔，出现奇迹。

许婧到了酒店，洗完澡就上了床，她太累了，很快就睡着了。她梦见自己和肖剑锋在举行婚礼，肖剑锋在对她发表誓言："我，肖剑锋，全心全意娶你做你的丈夫，无论是顺境还是逆境，富裕或贫穷，健康或疾病，快乐或忧愁，我都将毫无保留地爱你，我将努力去理解你，完完全全信任你，我们将成为一个整体，互为彼此的一部分，我们将一起面对人生的一切，作为平等的忠实伴侣相伴一生。"她当时就泪流满面，也发誓："我，许婧，全心全意嫁给你做你的妻子，无论是顺境还是逆境，富裕或贫穷，健康或疾病，快乐或忧愁，我都将毫无保留地爱你，我将努力去理解你，完完全全信任你，我们将成为一个整体，互为彼此的一部分，我们将一起面对人生的一切，作为平等的忠实伴侣相伴一生。"然后，肖剑锋和她热烈相拥并接吻。这时爸爸妈妈走上前来，说："祝你们白头到老，永远幸福。"肖剑锋挽着爸爸的胳膊，自己挽着妈妈的胳膊，一家人站在一起笑得开心灿烂。

许婧咯咯地笑了，她被自己的笑声笑醒了。她不想睁眼，想永远定格在那个开心的画面里。

许婧和邓婕在酒店里吃完早饭就等 Victor 的消息，时间一分一秒地过去，她们也越来越心焦，眼看着就快到中午了，还是没有音讯。

邓婕沮丧地说："这次是不是赶不上了，要是晚一两天交行不行？"

许婧说："不要说丧气话，咱们要坚持等到最后一刻，实在不行再想别的办法。"

邓婕说："那好吧。现在都中午了，咱们先吃点饭吧，你看出去吃，还是在酒店里吃？"

许婧想了一下说："咱们得等消息，拎着电脑出去吃饭也不方便，还是在酒店里吃吧。"于是她们来到中餐厅，因为都觉得没胃口，每人只点了一碗馄饨。

忽然，许婧的电脑邮件提示音响了一声，两个人都一激灵，同时凑过去看，许婧赶忙点开，果然是 Victor 转发来的方案回复，她们立刻来了精神。邮件上说基本同意设计的方案，只是在一两个小地方要修改一下。

　　许婧和邓婕高兴极了，顾不得吃饭就连忙修改起来。修改完了，邓婕赶忙来到商务中心打印了一份纸质版，按照要求要同时给东海化工提供电子版和纸质版。之后，她们打了一辆出租车匆匆赶往东海化工。

　　她们进到孔曼丽办公室的时候已经下午5点钟了，距离下班还有半个小时。

　　孔曼丽说："原以为你们来不了了，不过你们还算是准时。"

　　许婧解释说："因为我们方案设计出来后，要提交亚太区有关部门审核批准，不巧负责的那位同事休假了，今天刚来上班，所以时间有点儿紧张。"

　　邓婕接着说："许婧妈妈脑出血昏迷不醒，现在还在医院抢救，许婧是从医院赶过来的。"

　　孔曼丽有些感动："你们太敬业了，我们一定认真地看你们的方案。"

　　许婧说："谢谢孔总，如果需要讲解方案，请及时告诉我们，我们随时可以过来。"

　　孔曼丽说："好，咱们保持电话沟通。"

　　许婧和邓婕离开东海化工后又匆匆赶往机场。

　　飞机在夜幕中徐徐降落在首都机场，许婧的心又揪起来了。她对邓婕说了声"拜拜"，就连忙赶往医院。

　　许婧到了ICU外面，发现肖剑锋和爸爸都不在，往ICU里看了一下，妈妈也不在了，床上已经换了别人，她以为妈妈去世了，顿时大哭起来。值班护士连忙过来，说她的妈妈已经搬到了普通病房，她立刻又破涕为笑，以为妈妈没事了。于是她来到了普通病房，肖剑锋和爸爸都在，她几步上前："妈妈，妈妈，你醒了是吗?"妈妈一动不动,没有反应。她转身问他们:"我妈妈到底醒了没有?"

许婧爸爸说:"还没醒。"

"那为什么换到普通病房了呢?"

"出来跟你说吧。"许婧爸爸拉着许婧出了病房,肖剑锋也跟了出来。

许婧急得不得了:"这到底是怎么回事?"

许婧爸爸说:"今天下午几个专家给你妈妈会诊了,他们说你妈妈生命体征稳定,但是已经进入植物人状态,任何抢救已经无效,所以就出了 ICU。"

许婧一听妈妈成为植物人了,又哭了起来:"那她还会醒过来吗?"

许婧爸爸说:"专家说,醒过来的可能微乎其微,而且还有突然恶化的可能。"

许婧止不住大哭了起来:"那可怎么办?"

肖剑锋在旁边安慰许婧:"别哭了,当心哭坏身子。我们正在想办法,医生说因为不需要抢救治疗了,所以不能长期住在医院里,但目前也不适合住在家里,最好是找一家康复医院住一段时间观察观察再说。"

许婧不哭了,她在认真想康复医院的事。她上网查了一下,北京倒是有一些,但不知哪家合适,一看时间太晚了,心想明天一早打电话问吧。

第二天一早,席文青来电话问昨天专家会诊的情况,许婧说:"专家说我妈是植物人了,需要转到康复医院去,我上网查了几家,还没来得及问呢。"

席文青说:"我知道有一家不错,护理很到位,卫生条件也很好,就是贵了一点,一个月1万多。"

许婧说:"只要条件好,能让我妈醒过来,贵点儿就贵点儿吧。"她停顿了一下,又说,"你今天有空吗,能否带我去看看?"

席文青一听,心里美极了,十分乐意:"这是我义不容辞的事,况且不是外人,是我阿姨,你等我,我马上开车去接你。"其实,席文青对许婧还没有死心,特别是许婧救了他之后,他感到许婧对他是真的好,他特别想为许婧做点儿什么来感化她,兴许有一丝机会呢,所以许婧有事求到他,他是巴不得的。

许婧看完康复医院之后觉得很满意,回来就跟爸爸说康复医院找到了,又告诉了肖剑锋,他们觉得许婧说好应该就是好。于是他们商议周一办了出院手续就去康复医院。

周一上午8点,许婧来办出院手续,她知道原先交的押金肯定早就不够了,但医院也没催她续交,她心想医院还挺人性化的,便准备刷卡补交,可是没想到医院非但没让她补交,还退给她好多钱。她觉得一定是搞错了,可一问医院说几天前就续交过了。她想,自己没交,爸爸肯定也没交,因为爸爸没多少钱,席文青给自己卡了,肯定不会再交,那只能是肖剑锋了。她深深感受到了肖剑锋的爱,肖剑锋在自己困难的时候一声不吭地帮助自己,不论是出钱还是出力,真是个有担当的男朋友,她想等妈妈好一些了,找机会好好犒劳犒劳他。猛然,她又想起了几天前做过的梦,脸上不禁有了几分甜蜜的羞涩。

Vivian好几天没接到林桓的电话,心想方案不会有问题吧?于是她拨通了林桓的手机:"林叔叔,您最近怎么样,还好吗?"

　　林桓有气无力地回答："薇薇呀，我有点事休息几天。"

　　Vivian 听出了周围环境，好像是在医院，便问："林叔叔，您是不是在医院啊？"

　　林桓一想她知道了，也就不再隐瞒了："是，我是在医院。"

　　Vivian 着急地问道："林叔叔，您怎么了，哪里不舒服？"

　　林桓轻描淡写地说："没什么大病，过几天就出院了。"

　　Vivian 一听都住院了，肯定不是什么小病，自己应该去看看林桓，于是说："您好好待在医院，我过去看您。"

　　Vivian 跟 Victor 说明了情况，立刻就赶往机场。她到了之后想，买点什么东西呢？因为不知道林桓得的什么病，所以也不知道该买什么东西，于是在医院外边买了一束百合花进了医院。

　　Vivian 进了病房，林桓躺在床上闭着眼睛，她想林桓肯定是睡着了，不要惊醒他，就把花放到了窗台上，搬过椅子坐在了床前，看着熟睡的林桓。

　　她觉得林桓好像瘦了，两鬓有些白了，还真应了自己的话，生病了身边连个人都没有。这在医院里还好，有护士帮忙，要是在家里就太凄惨了，自己既然来了就照顾照顾他吧。

　　林桓好像在做深呼吸，鼻子一下一下地动着，说："怎么这么香啊。"

　　Vivian 见林桓醒了，说："林叔叔，您醒了。"

　　林桓此时还闭着眼："护士，这花香真好闻啊。"

　　Vivian 说："林叔叔，您好，我是薇薇。"

　　林桓一听是 Vivian 来了，立刻睁开眼："你真的来了！"说着就想坐起来。

　　Vivian 见状赶忙起身扶着林桓靠在了床头："林叔叔，您得的什么病啊?"

"老毛病了,痛风。"

"痛风会痛死人的。你吃了什么不该吃的东西了?"

"没吃什么,就是那天没控制住,多喝了几杯。"

Vivian 很自责:"对不住林叔叔,都是那天我没照顾好您,让您喝了那么多酒,以后可不敢了。"

林桓说:"那天不怨你,是我没控制好自己。"迟疑了一下又说,"那天我失态了,没说什么不该说的话吧?"

"没有。您的酒品还是很好的,喝多了就是睡觉,哈哈哈。"Vivian 笑了起来。

林桓说:"那就好。"也跟着笑了。

Vivian 看着林桓说:"您都瘦了,得补一补身子,医院的饭不好吃吧,您看有什么想吃的,当然在您可以吃的范围内,我到外面饭馆给您端来。"

"不用了,挺麻烦的,我就吃医院的病号饭吧。"

"一点也不麻烦,我也得吃饭,端回来我陪您吃。"

林桓看 Vivian 很坚持,就说:"那就有劳你了。"

Vivian 出去了一会儿,拎着饭,还挑了几样水果一起回来了。Vivian 递给林桓一张消毒纸巾:"您擦擦手,赶紧趁热吃。"

林桓顺从地擦完了手,"那我就不客气了。"

吃完饭,Vivian 收拾了餐具放进垃圾袋子里,然后洗了几个水果放到床头柜上,关心地说:"您想吃了就吃,吃完了我再去买。"

过了一会儿护士进来送药:"家属您好,现在探视时间已过,您得离开了。"

Vivian 只好站起来,对林桓说:"林叔叔,那我就先走了,明天我再来。对了，您里面的衣服该换了吧，您晚上换下来，我明天送到旁边的洗衣店去洗。"

"不用麻烦了，我凑合着再穿两天就出院了。"

Vivian 忙说："一点也不麻烦，上午送，下午就取回来了。那我走了，您好好休息。"

林桓觉得 Vivian 的到来，使他感受到了女人的体贴，有一种家的感觉，这种感觉好久没有了，Vivian 是个好女人。

第二天上午，医生刚查完房，Vivian 就来了，她先给林桓打了开水，看着他吃完药，然后把林桓换下来的脏衣服装进袋子里拎着去了洗衣店。

中午，Vivian 又从餐馆端回来几个菜，林桓吃得很开心。

下午，Vivian 从洗衣店取回衣服，叠好放进柜子里，嘱咐道："林叔叔，记得要换衣服啊。"

林桓感慨地说："薇薇，有男朋友了吗？这辈子谁要娶到你，可就幸福死了。"

Vivian 不好意思地说："还没有男朋友呢。"

"你是眼光太高了吧。"

"也不是太高，就是一直没遇见合适的。"

"我相信一定有很多人追你的。"

"没有啦。"

"你是上海人吧，我们公司就有好几个上海人，都挺不错的，上海人我喜欢。"

"我是土生土长的上海人，我爷爷那辈是从宁波过来的。"

林桓突然想起来这两天光顾着跟 Vivian 拉家常了，还没说过方案的事呢，于是说："薇薇，我还没告诉你呢，你们的方案我看过了，是个不错的方案，但老板的要求又进了一步，债务光保值还不行，还得增值。"

Vivian 想这老板够狠的，能保值就很不错了，还得增值，自己得好好琢磨琢磨。"林叔叔，那我得回去再重新设计一下。"

"薇薇，我也不瞒你，其他的几家外资银行都是通过政府的关系介绍来的，都不好得罪，所以老板就想提高需求，让有些人知难而退，然后再搞一次公开招标，谁中标就跟谁做。"

Vivian 心想，这难度越来越大了。不过她又想，自己没有一点政府关系，林桓也只是舅舅的同学，公开招标对自己来说还算是公平的，于是她问道："招标的日期定了没有？"

林桓说："还没定，现在评标的人还没确定呢。"

"评标的人是南湖集团内部的人，还是请第三方机构？"

"多数人倾向于第三方，因为这样就谁也不得罪了。"

这次来看林桓是对的，不然自己就很可能被排除在外了，得赶紧回北京，要不时间怕不够用了，这么一想，Vivian 赶忙说："林叔叔，既然这样，我就得回北京设计新方案了，招标什么时候开始，还请您提前告诉我一下。"

林桓说："谢谢你两天来的照顾，你回去吧，我没两天也要出院了，招标时间一定下来我马上告诉你。"

Vivian 说了声"谢谢"，便出了医院直奔机场。

第十章

没有捕捉不到的猎物，就看你有没有决心去捕；没有完成不了的事情，就看你有没有野心去做。奋斗就是开始时每一天都很难，可一年一年越来越容易。不奋斗就是开始时每天都很容易，可一年一年越来越难。成功的门大都是虚掩的，只要你勇敢地去叩，成功就会热情地来迎接你。成功的秘诀就是抓住目标不放手。

1

这家康复医院坐落在市郊一片园林之中，山清水秀且静谧，真是养病的好去处，特别是附近还有一家三甲医院，给病人的医疗带来便利。

许婧妈妈住的是一个单间，两张床，一张妈妈用，另一张是陪伴的人用，房间里还带有一个卫生间。护理员身着护士装，看着干净利落，她们每天定时来为许婧妈妈通过鼻饲喂食、喂水、输液、翻身、擦拭、按摩。保洁员每天来打扫卫生，整个房间干净整洁。

许婧爸爸就住在了这里，据说要想唤醒病人，就要每天不停地跟病人说话，于是他从早到晚跟许婧妈妈说话，为她读书、讲故事。许婧只要下班早就会来看妈妈，跟妈妈说说话，给妈妈唱歌听。肖剑锋周末也会来看许婧妈妈。

这天许婧接到了孔曼丽的电话，说东海化工遴选出两家外资银行的方案，一家是 TK 银行，一家是 F 银行，两个方案要做最后的比较，所以请许婧马上过去一趟。许婧赶紧向 Victor 做了汇报，并建议 Victor 跟她一起去东海化工。Victor 说自己应该去一趟了，并叮嘱许婧和邓婕好好准备。

第二天，许婧一行三人乘早班飞机飞往东海市，到了酒店之后，三人稍事休整，换了衣服就赶往东海化工。

Victor 穿了一身深灰色西服套装，白衬衫配红色领带，脚下黑色皮鞋锃亮；许婧和邓婕各穿了一身黑色西服套裙，黑色丝袜配黑色高跟鞋。三个人精神抖擞，职业范儿倍儿足。

按照时间安排，F 银行先讲，他们三人到了之后，F 银行的人还在会议室没出来，他们在外面等候。过了一会儿，F 银行大中华区总经理率先走了出来，经过他们时十分傲慢，扫了他们一眼，用鼻子"哼"了一声。三人见状觉得好笑，但忍住了没笑出来。随后他们三人进了会议室，对面坐了四个人，孔曼丽向他们介绍说中间的两位分别是董事长和总裁，董事长旁边的是副总裁，孔曼丽坐在总裁旁边。Victor 稍微欠了一下身说："领导们好。"说着把自己的名片双手递给了四位领导。

董事长客气地伸手请他们入座，然后说："欢迎你们百忙之中来到东海化工。"

Victor 礼貌地说："承蒙邀请，谢谢董事长。"

董事长说："前期你们和孔总谈了多次，你们的方案我们认真地研究过了，认为方案还是不错的，所以今天请你们来，就是想双方再进一步沟通一下。"

"是的，前段时间我们团队的许婧和邓婕来访过多次，与孔总进行了多次有效的沟通，对于此次邀请，我们表示衷心的感谢。下面就请许婧把我们的方案再做进一步的解释说明。"

董事长说："请。"

许婧首先将方案发给四位领导，并解释说："我们的方案与过去基本一样，只是有关数字有一点小的改动。"然后许婧把方案完整地介绍了一遍，最后面对四位领导说："我们建议东海化工选取相对比较简单的结构来做，根据我们的测算，美元掉期成欧元之后，在每一期互换时如果汇率波动很大，就会给东海化工带来较大的风险，为了降低汇率风险，我们设置了一个区间，比如 1.3 ~ 1.35。如果市场汇率在这个区间内，我们就按市场汇率交换；如果市场汇率超出这个区间，我们就按它的上限即 1.35 来交换，这样东海化工的汇率风险得到很大的规避。"

孔曼丽插话说："如果汇率高于 1.35，东海化工岂不就不划算了？"

许婧笑了笑："这正是我接下来要说的。孔总说得对，如果欧元兑美元的市场汇率高于 1.35，东海化工是不划算的。但是从目前汇率以及长期走势来看，欧元兑美元的汇率将会一直往下走，因为美国经济逐步在好转，特别是近两个季度的经济数字一直表现良好，而欧盟的经济处于停滞不前，欧元上涨没有动力。"

东海化工的总裁说："现在流行结构性产品，据说结构越复杂，越能规避风险，你们的结构是不是太简单了？"

许婧想：F 银行的方案一定是复杂的结构性产品，他们够黑的，想挣一笔大钱啊。于是她耐心地解释说："我以为选择产品不是看它复杂不复杂，而是看它是否适用。复杂的产品结构就是多加几个 Option（期权），而每加一个 Option，就意味着要多付出一笔费用。我们的方案简单、适用、一目了然。"

董事长与其他三位小声商议了一下说:"今天的交流就到这里,我们要再商议一下,感谢你们的到来。"

Victor 忙说:"感谢董事长和三位领导给我们这个机会。快到吃饭的时间了,我建议,我请大家一起吃个便饭,有问题我们还可以在饭桌上继续讨论。"

董事长委婉地拒绝说:"时间来不及了,我们还要开个会,下次吧。"

Victor 说:"好,那就留在下次。"说完三人出了会议室。

Victor 一行人刚走出会议室,孔曼丽的电话响了,她一看是李欢,接起来说:"李处,你好!"

"孔总,你好!听说你们在和两家外资银行谈方案,需要我们帮忙吗?正好我们总行金融市场部的肖总明天到东海,要不要请他过来聊一聊?"

孔曼丽心想,这个电话来得真是时候,她小声地问了一下董事长,董事长点了点头,于是孔曼丽说:"那太好了,我们正想请教请教。"

李欢说:"那就明天下午两点好吗?"

孔曼丽点头说:"好。"

董事长看孔曼丽挂了电话,便提议:"那咱们今天就先不讨论了,回去大家想一想,明天见完肖总再讨论。"大家说"好",然后走出了会议室。

Victor 三人站在公司大堂里商议要不要再见一下孔曼丽问问情况,这时看见总裁匆匆从电梯里出来,出了大堂,上了门口一辆黑色的商务车,车窗摇了下来,他们看见里面是 F 银行的人。他们的心沉了一下，刚才在会议上，总裁明显是在打压他们为 F 银行说话，看来 F 银行与总裁的关系不一般，此次凶多吉少。

他们默默地回到了酒店，谁也不想吃饭，都坐在 Victor 房间的客厅里。邓婕灰心地说："我们也没有东海化工内部的关系，看来算是白忙活了。"

许婧看着邓婕垂头丧气的样子，打气道："事情还没到最后一步，先不要下结论，也许不会那么惨。"

Victor 说："是呀，还没到结局呢，咱们再想想办法。"

许婧忽然想起来，应该给李欢打个电话，于是拨通了他的手机："喂，李处，方便说话吗？"

李欢看到是许婧的电话很高兴，乐呵呵地说："大美女啊，怎么，又来东海了？"然后有点儿嗔怪地继续说，"来了也不告诉我一声，好去机场接你啊。"

"知道李处大忙人，不敢轻易打扰啊。这不开完会刚好是中午了，就给你打电话了呀。没影响你午休吧？"

"没有，没有，我中午很少睡觉。说吧，有什么我可以帮你的？"

许婧把上午开会的情况描述了一下，然后说："我们想知道开完会的结果，你跟东海化工的人熟，想请你帮忙问一问，最好是再推荐一下我们。"

"问一下没问题，不过我想他们不会很快定下来的，至少要等到明天以后。"

许婧不解地问："为什么？"

李欢卖起关子："因为他们先要见一个人。"

"见谁呀？"

"你猜。"

许婧想了半天也想不出来是谁，撒娇地说："别让我着急了，告诉我嘛。"

李欢哈哈大笑起来："你的老领导，肖剑锋。"

许婧不敢相信李欢的话，肖剑锋要来东海自己怎么不知道？"你跟我逗着玩儿吧？"

李欢着急了："千真万确，我帮忙约的，明天下午两点见他们的董事长。"

许婧这回相信是真的了，感激地说："谢谢你告诉我这个好消息，我跟肖总联系一下，你别忘了也帮我们做做工作，回头我请你吃大餐。"许婧挂了电话，顿时高兴了起来："这回我们的救兵要到了。"

Victor和邓婕听许婧在电话里说得热闹，但不明白在说什么，又听许婧说"救兵要到了"，更是丈二和尚摸不着头脑，便问："救兵是谁呀？"

许婧羞涩地说："肖剑锋。"并把明天下午肖剑锋将与董事长会面的事告诉了他们。

他们两人立刻眉开眼笑："真是救兵到了！"

许婧躲到一边给肖剑锋打电话，打了几次里面都说"您拨叫的电话已关机"。许婧此刻想见到肖剑锋的念头非常强烈，但她知道，肖剑锋在飞机上。

Victor说："邓婕，赶紧订一家好的餐馆，咱们今天晚上好好请肖总吃一顿。"

许婧说："他可能没时间跟我们吃饭，分行领导肯定要给他接风的，咱们在场不合适。"

Victor 觉得是这么回事，但转念一想，错过了今晚，明天就更没有机会了，他对许婧说："那你看肖总饭后能不能抽出时间来跟咱们聊一聊？"

许婧说："等他来了，我问问他。"

Victor 这时摸摸干瘪的肚子说，"中午没吃饭，我都饿死了。"许婧和邓婕也才意识到还没吃午饭呢，"是啊，我们也饿了。"

Victor 一看表，已经下午 5 点了，手一挥说："餐厅开始营业了，走，咱们去填饱肚子。"

进了中餐厅，入座后，许婧估计肖剑锋的飞机快到了，就趁着 Victor 点菜，给肖剑锋发了一条短信，让他到了给自己打电话。

因为时间尚早，吃饭的人还都没来，他们是第一桌，所以菜上得很快。Victor 拿起筷子："咱们都别客气了，开始吃吧。"

许婧和邓婕也拿起筷子："好，一起吃。"

吃到一半，许婧的电话响了，一看是肖剑锋，她拿着电话走到旁边接了起来："喂，剑锋，你到了？"

"是，飞机刚刚着陆。"

"你真坏，为什么不告诉我你要来东海？"

肖剑锋呵呵笑了起来："原本是要给你一个惊喜，没想到还是被你知道了。"

"我想死你了，什么时候见我？"

"分行来接我了，一会儿直接去吃饭，估计得到 9 点钟以后。"

"Victor 也想见你，约你晚饭后一起坐坐。"

"好吧，吃完饭给你打电话。"

"多吃菜，少喝酒啊。"

"得嘞，遵旨。"

许婧回到桌上，对 Victor 说："肖剑锋 9 点钟以后有空。"Victor 说："好，咱们等他吃完饭。"

9 点多了，肖剑锋给许婧打来电话说，他先到酒店办入住，让他们到他的酒店找他。Victor 三人打了一辆出租车去了肖剑锋的酒店。他们在大堂等候，许婧给肖剑锋打电话说已经到了。

不一会儿，肖剑锋带着陪同他的苏琪来到了大堂。Victor 一见肖剑锋，就立刻站起来迎了过去："肖总，你好啊，好久没见了，没想到在东海见面了。"

肖剑锋热情地握住 Victor 的手："你也好吧，看着还是那么精神。"

Victor 一边让座一边说："还精神啊，都快焦头烂额了，终于把肖总盼来了。"

肖剑锋说："谈得不顺利?"

Victor 就把上午的情况跟肖剑锋说了一遍："东海化工现在是二选一，我们的胜算小一些，在方案上可以说我们跟 F 银行平分秋色，各有各的特点，但我们没有内部关系，F 银行把总裁搞定了，总裁支持他们。"

肖剑锋思忖了一下，说："关系的确重要，但企业最终还是看哪个方案能给他们带来的利益最大，你们不要轻易言败，不一定没有胜算。"

Victor 皱着的眉头展开了一点儿："听了肖总的话，好像吃了一颗定心丸。"

肖剑锋又说："除了信心之外，还要考虑各种可能性，要有灵活的策略，你们想过双赢或多赢吗?"

Victor 不解地问："怎么双赢或多赢?"

肖剑锋胸有成竹地说："根据你的介绍，东海化工在两个方案之中难以选择，在这种情况下，关系可能会起决定作用，但是如果两个方案都选会是怎样？"

Victor 恍然大悟："两家各做一半，把交易分成两笔来做。"

肖剑锋说："正是。"

Victor 刚舒展开的眉头又拧到一起："可是东海化工是分别跟两家银行谈的，信息不是共享的，再说我们两家也互不见面，没有机会献这个计谋的。"

肖剑锋哈哈大笑起来："我就是献计谋的人啊。"

Victor 完全听懂了，眉头完全舒展开了，也跟着哈哈大笑起来："肖总，你真是技高一筹啊，佩服佩服！"

"当然东海化工会不会采纳现在还不能完全确定，但是我相信没有比这个方案更好的了。"

Victor 愉快地说："肖总，明天就静候你的佳音了。"

肖剑锋说："Victor，天不早了，你们早点儿回去休息吧。苏琪，你也回去吧，我跟许婧再说两句。"

Victor 跟许婧说："那我们在酒店外面等你。"

"不用等我了，一会儿我自己回去。"

众人走了之后，肖剑锋带着许婧回了自己的房间。一进门，肖剑锋就把许婧搂在怀里，热烈地吻她，吻得许婧透不过气来。过了好一会儿，肖剑锋才放过许婧。许婧躺在肖剑锋的怀里，撒娇地说："今天一知道你要来，我就特别想你，恨不得马上见到你。"

肖剑锋也深情地说："宝贝，我也想你。"

许婧拍着肖剑锋的脑门说："这个脑袋里的智慧太多了，你说你怎么那么多鬼点子呢？"

"在飞机上我一路都在想怎么破解这个难题,真是绞尽脑汁,煞费苦心啊。"

许婧笑道:"是老谋深算。"

肖剑锋把许婧的脸捧过来面对自己:"我这可是一箭三雕啊,一是解决了东海化工的难题,二是帮你们拿到交易,三是 F 银行也拿到交易,给了冯志孝女儿面子,自然冯志孝就不会记恨我了。"

许婧假装生气地说:"好你的一箭三雕。可是你来东海也不告诉我,我都快气死了。"

肖剑锋贫嘴道:"我知道你很忙,怕你知道我来就不好好工作了,拿不到奖金会怪我。"

"你就贫吧你,我得走了,你早点儿睡吧。"

肖剑锋说:"好,我送你下楼。"

许婧回到酒店,发现 Victor 和邓婕坐在酒廊里,于是走过去问:"你们怎么还没休息?"

邓婕忙说:"Victor 今晚兴奋了,拉着我不让走,让我陪喝陪聊。"

Victor 一看许婧回来了,就说:"许婧,过来坐坐。"许婧说声"好的",就坐下了。

Victor 喝了一口酒,说:"我说肖总还真是聪明啊,我怎么就没想到呢,我们做 10 个亿足够了,真的不用全做,我们不贪心。"

邓婕悄悄地跟许婧说:"车轱辘话说了好多回了,你劝他回去睡觉吧。"

许婧便对 Victor 说:"你喝多了,别再喝了,回去睡觉吧。"说着叫邓婕过来,一人搀着他一只胳膊,把他送回了房间。

　　肖剑锋上午来到分行，与行长谈了工作，又和李欢几个人开了个会，下午带着苏琪和李欢如约来到东海化工。

　　肖剑锋略表歉意地说："作为贷款行和过桥银行，我应该早点儿过来，但是总行那边的事太多了，迟至今日才来，非常抱歉。"

　　董事长摆摆手："不晚，不晚，来得正是时候。"

　　肖剑锋关切地问："听说你们昨天跟两家外资银行谈了方案，结果怎么样？"

　　董事长拢了一下头发："是啊，正为这事发愁呢，两个方案都不错，就是一个复杂点，一个简单点，难以取舍，孔总，你把方案给肖总看一下。"

　　孔曼丽把方案递给了肖剑锋。肖剑锋快速浏览了一遍，抬起头说："是，两个方案都是好方案，各有特点，从质量上来说，是平分秋色。"

　　董事长无奈地摊开手："可是我们只能选一个，难啊。"

　　肖剑锋直了直身子："我倒是有个主意，不知当讲不当讲？"

　　董事长也挺直了身子："你说，你说。"

　　肖剑锋故意停顿了几秒钟，眼睛扫了一下几位领导说道："我想，既然两个方案难以取舍，可不可以两个都选。"

　　董事长睁大了眼睛，急切地问："你的意思是？"

　　肖剑锋不慌不忙地说："一共20亿美元，两家各做一半，也就是说，每家做10个亿。"

　　董事长哈哈大笑起来："这倒是个好主意。"

　　总裁这时说："不知两家外资银行同不同意？"

　　肖剑锋胸有成竹地说："作为过桥银行，我可以去做工作。再说20亿美元，交易金额巨大，他们要对京华银行重新做授信，这需要一段时间，而且还不知道能不能批下来。目前的汇率水平很适合做交易，如果等下去错过了时机，就不知要等多久了。"紧接着肖剑锋又特意放慢语速说，"其实，拆开来做的最大好处是分散风险，而且有纠错的机会，如果做完交易后，检验出哪家的方案不理想，可以及时平盘再重新做。"

董事长听完搓了搓手，说："好，不用再讨论了，这件事就这么定了。回头还得请肖总做做两家银行的工作。"

总裁本来张嘴还想说点什么，但听到董事长这么说，话到嘴边又咽了回去。肖剑锋见董事长拍了板，心中的石头落了地："没问题，这件事包在我身上。"

Victor 三人一直在酒店里等肖剑锋的消息。

Victor 认为肖剑锋应该可以谈成，但心里隐隐有一丝不安，他想万一谈不成应该怎么办。许婧心里是平静的，她绝对相信肖剑锋，甚至于崇拜他，所以她不着急，肖剑锋带来的一定是好消息。邓婕还不了解肖剑锋，她只想到谈成谈不成涉及自己能不能拿到奖金，她在心中默默祈祷。

肖剑锋出了东海化工就先给许婧发了一条短信，说已谈成，让她先不要说，他会给 Victor 打电话。Victor 很快接到了肖剑锋的电话，告诉他已谈成。Victor 在电话里大声说："肖总，太感谢你了！我已经安排好了庆功宴给你祝贺。"

肖剑锋说："成功的路我们走完了一大半，但还有一小段路需要继续走，我今晚要和 F 银行的人吃饭，做通他们的工作才能通往最后的成功。所以抱歉，今晚失陪了。"

Victor 随后便挂了电话，他知道离成功还差最后的一哆嗦。他跟许婧和邓婕说："肖总跟东海化工谈成了，但还需要和 F 银行最后谈一下，很遗憾肖总参加不了庆功宴了，没关系，咱们自己先庆祝一下。"

这时 Victor 的电话又响了，拿起来一看是 Vivian 打来的。电话那头说："Victor，南湖集团马上要招标了，我们得尽快准备应标方案。"Victor 自言自语道："一场战斗还没结束，另一场战斗又要开始了。"

肖剑锋带着苏琪准时来到了 F 银行订好的餐馆，双方简单寒暄了一下就入座了。肖剑锋其实知道东海化工总裁早已将结果告诉了他们，但他还是把今天的会议情况给他们讲了一遍。F 银行大中华区总经理没有对结果表态，而是阴阳怪气地说："听说肖总现在谈了个女朋友，是真的吗？"

肖剑锋一听来者不善，今天这顿饭看来是鸿门宴啊，他不卑不亢地说："我和谁谈恋爱是我的私事，与工作无关。"

"当然，谈女朋友是私事，但她是 TK 银行的女销售就不是私事了吧？据说她人现在就在东海。"

"这让总经理担心了，但是我是个有原则的人，想必你是知道的。"他们同时想到了上一笔交易的事。

"男女朋友双方都在银行做事，互相帮忙也是可以理解的，但绝不能假公济私，你说是吧。"

肖剑锋想一定要摆脱被动局面，于是他亮出撒手锏："是不是假公济私自有公论，但总经理的手段我是早有耳闻，总经理一向出手阔绰，可千万别做有悖于法律的事，不然可就引火烧身了。"

大中华区总经理心里"咯噔"了一下，心想是不是有什么把柄在他手里？大陆现在刮起了反腐风暴，可别撞在枪口上，于是口气松了下来："多谢肖总提醒，违法乱纪的事我可从来不做。"

肖剑锋通过她面部表情的变化，知道自己打中了她的要害，但他还想痛打落水狗："我相信总经理不会拿自己的身家性命开玩笑，但是雁过无痕是不可能的。"

总经理真有点儿发虚了，额头也微微出汗，心想这"城下之盟"还真得接受了，于是肯定道："自然，那是自然。不过肖总对方案的建议还是蛮有见地的。"

肖剑锋见她认输了，心想见好就收吧："其实我这个建议是考虑到两家银行对京华银行的交易授信问题，我相信你们对我们都没有单笔交易20亿美元的授信，同样我们对你们也都没有，而东海化工又想尽快完成交易，所以就和东海化工商量出了这么个办法。"

总经理也只好顺坡下驴地说："难为肖总为我们着想，我们觉得这样处理很好。"

这顿饭吃了两个多小时，最后大家握手告别，总经理还一直把肖剑锋送上了车。

Vivian 从南湖市回到北京后，得知 Victor 去了东海就给他打了电话，告诉他南湖集团要搞招标，之后就和 Gloria 一起商讨方案。Vivian 心想，南湖集团搞招标也是无奈之举，但是已经降低了汇率风险，降低了利率成本，还要有所增值，真不是件容易的事，要重新设计一个包含这三方面要素的方案。她翻遍了在伦敦学习到的产品，没有一个是契合的，她有些着急和不知所措。Gloria 也是绞尽脑汁，一筹莫展。

Victor 出差回来上班后，Vivian 和 Gloria 就赶忙来找他说明了情况。Victor 也是无计可施。他摊开双手耸耸肩说："东海化工的事刚刚落停，南湖集团的难事又来了，我们遇到的困难真是一个接一个。"

Gloria 愤愤地说："南湖集团真是匪夷所思，异想天开。"

Vivian 一听东海化工的案子已经落停，心里更着急了，心想绝不能再输给许婧，一定要中标才成，不然自己的奖金要少许多，而且今后难以在同事面前抬头了。气可鼓不可泄，一定要稳住阵脚，不能灰心丧气，于是她说："南湖集团搞招标也是不得已而为之，再说如果不搞招标我们一点机会都没有，这个时候我们还是要有积极的态度，积极想办法。"

Victor 说："Vivian 说得对，我们做销售的不就是不断地遇到困难再解决困难吗？客户的需求就是我们销售努力的目标。"

Gloria 点点头说："这些我都知道，就是觉得南湖集团有点太强人所难了。"

这时候 Victor 略有所思地说："我们要不开个销售会议吧，大家集思广益。"

Vivian 心想开会还不是又要听许婧的，问她还不如……于是她说："我们把客户的需求告诉亚太区全球市场部吧，让他们给我们出个方案，如果他们也出不来，那就是无计可施了，也不是我们无能了。"

Victor 一听，忙说："对，我怎么忘了这茬了，他们是我们的后援啊，赶紧给他们写邮件，发了之后我再给他们打个电话。"

Vivian 和 Gloria 立刻站了起来："马上就发。"

2

许婧从东海回来后和肖剑锋一起来到康复医院看妈妈，许婧因为与东海化工的交易已经落实，心情非常愉快，她坐在妈妈床前给妈妈唱了好几首欢快的歌曲，她捧着妈妈的脸："妈妈，妈妈，你快点儿醒来吧，女儿又要完成一单大交易，到时候可以挣一大笔钱，带你和爸爸去欧洲旅游，吃好多好吃的，你们想干什么就干什么。"看着妈妈没有任何反应，许婧的眼泪流了出来。

许婧爸爸说："我这几天跟你妈妈说的话比以前加起来的都多，可她没有任何反应，不知道这些话她都能不能听见。"说完擦了擦眼泪。

肖剑锋说："因为阿姨的脑神经受损，需要不断有更多的外界刺激来刺激脑神经，她没有反应，不代表没有刺激到她的脑神经，这需要时间，直到有一天累积到一个很强的程度，阿姨就会突然醒来。"

许婧爸爸说："我就盼着这一天呐，所以我每天不停地跟她说啊说，我有恒心。"

许婧问："最近又请医生来看过吗？"

许婧爸爸说："昨天席文青请了个医生过来看了看，医生说在半年之内发生不好的情况的概率比较大，有可能会发生多次，让我们加倍注意，一旦情况不好赶紧送医院抢救。所以我全天不走神地守着她，我也跟护士打好招呼了，请她们每天多来观察几次，特别是夜里。"

许婧听后有点儿紧张："那爸爸你可要盯紧点。"然后又跟肖剑锋说，"咱们有空也要多来看看。"

肖剑锋点点头："只要不出差，我就多来看看阿姨。"

Vivian 等了一天多，亚太区还没回复，她有些焦急，于是来找

Victor。Victor 劝慰她说："不要太着急，再等等，设计一个产品要通过模型来计算，既要满足客户的需求，我们自己也要能够盈利，这样产品才能成立。"

Vivian 说："这个我懂，只是担心如果招标的时间确定了，我们拿不出产品来，就全耽误了。"

Victor 笑了笑说："其实我心里比你还着急，但做一切事情都需要时间，所以我劝自己要有耐心，你也一样。"

Vivian 回到了交易室，刚坐下，电话响了，拿起来一看是林桓："喂，林叔叔您好！"

林桓着急地说："薇薇，你好！我告诉你，招标会本来准备下周举行，所以我没急着通知你，但是因为董事长下周要出国半个多月，招标会提前了。"

Vivian 也着急了，忙问："什么时间？"

"明天下午两点。"

Vivian "啊"了一声，说："现在都快到下班时间了，我们的标书还没准备好呢。"她快速地想了一下，"林叔叔，明天几家银行投标？"

"三家。"

"那能不能把我们排到最后一家？"

"不行，董事长亲自排序，你们是第一家。"

Vivian 想，这真是屋漏偏逢连夜雨，时间越紧越出幺蛾子，没办法只能硬着头皮上了。于是她说："那我们就第一家吧。"

林桓又嘱咐了一句："要准备好一点啊。"然后放下了电话。

Vivian 一路小跑进了 Victor 的办公室，气喘吁吁地说："Victor，大事不好，招标会明天下午两点召开，我们被排在了第一位。"

Victor 立刻抬手看了一下表："现在距离开会只有 21 个小时，我们需要写好标书，还得打印装订，问题是我们还没拿到方案，而且我们人还在北京。"Victor 立刻拨通了自己老板的电话："喂，威尔逊，我有个紧急情况，客户明天下午两点召开投标会，而我们现在还没拿到方案，请你帮助我们一下。"

威尔逊说："知道了，稍后回复你。"

Victor 放下电话，马上对 Vivian 和 Gloria 说："你们立刻订三张飞机票，今晚最后一班或明早第一班，我们一定要在明天下午两点以前赶到会场。"

半小时之后，威尔逊回电说："产品经理已经做好方案，但在差一句话结尾时被叫去开会了，他现在刚开完会，处理好马上就发给你们。"

这时 Vivian 高兴地跑进来说："方案收到了。"

Victor 还没来得及高兴，一旁的 Gloria 说："今晚飞南湖市的飞机没票了，火车票也没了，明天最早的也都没票了，怎么办？"

Victor 急了，心想这可怎么办？他心中快速地计算了一下，要是从北京开车去，十几个小时能到，但是路途太远，加上开夜车，很不安全，万一天气突变，停到半路上，可就惨了，于是他打定主意说："那就买今晚或明早飞到离南湖市最近的城市的机票。"

Gloria 立刻在网上搜索起来，突然她大叫起来："买到了，北京到星洲，星洲离南湖市一百多公里。"

Victor 说："好，我们现在就去机场，Vivian 带上电脑，飞机上写标书。"

他们三人急急忙忙地打上车朝机场飞奔而去。

顺利到了机场后，过了安检，他们终于坐在了飞机上，可是起飞时间已经过了，飞机仍没有起飞。Gloria 查了一下航班信息，北京天气晴朗，星洲也晴好，可是航线中途有雷区，所以飞机暂时不能起飞。

他们很无奈，中国的航班晚点早已是家常便饭，人们都见怪不怪了，要是在平时飞机晚点，他们还能坦然对待，可这次是争分夺秒抢时间，Victor 和 Gloria 焦灼万分。Vivian 还好，飞机没起飞，在跑道上平平稳稳，她利用时间在电脑上快速地写着标书。

等了一个多小时，飞机终于起飞了。不一会儿，Victor 打起了瞌睡，但他忽然觉得飞机在极度颠簸中骤然下坠，好像过山车一样，拼命往下俯冲，他睁开眼，空姐们都蹲在地上，机舱里一片喊叫声，坐在旁边的 Vivian 和 Gloria 紧紧抓着座椅扶手大喊着"啊——！"

Victor 刹那间惊出了一身冷汗，死亡的恐惧阵阵袭来，不由得也死命抓住座椅扶手，情不自禁地高喊"啊——！"

飞机稍稍稳住了一秒钟，立刻又急速向下俯冲，机舱里喊叫声越来越尖利，Victor 的心都要跳出来了。忽然座位上方的氧气面罩落了下来，乘务人员广播指导乘客立刻带上氧气面罩，双手趴在前面座椅背上。Victor 闭上眼睛想，这回可能要"牺牲"了，人最终都会死的，没想到自己是这么一个死法。

Vivian 此刻在想，为了赶招标会急急忙忙地抢上了这班飞机，没想到是急急忙忙送死来了，自己才三十岁出头，还没结过婚呢，死得太冤了。

Gloria 脸色煞白，浑身战栗，一直在大声哭喊："妈呀！救救我！"

飞机下坠持续了一分多钟，终于停止了下坠。这一分多钟，是濒临死亡的一分多钟，它给人的感觉好像是过了一个世纪，如此漫长。乘客们停止了喊叫，摘下了氧气面罩，不少人后怕地哭了起来。

Victor 对她俩说："死亡的危险过去了，大难不死必有后福，生活又可以继续下去了，珍惜我们的生命吧。"

飞机终于平安降落在星洲机场。

三人虽然下了飞机，但还是惊魂未定，一想到刚才空中的惊魂时刻，还是非常害怕。

Gloria 一屁股瘫坐在地上，连声说："吓死我了吓死我了，我腿是软的，都站不住了，不能走路了。"

Vivian 也把箱子一扔，蹲在地上，双手捂着眼，说："是，也把我吓死了。"

Victor 双手抓着行李箱的拉杆，低头看着她俩，认真地说："是，我刚才也以为今天的命就算交待了，但我们命大必然造化大。"他看了看手表，"时间虽然不富裕，咱们还是喘口气再走吧。"

大约过了半个小时，Victor 说："怎么样，好多了吧？咱们得出发了，还有一百多公里的路呢。"

Gloria 联系了事先约好的车，车不一会儿就开了过来，Victor 坐在副驾驶位置，Vivian 和 Gloria 相互搀扶着上车坐在后排。

Victor 先对司机说："车不要开得太快，安全第一。"然后对她们俩说，"你们系好安全带，得一个多小时路程，你们可以睡一下，到了还要干活。"

两人点点头。

他们到达南湖市的时候天已经微微亮了。幸好订了早一天的房，酒店给他们预留了房间，Victor对她俩说："咱们先去房间休整一下，洗个澡，然后一小时后到我房间来。Vivian别忘带电脑。"三个人拉着箱子拖着疲惫的身子进了各自的房间。

Vivian一进房间，就放下箱子躺在了床上，她太累了，她想打个盹儿，可是眼睛闭上了，脑子却停不下来，空中惊悚的一幕不停地闪现，眼泪不知不觉地从眼角流了下来，她很后怕，但她怕的不是死亡的感觉，而是怕没有了生命，此刻她好像懂得了生命的意义，活着太好了，自己一定要珍惜生命，珍惜生活，让自己活得更好。她睡不着，索性起来了，快步来到卫生间冲了个澡，吹干了头发，坐在镜子旁化起了妆。她想既然活着就要活得像个样，就要漂漂亮亮地活着。

Vivian和Gloria前后脚来到了Victor的房间。Victor一看就没睡觉，眼睛里布满了血丝，他强打着精神说："咱们现在让Vivian继续写标书，有什么问题我们一起讨论。"然后他冲了两杯咖啡，给了她们一人一杯，自己沏了杯浓茶。

Vivian一边想，一边敲字，本来在飞机上就写好了主体，所以没用太多时间就写完了，然后把电脑递给Victor："你看看行不行。"

Victor看了一遍说："文字部分差不多，图表要画得再简明一点就行了。"

Vivian按照Victor的意思把图表整理了一下，又调了调格式，检查了相关数字，然后把双手放在了脑后说："大功告成，可以打印了。"

Gloria说："我问过了，商务中心要10点钟上班，现在刚

8 点。"

Victor 说："那我们先去吃早饭吧，回来再打印。"

Vivian 刚要说"好"，忽然觉得一阵眩晕、心慌，浑身开始冒汗，想站起来却浑身无力。Gloria 一看大喊起来："Vivian，你怎么了?!"说着就冲了过来抓住 Vivian 的胳膊。

Victor 听到喊声，连忙转过身来，急急地说："别让她动! 我来看看。"这时 Vivian 闭上了眼睛。

Victor 迅速观察了一下："她可能是低血糖。"说着一个箭步冲到了小吧台拿起一板巧克力，迅速剥开，掰下一块放进 Vivian 嘴里，"别害怕，马上就好。"然后把其余的巧克力放到 Vivian 手里："你是太累了，又一夜没有吃东西，你把巧克力都吃了。"

Vivian 嘴里嚼着巧克力，靠在沙发上，闭着眼睛。过了一会儿，觉得舒服了一些，自言自语地说："我这是怎么回事啊，关键时刻可不能掉链子。"

Victor 说："就是累的，你休息一下我们再去吃早饭。"

大约过了半个小时，Vivian 觉得不像刚才那么难受了，就说："我觉得好多了，咱们去吃早饭吧，不然你们俩也低血糖了。"

Gloria 说："你真的没事了? 可把我吓死了。"

Vivian 站了起来，三人向餐厅走去。

他们 10 点到了酒店商务中心，秘书已经在忙了，一问才知道她在为客户打印材料，要打一百多份，还要装订成册。他们跟秘书商量能不能先给他们打印，只要十份，秘书摇摇头说不行，客户中午 12 点以前要。

这可怎么办? 三人着起急来。Vivian 找到大堂经理，说明了情况，问能不能协调一下。大堂经理说都是客户，只能按顺序来。

Vivian 忽然灵机一动，问道："你们酒店还有没有其他的打印机？"

大堂经理说："我们办公室还有一台，但那是内部使用的。"

Vivian 立刻说："那能否借我们用一下？"她看大堂经理迟疑了一下，又说，"我们不白使用，可以付双倍费用。"

大堂经理说："我决定不了，得问问办公室主任，我试一试吧。"接着给主任打电话说明了情况，主任说如果印数不多，可以使用，双倍费用就不用了，就按商务中心的打印费用付费就行。Vivian 高兴地连声感谢。

时至中午，标书终于打印装订好了，他们心里的一块石头才落了地。Victor 说："我们的前期工作都已完成，就看下午这一哆嗦了。到中午了，我们再吃点东西吧，下午更有精神。"

Vivian 说："那就简单吃点吧，吃完再稍事休息一下。"Vivian 很快吃完饭回到房间，又拿起标书看了起来，她想下午一定要讲得生动才有吸引力，如果是脱稿会更吸引人眼球，于是她对着镜子练习起来。

Victor 带着她们两人提前半个小时到了南湖集团，他们在会议室外面等候。评委一共有七位，三位南湖集团内部的人，四位外聘专家，Vivian 只认识林桓，其余的人都不认识。

时间到了，秘书请 TK 银行讲标人进去。Vivian 身着职业装镇定地走了进去。她上身微微前倾把标书一一送给七位评委，随后站到了讲标人的位置。

她首先简明扼要地讲了南湖集团的三个需求，然后根据需求一一对应地介绍了方案的设计，在讲到增值的时候，她说："我们在上述方案的基础上又增加了一个美元 CMS 30 – 2 的结构，它的意思是当市场上三十年掉期利率高于两年掉期利率时，南湖集团收钱；当两年掉期利率高于三十年掉期利率时，南湖集团付钱。我们知道，在一般情况下长期利率总是会高于短期利率，只有在极端情况下才可能出现反转，因此可以说，南湖集团应该总是在收钱，付钱的可能很小，而且我们挂钩的是美元 CMS，不是欧元 CMS，因为美元利率完成过完整的升降周期，我们看得很清楚，就像打牌一样，对手的牌一清二楚，我们怎能不赢呢？当然由于南湖集团的风险比较小，所以收的钱可能少一点，但付的钱也会少许多。而欧元由于历史短，其利率还没有过完整的升降周期，就等于不知道对手的牌，因此只能靠赌，风险很大，赢的多，输的也多。为此，我们的方案是挂钩美元 CMS 30－2。"Vivian 讲完之后，给大家鞠了一躬，走出了会议室。

三家外资银行讲标，每家半小时，最后一家讲完标后，秘书出来说由于方案比较专业，评标需要时间，所以三日后宣布中标银行。

Victor 三人回到了酒店，Victor 说大家都太累了，回房间休息吧。Vivian 几乎是挪着回到房间的，一进屋就脱掉了高跟鞋一头栽到了床上，一天一夜没睡觉了，不仅仅是困，而且是极度疲惫，她很快就睡着了。她梦见南湖集团的秘书站在一个高高的台子上大声宣布 TK 银行没有中标，突然一个激灵就醒了，这个梦会是个不祥之兆吗？她看了看表，自己睡了三个小时，天已经黑了，她想现在还不是睡大觉的时候，结果还没有出来，她要问问林桓，于是拨通了林桓的电话："喂，林叔叔，下班了吗？"

林桓说："刚从公司出来，准备回家。"

Vivian 说："您能晚点回家吗？我想见您一下。"

"你在哪里呢?"

"我在酒店。"

"那我去酒店找你吧。"

"好,我在二层茶室等你。"

Vivian 立刻翻身下床,简单收拾了一下,对着镜子补了补妆,出了房间,来到茶室。这个时间茶室的人不多,她选了一个小单间,坐下来选茶,她知道林桓喜欢龙井茶,于是选了最贵的明前龙井泡了一壶。

不一会儿,林桓到了。他一坐下来就感到迷惑地说:"你看着怎么这么憔悴啊,是不是太累了?"

Vivian 勉强挤出点儿笑容说:"林叔叔,您好眼力,我到现在30多个小时只睡了3个小时。"

林桓不解地问:"为什么不睡觉呢?"

Vivian 就把从接到林桓电话开始到现在发生的所有事情讲了一遍。当讲到空中惊魂的时候,她哭了,说:"当时我想要是不死的话,只要有人说爱我,我立马就嫁给他。"

林桓不由得心动了一下,随即心疼地说:"你们做销售的简直太辛苦了,看着是那么光鲜亮丽,其实吃了那么多苦。"

Vivian 感受到了林桓真挚的关心,感动地说:"是呀,还是林叔叔最了解我,最关心我。"

林桓连忙说:"惭愧,惭愧,都是该死的投标弄的。"

Vivian 问:"评标评得怎样了?"

林桓看了看四周,小声说:"本来我不应该跟你说,但我偷偷告诉你,三家已经刷下来一家,因为他们的标不完全满足我们的需求,留下来的是你们和另外一家,你们两家的方案一样,只是你们挂钩的是美元 CMS，他们挂钩的是欧元 CMS，现在就看要选哪一个。"

Vivian 紧张了起来："您觉得哪一个可能性比较大？"

"现在不好说，我是支持你们的，但我只有一票，还有六票，尤其是外部专家的态度还不知道，光他们就有四票啊。"

Vivian 诱导地说："你要是把理由说给他们，他们会支持我们的。"

"什么理由？"

"理由很简单，你们做债务风险管理的目的是降低风险，我们的方案就是低风险的，而他们的方案是高风险的，如果出了风险，不但你们要赔一大笔钱，而且还会影响到原来已经降低了的风险，你们的债务成本不降反而会升，你说是不是这么回事？"Vivian 一边说着，一边给他算了一笔账。

林桓不住地点头："对啊，现在光想多赚钱还是少赚钱的事了，忘了我们做债务风险管理的初衷了，你提醒得好，一语点醒梦中人。"接着他又问，"你明天回北京吗？"

Vivian 说："我等公布了中标银行之后再回去，就不来回折腾了。"

"那好，你早点休息吧，我回去了。"

"好，我送您。"

Vivian 送走了林桓，心情更加沉重，心想如果能胜出，受再多的苦也值了，但是谋事在人，成事在天，听天由命吧。她按响了 Victor 房间的门铃，Victor 打开门让她进来，说："还以为你在睡觉，怎么没睡啊？"

"刚送走林桓，他说有一家已被淘汰，我们两家二选一，所以就赶紧过来告诉你。"

"这不算是坏消息，希望我们能胜出。打电话把 Gloria 叫过来吧。"

不一会儿 Gloria 就来了，她听说第一轮胜出了竟高兴得哭了起来。

Victor 赶忙说："不哭，不哭，这是好事啊，怎么还哭起来了。"须臾，他看 Gloria 不哭了，就说："我刚接到电话，我明天一早要飞香港，我批准你们在南湖市待到宣布中标银行那一天，其间如果有什么事情可以及时处理。"

Vivian 说："好吧，我们就待命吧，有什么事情给你打电话。"

3

许婧这几天都在和苏琪商议交易的细节，双方银行的交易授信确认无误，京华银行对东海化工的交易授信也没有问题，这几天的欧元对美元汇率也比较合适，万事俱备只欠东风，就等着东海化工签交易委托书了。

这天早上，许婧正在交易室跟邓婕聊市场，电话响了，是孔曼丽打来的，许婧接起电话："孔总，您好！"

孔曼丽说："许婧，你好！"

许婧想孔曼丽这个时候打电话来一定是有事，于是问："孔总，有什么事吗？需要我帮忙，您就说，我一定尽力而为。"

孔曼丽微微笑了一下："呵呵，还真是有事找你，明天下午你到我们公司来一趟怎么样？"

许婧飞快地看了一下这几天的工作日程，然后说："明天我有空，我可以飞过去。但是能告诉我什么事吗？"

孔曼丽又笑了两声："就是请你过来最后商量一下交易细节。"

"好，那我现在就订票，明天下午见。"许婧挂了电话就跟邓婕说："东海化工迟迟不签交易委托书，可能对交易方案还有意见吧。"

邓婕不屑地说："方案都讨论了八百回了，还能有什么意见。"

许婧看着邓婕说："只要交易没做，客户随时可以推翻，我们还是小心为妙。你订两张明天一早的机票吧，我们过去看看他们究竟还有什么意见。"

邓婕先是"哼"了一声，接着说："好吧，我这就订。"

许婧拿起方案认真地看了起来，说实话，这个方案真是看了无数遍，差不多都能背下来了，但客户还有意见，就要再认真去看。

交易室很安静，许婧边看边想东海化工可能在哪方面有意见。突然一阵电话铃声打破了安静，许婧一看是爸爸打来的，马上接起了电话："爸爸，怎么了？"

电话里传来许婧爸爸带着哭腔的声音："你妈妈又不行了，我们正在去医院的路上。"

许婧一听就急了："我马上就去医院！"说着立刻冲了出去。路上，许婧哭着给肖剑锋打电话说："剑锋，我妈妈又不行了。"

肖剑锋安慰许婧："你不要太着急，阿姨会没事的，我这就赶过去。"

许婧赶到医院，妈妈已经进了 ICU，医生和护士忙作一团，她抱住爸爸放声大哭。这时肖剑锋也赶到医院，还没顾得上和许婧说话，医生急急忙忙地从 ICU 里出来，说："病人睁开眼了，好像要找你们说话，你们赶紧进去。"许婧和爸爸立刻冲进了 ICU，肖剑锋也跟着冲了进去。许婧爸爸喊"老伴儿"，许婧喊"妈妈"，肖剑锋喊"阿姨",他们三个人围在许婧妈妈身边。

只见许婧妈妈微微睁开眼睛,看了看许婧爸爸,又看了看许婧,最后目光落在了肖剑锋脸上。肖剑锋说:"阿姨,您好!"许婧妈妈把许婧的手放到肖剑锋手上,嘴唇对着肖剑锋嚅动几下,仿佛在说:我把女儿交给你了,你要好好对她。然后又看了许婧爸爸一眼,对许婧和肖剑锋又嚅动了几下嘴唇,仿佛在说:你们要照顾好许婧爸爸。这时许婧妈妈的眼睛缓缓闭上了,头一歪,停止了呼吸。许婧立刻大声呼喊:"大夫,大夫,快来!我妈妈不行了!"

几个医生护士冲了进来,许婧妈妈的心脏监视器上显示出了一条直线,瞳孔已经扩散。医生对他们说:"病人走了,请安排后事吧。"

许婧和爸爸大哭了起来,许婧声嘶力竭地呼喊:"妈妈!妈妈!你不能走!"许婧爸爸也撕心裂肺地呼喊:"老伴儿!老伴儿!你再睁开眼看看我!"看着他们无比悲痛,听着他们撕心裂肺的呼喊,肖剑锋也流下了眼泪。

护士把许婧妈妈的遗体盖上白布单推往太平间,许婧一路哭着跟在后面,护士进了电梯告诉许婧不能再跟了,许婧这才停下,然后蹲在地上号啕大哭。随后跟来的肖剑锋和许婧爸爸走上前来扶起许婧,许婧爸爸流着泪说:"闺女,你妈妈走了也好,她不用再受罪了,也解脱了。"

肖剑锋也对许婧说:"阿姨走了,那是要去天堂,我们要送她好好上路,现在我们要节哀,商量一下后事怎么办。"

许婧慢慢停止了哭泣,她忽然想起明天早上还要出差去东海,目前发生这个情况,她是有理由不出差的,老板也不会责怪自己,可这单交易如果没做成,那可就是自己的责任了,于是她对肖剑锋说："我跟客户约好的，明天一早得去东海，这次出差非常重要，不能推迟的。我和爸爸现在去买寿衣，你负责联系殡仪馆和灵车，我明天晚上无论多晚都会赶回来，后天上午送妈妈。"

肖剑锋心疼地说："我联系没问题，就是担心你现在这种状态还要出差，你身体吃得消吗？"

许婧说："妈妈走了，我们还要继续生活下去，我不能丢了工作啊。你就放心吧，我顶得住。"

肖剑锋无奈地点点头："好吧。一会儿我送你和叔叔回家，然后明天早上我送你去机场。"

许婧说了声"好"，就和爸爸去了寿衣店。路上她给邓婕打了电话，说明情况，让她订好明天晚上的回程机票。

肖剑锋送许婧和爸爸到了家，他拉开车门准备下车时，许婧一把拉住了他："你不要下车了，你赶快回家睡觉，明天你还要早起送我去机场呢。"

肖剑锋说："那好吧，我就不下车了，你也要早点儿睡。"然后对许婧爸爸说，"叔叔，您也早点休息。"

许婧送走了肖剑锋，和爸爸一起回了家。

许婧妈妈虽然好久没在家里住了，但是许婧觉得哪里都是妈妈的痕迹，哪里都有妈妈的味道，她想放声大哭，又怕再惹哭了爸爸，爸爸年岁也大了，虽然身体还算硬朗，但毕竟是老了，经不起折腾，尤其是失去了一辈子相濡以沫的老伴儿，这对他的打击太大，她必须照顾好他。她给爸爸倒了一杯水，说："爸爸，你喝点儿水，然后早点儿睡吧。"

"你早点儿睡吧，明天还要出差。"

"不用管我，我还得看看资料，想想出差的事。"

许婧爸爸便回到自己的房间关上了门。许婧拿起妈妈的照片，她想从今天开始自己就是个没有娘的孩子了，眼泪终于忍不住了，哗哗地往下流，她使劲控制着自己，不发出声音。

许婧在客厅坐了一夜，眼泪流了一夜。她看到时间不早了，才勉强止住泪水，匆匆洗了个澡，换了身衣服。她下去的时候肖剑锋已经到了。肖剑锋看她一脸倦容和泪痕，把她搂在怀里，心疼地说："你一夜没睡吧，要不今天就不去了。"

许婧抬起头，然后摇摇头："走吧。"

肖剑锋发动了车子，看着许婧说："我不跟你说话了，你眯一觉吧。"

也许是肖剑锋在身旁，也许是哭了一夜哭累了，许婧很快就睡着了。肖剑锋看了看时间还来得及，就有意放慢了速度，尽量不踩刹车或轻踩刹车，他想让许婧睡得安稳一些。

到了机场，肖剑锋停住了车，见许婧还在睡，不忍心叫醒她，就没有说话。这时，许婧睁开了眼："车怎么不走了？啊，已经到了，怎么不叫我？"

肖剑锋说："你太累了，想让你多睡会儿。"

许婧连忙直起身子，搂着肖剑锋的脖子吻了一下他的脸颊，说："亲爱的，谢谢你，我得走了。"说着拉开车门下了车。

非特殊情况，早班飞机一般都比较准时，这也是为什么很多人喜欢坐早班飞机的原因。

许婧在飞机上睡了一路，下机前对着镜子补了补妆，下了飞机和邓婕打上车就奔东海化工而去。

还是在孔曼丽的办公室里。孔曼丽有点儿抱歉地说："真是不好意思，让二位专程跑一趟。"

许婧微笑着说："没事的，就是不知道我们能帮您做什么。"

"是这样，我们还是担心欧元对美元升值，所以希望把汇率区间的上限往上调一调，比如从 1.35 调到 1.4。"

许婧立刻就明白了东海化工为什么迟迟不签交易委托书的原因，她耐心地解释说："这个区间其实咱们讨论过好几次了，就拿最近一周的汇率情况来说，欧元对美元又下跌了，这是因为美国经济越来越向好，而欧盟经济一直没有起色，无论从经济基本面还是从技术面来分析判断，欧元都是处于下跌趋势，所以 1.35 对于东海化工来说是比较安全的。"

孔曼丽不依不饶地说："分析判断是一回事，真正的汇率变化是另外一回事，不怕一万就怕万一，万一欧元升值了怎么办？那我们不就亏了吗？"

许婧又解释道："这个问题咱们也讨论过，如果欧元对美元汇率趋势发生逆转，咱们可以随时平盘，然后重新设定区间进行交易。"

孔曼丽还是不予认同。

许婧无奈道："这个方案，包括上面的每一个数字都是上报过亚太区老板并经他批准的，我没有权力更改。这样吧，我给我的老板打个电话。"

许婧走出办公室来到走廊上拨通了 Victor 的电话："喂，Victor，我们现在在东海化工。"

"还顺利吗？"

"不顺利，他们要求区间上限调高到 1.4，怎么办？"

"我正好在香港和亚太区负责人一起开会，我马上问一下，稍后给你打回去。"

很快 Victor 打了回来。"他们的回复是可以微调，区间整体向上微调到 1.31 ~ 1.36。"

"如果孔曼丽还不同意怎么办？"

"那就看你们销售的本事了。"

"好的，明白。"

许婧挂了电话回到办公室。她诚恳地对孔曼丽说："对不起，让您久等了。我刚才跟老板汇报，老板向上级请示了，答复是可以微调。"

孔曼丽疑惑地问："怎么微调？"

"就是区间整体向上微调，从 1.3 ~ 1.35 上调到 1.31 ~ 1.36。"

"这上调的幅度也太小了吧，而且下限也上调了。"

"我们的每一个数字不是拍脑袋拍出来的，都是经过模型精确计算过的，这点请您放心。"

孔曼丽仰起头像是自言自语道："那这交易没法做了。"

邓婕自始至终没有说话，现在实在忍不住了："孔总，您看您一招呼，我们马上就来了，我们是真心实意为客户着想，我们的方案设定都是有依据的，刚才许婧也说了都是经过模型计算的，所以不会有错。再说，您知道许婧这次来是多么诚心诚意吗？"说着眼圈红了。

孔曼丽心想，如果不诚心诚意我还不会跟你们谈呢，但她看到邓婕说着说着掉眼泪了，忙问："这是怎么了？"

邓婕带着哭腔说："许婧的妈妈昨天下午去世了，她昨晚一宿没睡，今天一大早坐飞机来东海，今晚还要赶回去，明天上午遗体告别。您说我们是不是诚心诚意！"许婧的眼泪也掉了下来。

孔曼丽一听就自责起来，本来方案已经确定了，是她为了表现自己才跟董事长说要求 TK 银行上调区间上限的，许婧的妈妈昨天去世许婧今天还能来见客户，她对客户真是太负责了，如果换作是自己能不能做到还真说不好，孔曼丽不由得对许婧刮目相看，另外自己把区间调整也想简单了，以为不就是高一点或者低一点嘛，现在他们也做了调整，也算给自己面子了，见好就收吧。

孔曼丽连忙说："抱歉，抱歉，真对不起。"说着把面巾纸递给了许婧和邓婕。

许婧接过面巾纸，擦了擦眼泪："对不起孔总，失礼了。"

孔曼丽歉疚地说："没有，没有，真的没想到。"

许婧说："孔总，您看汇率区间就定下来吧，这样能够早一点儿交易，现在时机有利，不然错过了就可惜了。"

孔曼丽想想这个条件跟董事长也能说得过去了，就不再坚持了，许婧也真是不容易，另外市场机会转瞬即逝，于是肯定地说："好，就这么定了，马上就签交易委托书。"

孔曼丽亲自送许婧和邓婕坐电梯下到大厦门口，她握着许婧的手说："许婧，谢谢你，赶紧回去料理妈妈的事吧。"

许婧说："谢谢孔总。"然后和邓婕打车去了机场。路上许婧给 Victor 发了一条短信："东海化工已签交易委托书。"

许婧妈妈的遗体告别仪式定在去世第三天上午，在八宝山革命公墓举行。肖剑锋帮忙料理了一切后事。按照许婧爸爸的要求，遗体告别，只是邀请了家族的亲人参加。在送别的最后一刻，许婧和爸爸号啕大哭，悲痛不已，众亲友也都流下了眼泪。肖剑锋自始至终都在流泪，因为他经历过最亲的人离去，他深深地知道这种滋味。他在许婧妈妈遗体前默默地承诺，一定会好好对待许婧。

肖剑锋陪着许婧和许婧爸爸回到了家里，大家还沉浸在悲痛之中，都没有说话。过了好一会儿，许婧爸爸说："还好，许婧妈妈临终前把许婧亲手托付给了剑锋，她会安心的。"

肖剑锋郑重地说："我一定不辜负阿姨的重托，照顾好许婧。"停顿了一下他又说，"阿姨走得很安详。不过现在重要的是叔叔一定要保重身体，许婧也要节哀。"

许婧爸爸看了一下他俩说："和你妈妈出来很久了，我想过几天回老家住一住。不然你们每天上班很累，还得照顾我，别把你们累坏了。"

许婧说："你一个人没人照顾哪行啊！"

"我不用你们照顾，你妈妈在时也是我做饭、洗衣服，只要你们能照顾好自己我就放心了。"

肖剑锋说："既然叔叔想回老家住一段时间也好，老家毕竟有亲戚有朋友，叔叔可以换个环境放松放松，等心情好了，什么时候想回来就回来，我们也可以随时过去看叔叔。"

许婧觉得肖剑锋说的有道理，也就不坚持了："那好，你就回老家吧，不过每天都要打电话。"

许婧爸爸说："那是自然，我还惦记你们呢。"

4

今天是南湖集团宣布中标银行的日子。

Vivian 和 Gloria 一早就起来了，她们收拾好就下楼吃了早饭，然后坐在咖啡厅等消息。她们喝了好几杯咖啡和饮料，等到中午还是没有消息，Gloria 先沉不住气了："你说，是不是没中标的就不通知了？"

Vivian 安慰她："不会吧，按照惯例，中不中标都要通知的？"

Gloria 皱着眉说："那这么久了为什么还不通知？"

Vivian 假装生气地说："你行不行啊，胡说八道什么呀，把我的心都搞乱了。"

Gloria 噘着嘴不说话了。

Vivian 说："到吃午饭的时间了，咱们要不要去吃饭？"

"不想吃，我不饿。"

"其实我也不太饿，这样吧，我点两块提拉米苏吧，先垫垫，等什么时候饿了再吃饭。"

"随你吧。"

她们一直等到快下午四点了，还是没有消息，Vivian 此时也沉不住气了，她站了起来，忐忑地说："是不是我们真的没中标啊。"

Gloria 气鼓鼓地说："我早就让你给林桓打电话，可你说不合适，你看吧，这都几点了。"

Vivian 拿起手机，"我现在就打。"话音未落，电话响了，一看是林桓，她马上接起来："喂，林叔叔。"

林桓哈哈笑了两声："薇薇，等急了吧，告诉你，你们中标了。"

"什么？我们中标了？"

"是啊，你们中标了。"

"我们中标了！"

"你们马上到公司来。"

"好，一会儿就到。"

旁边的 Gloria 早就兴奋地从椅子上跳了起来，等 Vivian 打完电话就扑上前去和 Vivian 抱在一起，"我们成功了！我们成功了！"

Vivian 和 Gloria 很快就来到了南湖集团，林桓热情地迎接了她们，再次告诉她们 TK 银行中标的好消息。

Vivian 激动地说："谢谢您，林叔叔。"

"不要谢我，是因为你们的方案好，全部符合我们的要求。"

Vivian 平复了一下激动的情绪，对林桓说"林叔叔，我们想庆祝一下，您和我们一起吃饭吧。"

林桓还没来得及说话，Gloria 在旁边说："林总，您一定得赏光跟我们一起吃饭。"

林桓想，结果已经宣布了，吃个饭也没什么了，于是就说："好，我跟你们去。"

三人来到了一家杭州菜馆，落座之后，Vivian 对服务员说："上一壶最好的龙井茶，然后把你们餐馆最拿手的菜都上来。"

林桓忙说："不要点那么多，别浪费。"

Gloria 说："林总，我们都没吃午饭呢，所以今晚要吃顿大餐。"

"我说怎么点那么多，原来如此。"

Vivian 和林桓商量能不能喝红酒，林桓看她们兴致很高，就说："来一瓶吧，但主要你们喝，我就喝一点点。"

Vivian 点了一瓶澳洲红酒，"咱们换换口味。"不一会儿酒菜陆陆续续上来了，Vivian 给每个人都斟好了酒，举起杯："咱们喝一个，林叔叔随意，我们干。"说着就一口干了下去。Gloria 也干了。林桓抿了一口。

Vivian 给 Gloria 和自己又斟上了酒，问道："林叔叔，您能给我们讲讲评标的过程吗？"

林桓说"可以呀"，然后有声有色地讲了起来："开始意向性表态的时候，只有我和一个同事倾向于你们，而另外五个人都倾向于那家银行，我一问理由，全都是因为那家银行给的收益高。我就说从表面来看，长期利率高于短期利率的时候，收益确实比 TK 银行给的方案的收益高，但是收益不是按天计算的。一旦短期利率高于长期利率，支出的会更高，这是按天计算，我算过账，倒挂一天要付 60 万美元，是平均一天收入的好多倍，再说公司做债务风险管理的初衷是降低风险，不是增加风险。"

Gloria 追问："后来呢？"

林桓哈哈大笑起来："后来正式投票的时候，七票全都是投的你们。"

Vivian 站起来举着杯动情地对林桓说："林叔叔，没有您，我们今天就不可能中标，我要深深地感谢您，这样吧，为表达我的谢意，我敬您三杯，您随意。"说完，连喝了三杯。Gloria 见状也敬了三杯。

林桓觉得功劳没有那么大，连忙说："要说还得感谢你们才对，你们的方案才是真正符合我们公司需求的，不然的话，我们这边的风险降低了，可那边的风险更大了，公司就岌岌可危了。"

Vivian 客气地说："哪里哪里，还是仰仗林叔叔。"顿了一下，又说："接下来就是选择过桥银行的事了，不知您有什么想法？"

林桓思忖了一下："我们倾向于京华银行，因为他们是我们的转贷行，不需要做授信，只需要签个掉期协议和交易委托书就行了。"

Vivian 本来是想让华隆银行做过桥银行的，听林桓这么说，心想那就选京华银行吧，千万别再节外生枝了，于是说："我们没有意见。"

林桓说："那就好，明天我就和京华银行联系。"

Vivian 紧接着说："我们也尽快跟他们联系。"

这顿饭吃得舒服，欢畅，愉快。

这天，许婧来到康复医院结算钱款。

她又回到妈妈曾经住过的房间，虽然房间已经被重新收拾过了，但她依然能感受到妈妈的气息，能够嗅到妈妈的气味。她在妈妈睡过的床上坐了很久，她在想妈妈在最后的岁月里想了些什么，她一定是担心女儿的幸福，因为妈妈临终前把自己的手放到肖剑锋手里就说明了一切，她最后撒手人寰是因为确信女儿找到了幸福，妈妈啊，您为女儿操碎了心！子欲养而亲不待，当许婧想应该为妈妈多做些什么的时候，妈妈却不在了，她不禁潸然泪下。

不知坐了多久，太阳已经西斜了，她默默地站起身对着妈妈睡过的床鞠了三个躬，走出了房间。

她把席文青给她的那张卡快递了回去，随后给他发了一条短信："谢谢你在我最需要帮助的时候伸出援手。时光荏苒，一切都改变了，祝你早日找到自己的幸福。"

尾 声

就在几天之内，东海化工的交易完成了，南湖集团的交易也完成了。Victor 非常满意，他非常感激许婧和 Vivian 这两个助手，她们历经艰辛完成了两笔几乎不可能完成的交易，使自己获得了老板威尔逊的嘉奖。他们这个团队获得了一笔很大数额的奖金，他特别重奖了许婧和 Vivian，而邓婕、Gloria 和 Steve 也都获得了不少奖金，可以说是皆大欢喜。

忙完了之后，Victor 信守承诺带着莎莎去了加拿大见自己的父母。

随着东海化工和南湖集团交易的完成，肖剑锋这一年做成了好几笔大的交易，超额完成了业绩，就连很少表扬人的严敏慧也大大表扬了肖剑锋，肖剑锋明白为什么严敏慧表扬自己，当然肖剑锋自己也非常满意，他最为满意和高兴的是收获了和许婧的爱情。他收到了安妮从伦敦寄来的婚礼请柬，他打心底祝福她。

南湖集团的交易做完之后，林桓特意飞到了北京，他约 Vivian 出来并向她表白，他爱 Vivian，希望 Vivian 做他的女朋友。Vivian 感觉这既在意料之中又在意料之外，她没有马上答应也没有马上拒绝，只说了一句："一切随缘。"

许婧这一年经历了如此多的风风雨雨，人生可谓是跌宕起伏，冰火两重天，虽然痛失了母亲，却收获了幸福的爱情，她怀念妈妈，感谢妈妈，希望妈妈的在天之灵保佑自己。

　　她和肖剑锋如约去了北欧四国，尽管不是最好的旅游季节，但他们像两个任性顽皮的孩子一样尽情玩耍，他们在丹麦哥本哈根的古老城堡克伦堡宫前拥抱合影，在挪威奥斯陆牵手漫步，在瑞典斯德哥尔摩的老街流连忘返，在芬兰赫尔辛基的海边尽享日光浴。

　　他们好像忘记了时间，忘记了烦恼，忘记了一切，仿佛这个世界只有他们两个人存在，他们坚信属于他们的幸福之路还很长很长。

后　记

　　这本书是我继《征战金融》之后创作的第二本金融类小说。在人们的观念中，金融行业的男人都西装革履，气宇轩昂；女人都穿着职业装，脚踩高跟鞋，化着精致的妆容，充满优雅的职业范儿。

　　金融女士们一直被认为是穿梭于金融街高楼大厦中的亮丽风景。殊不知，早上挤了三趟地铁才上去车，出了一身汗奔到办公室的二妮儿，打开更衣柜，换上正装，踩上高跟鞋，摇身一变就成为拥有自信优雅气质的女神 Helen。金融先生们也大多如此，比如坐在 Helen 旁边工位的 Tony。

　　其实，金融业是一个高强度、高风险、高竞争、高压力的行业。各种或明或暗的陷阱，经常会让人感到战战兢兢、如履薄冰。在金融业工作，必须时刻保持头脑清醒，要学会坚强。为了避免出现任何闪失，就要像女人驾驭高跟鞋一样，小心翼翼、凝神静气、保持平衡。

　　正像我们故事的主人公许婧、Vivian 以及她们的同事一样，许多金融业女性凭着信心和毅力，努力平衡事业、家庭和爱情，用专业知识去分析判断、规避风险，沉着冷静、不懈努力，从而赢得客户的信任，创造了价值。

　　遥望金融街，我们仿佛看到，金融街也像穿着高跟鞋一样，在极力平衡着、稳定着、支撑着，优雅而坚定。在其中的男男女女——他们日常的工作就是围着公司要求和客户需求转，好像失去了主宰力和自己的时间。其实，他们已经练就了平衡工作与生活的本领，在风险中发现机遇，在困境中希冀光明，在逆境中坚守希望，在平凡中成就不凡。用心工作，同样也用心生活。他们像对待客户一样对待自己的家人，像做项目一样经营自己的家庭。优雅是汗水换来的，不服输是因为在咬牙坚持。这，就是我将小说命名为《芳履金融》的原因。

我先后在国有商业银行、政策性银行、外资银行工作三十余年。银行这个行业，不知出于什么原因，女性居多，也许是因为女性更适合银行工作的缘故吧。在我的银行生涯中，因为业务原因结识的女性数不胜数，但其中接触最多的是从事资金业务或相关业务的女交易员和女销售员。她们聪慧、知性、能干、专业、敬业，为银行事业贡献了青春、热血，所以我希望把她们不为人知的成长过程和贡献以文字的形式记录下来，让广大读者了解她们的事业、家庭、爱情、婚姻，看到她们的奋斗历程，体会她们的艰辛，这或许就是我写这本书的初衷。

当我坐在电脑前准备动笔的时候，她们一个个鲜活的面孔呈现在我眼前，人物众多，不知写哪一个。所以想了又想，那么多人，那么多故事，只能是以一些有代表性的人物为原型，提炼一些印象比较深刻的故事。

创作源于生活，也要高于生活。书中的人物、事件说的不是哪一个人，也不是谁谁的故事，如有雷同，纯属巧合，切勿对号入座。

写这本书的过程中，得到众多好友的帮助和支持，在这里一并表示感谢。但是最想感谢的是我的妻子，她从书名、结构、桥段、思路都给了我具体的建议和帮助，没有她我不可能完成得如此顺利。

书写到一半时，我感到自己已经完全融入了每一个人物，仿佛笔触下的这个人就是我自己，乐其乐、悲其悲，有时甚至会忍不住流下眼泪，我实实在在地感受到了写作的乐趣。

最后还是要说，我没学习过写作，更不是职业作家，书中难免有瑕疵，请读者不吝赐教。

心中有爱，便有诗意栖居；心中有暖，冬天也愿意为你升温。就像此刻，我将安放在文字里的一份暖，穿过这冬日纷扬的大雪，与你相逢，让我们彼此心怀一份爱的感动。

杨文朴

2019 年 1 月于北京

上架建议：都市金融小说

ISBN 978-7-5047-7099-8

定价：58.00元

中国财富出版社官方微信